夏目漱石小说集

XIAMU SHUSHI XIAOSHUO JI

[日]夏目漱石/著
李孟红，陈苑瑜/译

北方联合出版传媒（集团）股份有限公司
万卷出版公司

图书在版编目（CIP）数据

夏目漱石小说集 / (日) 夏目漱石著 ; 李孟红, 陈苑瑜译. — 沈阳 : 万卷出版公司, 2015.2（2022.1重印）
（典藏 / 吴昊主编）
ISBN 978-7-5470-3463-7

Ⅰ. ①夏… Ⅱ. ①夏… ②李… ③陈… Ⅲ. ①小说集－日本－现代 Ⅳ. ① I313.45

中国版本图书馆 CIP 数据核字（2014）第 295222 号

出版发行：北方联合出版传媒（集团）股份有限公司
万卷出版公司
（地址：沈阳市和平区十一纬路25号 邮编：110003）
印 刷 者：北京一鑫印务有限责任公司
经 销 者：全国新华书店
幅面尺寸：178mm × 254mm
字 数：300千字
印 张：17
出版时间：2015年2月第1版
印刷时间：2022年1月第2次印刷
责任编辑：张洋洋
封面设计：任展志
版式设计：任展志
责任校对：高 辉
ISBN 978-7-5470-3463-7
定 价：65.00元

联系电话：024-23284090
邮购热线：024-23284050
传 真：024-23284521

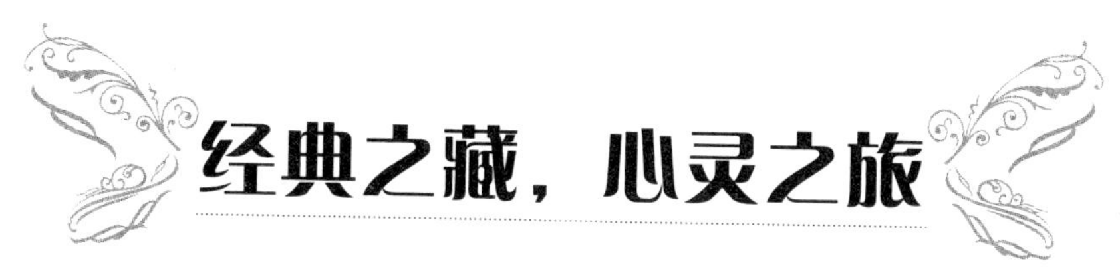

经典之藏，心灵之旅

读书是一件辛苦的事，读书又是一件愉悦的事。读书是求知的理性选择，同时，读书又是人们内在自发的精神需求。不同的读书者总会有不同的读书体验，但对经典之藏，对精品之选的渴求却永远存在。

传统上，读书是求学的手段，千百年来，人类知识的传承，最重要的总是通过书籍的记载与传述。因为有了书，人类才可以文脉延续，薪火相传。西哲说：书籍是人类进步的阶梯，因而，先贤们都把读书当作高尚而庄重的事情，赋予读书神圣、光荣的使命感。故此，韦编三绝、悬梁刺股，以及凿壁、囊萤、映雪等等，就成了刻苦求学的典型，千百年来成为人们效法的楷模。于是，寒门学子挑灯夜读，富家子弟潜心求学，或诚心拜师，或自学成才，诸如此类的事例，就成了激励学子上进求学的传说故事而广泛流传。

书籍除了自身寓含的教化功能外，还能让人感到身心的愉悦和快乐。在文化生活极度匮乏的年代，人们极力去寻找各种承载文明的载体，来填塞文化需求的饥渴。一本残破小书，可以在上百人的手中传递和阅读，看完后仍意犹未尽，不忍释卷。彼时，人们读书如饥似渴，却并无黄金屋、颜如玉一类的功利目的，有的只是内心的精神需求，读书的愉悦与快乐正在于此。仲春季节，读书间隙，推窗而立，鸟语花香扑面而来，内心深处则有禾苗拔节的哔剥之声回响；炎炎夏日，一卷在手，品茗读书，摇扇驱蚊，自然能感受到心灵的清凉和愉悦；秋风瑟瑟，听窗外传来淅淅沥沥的雨声，啜一口酽茶，想起“风声雨声读书声”的名联，便会发出会心的微笑；数九严冬，寒意砭骨，围炉夜读或雪夜捧卷，书香入腹，情暖人心，又能体验到视通万里、思接千载的悠悠遐思。

无论是求学求知还是寻求精神上的愉悦，读书都是我们的一种心灵之旅，是接受自我内心的召唤和灵魂的导引上路，让自己再次起飞得到新生的力量。变换的风景，奇异的遭遇，萍逢的客人，这一切旅途中可能发生的事件，都会在我们读过的书籍中出现，它们强烈地超出了我们已知的范畴，以一种陌生和挑战的姿态，敦促我们警醒，唤起我们好奇。在我们被琐碎磨损的生命里，张扬起绿色的旗帜；在我们刻板疲惫的生活中，注入新鲜的活力。

正因为读书之益，读书之趣，我们才对书籍本身挑剔起来。试想，灵魂之伴侣如何可以等闲视之呢？一本书的好坏，总会有无数人来品评，既有芸芸众者即兴点评，又有专家学者细心解析，然而，书籍最终的裁定者是历史而不是某一种潮流。随着时光的淘汰，留下来的经典之作渐渐走进更多人的视野，留在人们的案头，成为经典之藏。

“典藏”之作正如伴随我们的益友，多闻、博大、精彩而有趣，这样的益友，需要人们用心地品读，细心地筛选，最终把最好的“朋友”留在自己的身边。我们的“典藏”正是帮助读者挑“益友”的一种尝试，希望能把经典的、有价值的或者有趣的书籍放在读者的案头，让它们像朋友一样陪伴每一位读者走上自己的心灵之旅。

当我们打开书本，走进属于自己的心灵世界，自然能够体验那种君临一切的奇特感觉。此时心如止水，宁静安然，恰如室外无言的星月，美文佳句不期而至时，或击案称绝，或吟哦出声，甘之如饴。愿这“典藏”之作能给我们的心灵留下一块绿荫，助大家在自己的漫漫行旅中搭起一座可供休憩的风雨亭，对抗庞大、芜杂、纷繁的外界侵扰。

夏目漱石小说集

序言

近现代的日本文学作家数不胜数，文学作品更是灿若繁星。若说能够被称为第一人的作家，当属夏目漱石。夏目漱石的作品以结构精巧、想象力丰富而著称，在形式上是从容悠然的“余裕派”，可内容上却是批判现实主义。其作品影响了一代又一代日本人，其被冠以“国民大作家”的美誉，他的头像更是被印在日本的千元纸钞上受国人敬仰；在世界文坛上，夏目漱石也享有盛誉，对变革中的近代中国也有一定影响，鲁迅先生就是夏目漱石的书迷之一。

夏目漱石（Natsume Souseki，1867—1916），原名夏目金之助，生于东京（旧称江户），是家中最小的儿子。夏目家族本是大户之家，但在金之助出生前已经逐渐没落，因此，他一出生就被寄养在别人家中，2 岁时过继给严原家，跟随感情不算和睦的养父母四处迁居，10 岁时才回到本家。然而，回家的日子并没有金之助想得那么愉快，他的父亲和兄长并不认同他的文学理想，而温柔的母亲也于他 14 岁时离开人世，19 岁的金之助选择了离开家独立生活。儿时，他形单影只，成年后，更备感精神上的孤独。然而，他并没有放逐自己，而是发愤向学。明治维新时期，日本倡导西学，23 岁的金之助进入东京帝国大学（今东京大学）主修英文。他以优异成绩受到校长的青睐，毕业后便被推荐到东京高等师范任教，后来赴英国留学深造。

从 14 岁开始，夏目漱石便接受了系统的汉学教育，熟读中国古籍，在人生观和价值观上都取道传统的东方文化，"漱石"这个笔名就出自《晋书·孙楚传》，借"砥砺牙齿"来寓意意志坚强。当接触到西方文学和文化时，在巨大的东西方文化冲突中，他无比苦恼，也因此在更广阔的视角中看到了当时日本文明开化时期的社会问题，并将这些与自身成长经历结合，作为小说创作的素材，以肩负社会责任感的姿态笔耕不辍，开日本近代文学之先河。

其实，夏目漱石的创作起步时间比较晚，38 岁才发表处女作《我是猫》，到 49 岁因胃溃疡而去世，十年左右的创作光景虽然短暂，却留给后人宝贵的文学财富。

小说《我是猫》以漫画式的嘲讽发出振聋发聩的时代之音，一经杂志刊出就好评如潮，在读者的热烈追捧下一再连载，这不仅使夏目漱石一夜成名，也使他深受鼓舞，创作热情极度高涨。接连又发表了小说《哥儿》(另译为《少爷》)，以一个鲁莽、憨直的江户小少爷形象，在嬉笑怒骂间，揭露了明治时期教育界部分人的丑恶嘴脸，通过鲜明的人物对撞，痛快淋漓地表达出对美与丑、正与邪的思考，极具讽刺性。这一时期是夏目漱石的创作初期，文风以明快、鞭挞为主，行文对象多为现代文明，类似的作品还有《草枕》《虞美人草》等。到了中后期，夏目漱石的文风发生了转变，从外部批判转入内在剖析，代表作有《三四郎》《从此以后》《门》(前期三部曲)，《春分之后》《行人》《心》(后期三部曲)。这些作品的核心不再是社会现象，而是有血有肉的独立个体，主人公多为近代知识分子，深度发掘出他们在社会变革下的羁绊与苦恼，在唤醒"自我意识"的同时，开启对"自我"善恶的剖析。特别是《心》，以极具悬疑色彩的铺陈，使"我"一步步走进所尊崇的老师的生活和内心世界，终于发现老师导致好友K自杀的内情；最终，老师怀着这份愧疚而自杀。这部作品的心理描写精妙至极，充分展示了"自我意识"开启的潘多拉之盒所释放出的利己主义的弊端。

夏目漱石的作品带有一定的自述色彩，他笔下的人物的困惑和苦恼，也有他自己的影子。在多年的创作过程中，小说内外两个"主人公"互相对照，夏目漱石对世界和人性的思考也有了一系列转变。从打破东方传统专制意识形态的“自我意识”的觉醒，到晚年提出的“则天去私”的哲思，夏目漱石的作品完成了当时日本文坛少有的完整的人性思考，无论是思想内涵，还是艺术造诣，都是近代日本文坛的巅峰。

纵观夏目漱石的作品，《哥儿》和《心》可称极具特色的代表作，分别对应着外审、内省两个创作时期。其中《哥儿》成为日本文坛迄今为止最脍炙人口的作品，无论从读者的角度还是从文学的角度，其都是一部难得的佳作。《心》堪称夏目漱石全盛时期的代表作，它经久不衰，至今仍跻身日本中学生最喜爱的文学作品之列，也是中国读者最为熟悉的夏目漱石的作品之一。这两部作品不仅受到日本文学爱好者的青睐，也是中国各大专院校日语专业学生课外阅读的推荐读本。

本书将这两部经典作品合为一辑，不仅优选了译文，而且在每部作品的导读中，对作者的写作背景和心态进行了浅析，并对作品中的特殊名词、俚语、文化背景等做了详细注释，力争将浓郁的和风原汁原味地呈现出来，带给读者更立体化的阅读体验。

目　录

哥儿

心

夏目漱石小说集

哥儿

李孟红　译

《哥儿》是一部取材于现实生活的作品，颇有自传色彩，1906 年刊于《杜鹃》，发表于《我是猫》一举成名之后，是号称最多日本人读过的小说。1895 年，夏目漱石从东京高等师范转赴爱媛县松山中学担任教职，此番经历使作者沉淀已久的关于传统与新进的思想碰撞越发激烈，终于迸发为创作欲望。

小说以日本爱媛县松山市为背景，讲述一个来自东京（古称江户）的青年到此任教，通过他学校内外一众人的故事，在嬉笑怒骂间，从一个侧面展现了变革中的日本社会里，人们价值观的动荡。在小说中，主人公哥儿生性鲁莽，处世直率，不谙世事，这样的性格与安分乖巧的哥哥形成鲜明对比，因此他在父母那里受到了冷遇，等到父母百年之后，他便开始独自生活，好在老仆人阿清还陪在少主人身边，给予了他难得的温暖。当哥儿来到小镇里，学校内外的戏码纷纷开锣，种种戏剧性的冲突中各色人物粉墨登场：玩忽职守的值班老师、道貌岸然的校长、极尽逢迎之功的美术老师、绵里藏针的教务主任、尖酸势利的房东、视财如命的旅店老板娘……胸无城府的哥儿一到学校就被乌烟瘴气的世俗习气所包围，很是不自在，然而也难免被其熏染。然而，天性憨直的哥儿终究没有选择与他们同流合污，而是与志同道合的数学主任一起上演了一场正义与邪恶的较量。

在表现手法上，小说以戏谑为基调，以讽刺为构架，辛辣地鞭挞了弄权者的丑恶和小人的卑鄙。作者借哥儿之口为每个人都起了一个生动的绰号，那些绰号如同跳跃在行段之间的幽默脉动，在一个又一个伏笔和一场又一场事件中总能令人忍俊不禁。

笑过一次又一次之后，终于迎来了正义战胜邪恶的结局，在这里似乎可以笑得更畅快了，然而作者却留给读者更多思考：哥儿和数学主任“暴风”大获全胜，可是却不能继续留下任教，经历一番尔虞我诈自己的本性也差点儿迷失；面对突变的社会面貌、复杂的人性，人们对真善美的坚持能有几分？也许此刻，我们便笑不出来了。

在这部世俗群像中，我们会看到很多身边人的影子，甚至是自己的影子。在不断变迁的社会环境中，会有越来越多的诱惑纠缠着人心，当我们身在一片雾霾之中，是就此化为烟尘随风而去，还是抱着宁肯遗世而独立的决心坚持做自己？希望这部小说能令每个人找到答案。

第一章

由于遗传了父母鲁莽的性格，我从孩提时便吃了不少的亏。小学的时候，我曾经从校舍的二楼往下跳，把腰给闪得一整个星期都动弹不得。也许有人会问："怎么会做出那种傻事呀？"其实也没有什么特别的理由，只因为我从新盖好的二楼探出头来时，有个同学开玩笑地嘲弄我说："就算你再神气，也不敢从那里跳下来吧！哈哈！胆小鬼！"当工友把我背回家后，父亲瞪大双眼对我说："从二楼那种地方跳下来，竟然也会闪到腰！""下次我再跳的话，一定不会闪到腰的。"我如此回道。

有一次我从亲戚那儿得到了一把西洋制的小刀，当我将那把漂亮的刀刃对准太阳向同伴炫耀的时候，"这把刀亮是亮了！但是看起来一点儿也不利。"有个人对我说。

"哪有不利的道理！"我担保。

"那你切切看自己的手指好了。"他这样要求我。

我说："怎么？要切手指是吗？好哇！"于是我便往右手拇指斜切了下去。幸好那把刀小，加上我的拇指骨头还算硬，所以现在拇指还连在手上。不过那道伤痕是到死也消失不掉了。

从我家院子往东走二十步到尽头处的南面坡上，有一方小小的菜园，园中种着一棵栗子树，这树可是比性命还宝贝呢！每当果实成熟的季节，我总是一起床便奔出后门，去捡落下的栗子，然后带到学校吃。菜园的西侧紧邻着一家叫作山城屋的当铺的庭院。这户人家有一个十三四岁的儿子，叫作勘太郎。勘太郎他明明是个胆小鬼，却老是翻过篱笆来偷栗子。有一天黄昏，我躲在折叠门后，总算把他给逮个正着。勘太郎无路可逃，便拼死命地朝我扑了上来。他大约长我两岁，虽是个胆小鬼，力气却很大。就在勘太郎用他的头顶住我的胸膛，使劲地推挤我的当儿，他的头突然一滑，从我和服交叠的前襟滑进了袖子里，我的手因此无法动弹，于是我便胡乱甩动，如此一来，卡在我袖子里的勘太郎的头便跟着摇来晃去。最后他终于忍不住痛而咬了我的上臂，我因为被咬痛了，便将他推向篱笆，摔了他一跤。山城屋的地面比菜园低了六尺，勘太郎压毁了半面的篱笆，一个倒栽葱地跌回他的地盘里。他跌跤时，我的袖子也跟着被扯落，于是我的手在一瞬间恢复了自由。那天晚上，母亲前往山城屋致歉，顺便将那半边袖子取了回来。

除此之外，我还干过不少恶作剧。我曾经带着工匠店的兼公和小菜店的阿角到茂作的红萝卜田捣蛋。我们三个在红萝卜芽尚未冒齐的地方，铺上一整片稻草，然后在那上面玩儿了半天的相扑。结果红萝卜全被我们给踩烂了。我也曾有在古川的田里，把水井搞到阻塞不通，然后被索赔的经验。那是一口用粗大的孟宗竹做成的灌溉工具，将竹节打通后，水便从深埋在土里的竹管内涌出，用以灌溉田里的稻作。当时我并不知道那口井的构造，一股脑儿地将一些石头、棍棒猛丢入水井里，直到我发现水出不来了才回家。吃饭时，古川涨红着一张脸到家里来兴师问罪。印象中我们后来是赔钱了事的。

父亲一点儿也不疼我，而母亲老是护着哥哥。我这个哥哥生得白白净净，他最喜欢扮女装学人家演戏。父亲每次看到我就说："你这家伙反正也成不了什么大器了。"母亲也对我说过："你这么爱胡来，以后会做什么事我心里早有数！"是的，我真的成不了大器，就如同你所看到的一样。也难怪我的将来早就被看穿了，只差没锒铛入狱。

母亲病逝前两三天，我在厨房翻跟斗，一不小心肋骨撞到炉灶的边角，痛死我了。母亲气愤地说："我再也不想看到你了！"于是我只好到亲戚家去住。后来，有人来通知我她过世的消息，我大感意外。早知道她的病那么严重，我就会乖一点儿了。就因为这样，哥哥说我真是大不孝，害母亲早逝。我因为不服气而打了哥哥一巴掌，结果反被他狠狠教训了一顿。

母亲走后，我便和父亲及哥哥相依为命。父亲无所事事，只要见到人，就会喃喃地说："没用。"到底是哪里没用，我到现在还是不明白。真是个怪老爸！哥哥想当个实业家，于是很努力地学习英语。他本来就有一点儿女性化、爱耍赖，所以我们的感情并不好，平均十天左右吵一次架。有一次我们在下棋，他很卑鄙地拖延时间，看到我陷入苦思，他就得意地嘲笑我。我气不过，于是拿手上的"飞车"[①]往他的眉间掷去。他的眉间因此破皮流了点儿血。哥哥向父亲告状，于是父亲脱口说要把我赶出家门。

当时我心想没辙了，索性如他所愿离家算了。结果，在我们家帮了十年佣的老女仆阿清，哭着向我父亲求情，才使他息怒。其实我并不怕父亲，倒是觉得阿清很可怜。听说她本是名门出身，却因家道中落而沦落至此当下人。不知道为什么，她非常疼爱我，令我觉得很纳闷儿。母亲过世前三天，对我完全失望；父亲一年到头数落我；村子里的人排斥我这个捣蛋鬼，可是阿清却十分疼爱我。我很清楚自己反正不讨人喜欢，所以并不在乎别人怎么对我。阿清这般地宠爱我，反而令我不解。她常会在厨房趁着四下无人的时候赞美我说："您的个性正直，性情又温和。"可是，我并不了解阿清话里的意思。如果我的性情温和，那么除了阿清以外，别人也应该会对我好些的呀！每当她赞美我，我总是回她说："我讨厌人家恭维我。"然后，她就会赞许地看着我说："所以呀！这就是您本性好的地方嘛！"像是在夸耀我是靠她的本事才造就成似的，这让我觉有点儿不安。

自从母亲过世之后，阿清愈发地疼爱我。有时候我幼小的心灵会怀疑她为什么如此疼爱我。我心想：真无聊，别管我嘛！好烦噢！尽管如此，阿清还是对我好。她经常会用自己的零用钱买红豆饼、红梅饼给我吃。还会在寒冷的冬夜里，将悄悄买来的荞麦粉煮成荞麦汤，端到我的枕边来。有时候，她甚至还会买锅烧乌龙面给我吃。不光是吃，她还给过我布袜、铅笔和笔记本，甚至还曾借我三块钱，不过那是后来的事。我并不是凡事都找她借的，是她自己把钱拿到房间来，对我说："没有零用钱花，一定很不方便吧？来，这些钱拿去用。"我当然是拒绝了，可是她坚持要我收下，于是我只好收下。其实我心里很高兴。我把那三块钱放进钱包，揣在胸口里，结果上厕所时，钱包扑通一声地掉进茅坑里。我没办法，只好踌躇地从厕所出来，一五一十地告诉阿清。阿清立刻找来竹棒，对我说："我去把它捞起来！"过了一会儿，我

① 日本将棋的棋子之一。——译者注

听到水井处传来哗啦哗啦的声音，出来一看，原来是阿清正用水在清洗绑在竹棒前端的钱包。当她把钱包打开来一看，一元钞票已经变成咖啡色，而上面的图案也模糊不清了。阿清把钞票拿到火炉旁烤干，拿来给我说："这样应该可以了吧？"我闻一闻后，嚷道："哇！好臭呢！""那拿过来，我去换一下好了。"结果，不知道她是去哪儿弄来的，将原来的纸钞换成了三块钱的铜板给我。我已经忘记后来那三块钱是怎么花掉的，我只说要还，却一直没还。现在就算我想还她十倍的钱，也无从还起了。

每当阿清要给我东西，一定是趁着父亲和哥哥不在的时候。我最讨厌自己一个人在背地里受惠。虽然我和哥哥的感情并不太好，但是我可不喜欢背着他从阿清那里得到饼干、铅笔。我曾经问过阿清，为什么只给我一个人，而不给哥哥呢，结果阿清若无其事地说："哥哥的东西爸爸会买给他，所以没关系。"这是不公平的。父亲的为人虽然顽固，但绝对不是个偏心的人。然而在阿清的眼里，似乎是这么认为的。阿清简直就是溺爱我。虽然她出身名门，不过我对这没受过教育的婆婆还真没辙。事情还不只这样，偏心真是个可怕的东西。阿清深信我将来一定会出人头地、功成名就，并且觉得爱念书的哥哥，光是细皮嫩肉的，根本就成不了什么大器。遇到这种婆婆实在是让人受不了，她坚信自己所看中的人一定会成才，而她讨厌的人肯定一事无成。我从那时候起，就没想过自己要成为什么，可是阿清老是说我会怎样怎样的，于是我便开始觉得也许我真的能做点儿什么吧？现在想起来，还真愚蠢。有一回我问阿清说："你认为我以后会做什么？"然而，阿清似乎也没特别想过这件事。她只说我以后一定是坐人力车，住在有扇很气派大门的家里。

阿清打算等我有了房子，独立了之后，和我同住。我都数不清她跟我重复说过多少次了："请您一定要把我留下来。"而我竟也像是已经有了房子似的回答她："嗯！我会留下你来的。"她是个想象力丰富的女人，"您中意哪里呀？麹町还是麻布[①]？可以在院子里架一座秋千玩儿，洋式的房间哪！一间就够了……"等等，一个人计划着将来。那时我压根儿没想过要有房子的。我总是对她说："洋楼也好，日式房屋也罢，都不需要，我根本就不想要那些东西。"于是阿清就又说了："您能清心寡欲，真是好心！"不管我说什么，阿清

① 麹町和麻布都是东京地区的富人区，有很多高档住宅。

总是赞美我。

母亲过世之后的五六年里，我就是在这种状态下生活的：被父亲责骂；和哥哥吵架；从阿清那儿得到零食和赞美，我没有特别的奢望，只觉得这样就够了。我一直认为别的小孩儿也应是如此。只是，阿清老是说我可怜哪、不幸福哇！久而久之我也就以为这样就是可怜、不幸福。除此之外，我并不觉得有什么苦的。只是受不了父亲不给我零用钱而已。

母亲死后第六年的新年，父亲也因为中风而过世。那年四月，我自一所私立中学毕业。六月，哥哥从商校毕业。他好不容易在一家公司的九州分店找到职缺，而我则得留在东京继续升学。哥哥提议将房子卖掉、分好遗产，以便他远赴九州。我回答他说怎么做都行。就算他要照顾我，我也不想成为他的麻烦。由于我们的感情不睦，以后争吵的时候他一定会拿这件事情做文章的。要是勉强接受他照顾，我就觉得矮了他一截。我早有心理准备，就算去送牛奶，我也有办法养活自己。之后哥哥找来旧家具商，将祖上代代遗留下来的破铜烂铁给卖了。至于房子,则是在某人的中介下卖给了某户有钱人家。这么一来,好像筹到了不少钱,但细节我一无所知。我在前途未定的一个月前,曾暂时租屋住在神田的小川町。阿清对于把住了十几年的屋子拱手让人一事,深感可惜。不过房子不是她的,所以她也无可奈何。阿清频频地对我发牢骚说：“要是您再大一点儿，就可以继承这里了。”如果说再大一点儿的话可以继承，那么即使是现在，也理应可以继承的呀！婆婆什么都不知道，只天真地相信只要我长大，就可以继承哥哥的房子。

哥哥和我就这样分道扬镳了。可是伤脑筋的是，阿清该何去何从？当然，以哥哥的身份，并不适合把阿清带去，而阿清也不想尾随哥哥南下九州。至于我，正蜗居于四叠[①]半大的租房里，随时都有可能搬迁。我一筹莫展，于是问阿清：“你要不要另找人家帮佣去？”结果她说：“我已经决定了，在您有房子,讨到老婆以前,我只好到我外甥那儿麻烦他了。”这个外甥在法院当书记官，经济方面不成问题。他也曾经三番两次地劝阿清过去，阿清总是说：“即使是当女仆帮佣，我还是比较喜欢待在住惯了的地方。”她始终没答应外甥的邀请。不过，阿清大概是想，以现在这个情形，与其去陌生的人家帮佣，从头开始

① 日语“畳”是汉字“叠”的古字,意思是榻榻米,也作为面积单位。1叠约等于1.62平方米。榻榻米是一种铺在地面上的席子，起源于中国汉代，兴盛于隋唐，随着唐后期凳子与高脚床的盛行而在中国衰落，不过一直流行于日本与朝鲜半岛。

适应规矩，倒不如去麻烦外甥还来得好些吧？然而，她还是不忘叮嘱我快点儿买房子呀、讨媳妇哇、要来照顾我呀之类的话。比起亲生的外甥，阿清似乎比较喜欢我这个跟她毫无血缘关系的人。

哥哥出发至九州的前两天，拿了六百元[①]到我住的地方来，告诉我说："拿去当做生意的资本，或者拿去当学费。随便你怎么用。不过从今以后，我就不再帮你了。"站在为人兄长的立场而言，他这样对待弟弟已经很够意思了。我本想，即使没拿这六百元，也不会活不下去的，但是我很高兴哥哥不同以往、如此淡然处之的态度，于是我便欣然接受了。接着哥哥又拿出五十元来，叫我顺便交给阿清。我毫不犹豫地收下。两天后，我和哥哥在新桥的车站分别之后，就再也没见过他了。

我躺在床上，盘算这六百元该怎么用。做生意嘛！吃力不讨好。再说，就凭这六百元能做什么像样的生意呀？好啦！就算做得成，像我现在这样，尽在人前夸耀我受过教育，最后也只有吃亏的份儿。算了，不拿去当生意本了，把这些钱拿去当学费，读书去！如果将六百元分成三等份，一年便有两百元可用，如此便可以念三年的书。三年好好用功的话，应该可以有些成就。再来，就是考虑上哪一所学校了。可是我天生对任何学问都不感兴趣，尤其是像语言学、文学之类的，更是全然不行。拿新体诗[②]来说，二十行里头，我大概连一行也看不懂。我心想，既然没有一样喜欢的，那么学什么还不都一样。碰巧我路过物理学校[③]，看到招生广告，心想这也算是有缘，于是便要了报名表，马上办了入学手续。现在回想起来，这又是遗传自父母的鲁莽个性所造成的失策。

这三年我虽然和大家差不多用功，但是成绩并不是太好，要算排名的话，总是从后面数来比较快。经过了三年，我竟然也奇迹似的毕业了。连我都觉得好笑，但又不便发牢骚，我就这样乖乖地毕业了。

毕业后的第八天，校长来找我。我心想：会有什么事呀？原来是四国[④]那里有一所中学缺数学老师，月薪四十元，他来找我商量，问我去不去。我

① 货币单位为日元，下同。

② 即日本近代诗歌。日本明治维新时期为了将民众思想纳入统治阶级的控制轨道，而引入了西方的新诗形式，打破传统和歌、汉诗、俳句的五言、七言形式。

③ 即东京物理学校，今称东京理科大学。

④ 本州、九州、四国、北海道是组成日本的四部分，其中四国地区开发得比较晚。

虽然念了三年书，但老实说，我并不打算当老师，也没想过要去乡下。可是，除了当老师以外，我也没有其他想做的事。所以，当校长找我谈这件事的时候，我当下就决定：要。这又是鲁莽的天性使然。

既然已经答应了，就得去赴任。在四叠半赁屋而居的这三年来，我没挨过一次骂，也没跟谁吵过架，算是我一生中比较安适无忧的时期，但终究也得搬离了。我有生以来只离开过东京一次，是和同学一起到镰仓远足。这回可不比镰仓，我必须到很远很远的地方，那是个位于海边，地图上只如针头那么大的地方，反正不会是什么好地方。不晓得那是个什么样的小镇，住着什么样的人。不知道也无妨，不需要担心，去就是了。不过还真有点儿麻烦呢！

虽然我家卖掉了，我还是常常去找阿清。阿清的外甥是个不错的人，每当我去拜访时，只要他在家，一定周到地款待我。阿清会把我推到前面，然后对她的外甥吹嘘我的种种。她还曾经说："他学校一毕业，就会在麴町一带买房子，然后到公所上班噢！"等等这类的大话。她兀自喋喋不休，我在一旁则羞得满脸通红，还不只是一两次而已。有时，他连我儿时尿床的事也拿出来讲，真受不了。不知道他外甥在听阿清吹嘘我的时候做何感想。阿清是个传统的女人，她用封建时代的那套主仆关系来定位我和她之间的关系，好像认定只要我是她的主人，那么也算是她外甥的主人。其实她的外甥才值得她骄傲呢！

终于，和学校约定的日子快到了。出发的三天前，我去探望阿清。她因为感冒，正睡在北向的三叠和室里。她看到我来了，便起身端坐，劈头就问我："少爷，您什么时候要成家呢？"她大概以为，只要一毕业，钱自然就会从口袋里冒出来吧！阿清硬是把我当成了不起的人，到现在还称呼我"少爷"，真是愚蠢极了。我回答她说："暂时还不会成家呢！"我告诉她说我要去乡下，她显得非常失望，频频地抚摸她那凌乱而斑白的鬓发。我觉得很过意不去，便安慰她说："去是去了！不过我很快就会回来的。明年暑假我一定回来。"她还是一副怏怏不乐的样子，于是我便问她："那我带土产回来给你，你想要什么？""我想吃越后①的竹叶糖②。"什么越后的竹叶糖，我听都没听过。而

---

① 日本古代令制国之一，相当于现在的新潟县，位于东京的北方。文中的主人公要去的四国在东京的西南方。

② 一种日式点心，传闻是用竹叶包裹糯米团子，再抹上糖。

且方向也不对。“我要去的乡下，好像没有竹叶糖呢！”听我这么一说，她才反问我：“那么是哪个方向啊？”“是西边哪！”“那是在箱根[①]之后还是之前哪？”她又问。真叫人难以应付。

出发的那一天早上，阿清帮了我许多忙。她将在途中杂货店买的牙膏、牙签和手帕放进我的帆布包里。虽然我说我不需要，但是她始终不听。人力车把我们载抵车站后，阿清站在月台上，紧盯着上火车的我看，小声地说道：“也许我们就此永别了，请您一定要保重！”她的眼里盈满了泪水。我没有哭。不过，差一点儿就哭了。火车启动了，我心想应该不要紧了吧，于是把头探出车窗，往回一望，她果然还站在那里。不知道为什么，这时候阿清的身影变得好小。

① 箱根在东京偏西方向。

第二章

当汽船在港外“呜——”的一声停下来后，小船便离岸朝这边划来。船夫上身赤裸，腰间系着红色的兜裆布。这是一个野蛮的地方，这么热的天，也难怪穿不住衣服。烈日照得水面油亮亮的，十分眩目。我问过办事员后得知要在这里下船。我一看，这里不过是个像大森[1]一般大的渔村。简直是看不起我嘛！这种地方我怎么待得住！我心里虽然这么想，却也没办法。我很威风地第一个跳上小船，然后有五六个人也跟着上船，另外还有四口大箱子也堆上船来。系着红色兜裆布的船夫，将船划回岸头。上陆时，我也是第一个跳上去的。上岸后，我马上问了一个站在岸边的塌鼻子男孩儿：“中学在哪儿？”他愣了一下，说：“不知道哇！”真是个不机灵的土包子。就这么一丁点儿大的小地方，竟然会有人不知道中学在哪里！这时，迎面来了一个穿着奇特的窄袖和服的男人，示意我跟着他，我于是跟在他后面来到一家叫作港屋的旅馆。一听到里面女服务生齐声喊道：“欢迎光临！”我就不想进去。我站在门口问：“请问中学在哪里？”一听说从这里还得搭两里[2]远的火车才到得了学校，我就更不想进去了。我从窄袖和服的男人手上抢回行李后，便掉头走开，让旅

① 位于东京郊区，是一座农林小镇，靠近东京湾。

② 日本的距离单位，1里约为4千米。

馆的人大惑不解。

我很快地找到车站，买好票。到车厢内才发现这辆火车简直像个火柴盒似的。火车摇摇晃晃地开了五分钟，我就下车了。怪不得车票只要三毛钱。然后，我招了一部人力车前往学校。抵达学校时，已经放学没人在了。工友告诉我，值班的老师出去办点儿事。竟然有如此随便的值班！本来想干脆去拜访校长好了，但是我已经精疲力竭了，便叫车夫载我去旅馆。车夫充满活力地把车拉到一家叫作山城屋的旅馆前，由于和勘太郎家的当铺同名，所以我觉得很有趣。

不知何故，侍者竟然把我安排在楼梯下的阴暗房间，热得我根本就待不住。我说我不要这个房间。“很不巧，所有的房间都客满了。”侍者边说边把我的行李丢进去，然后一走了之。我没办法，只好进屋去，忍受一身的汗流浃背。终于有人来叫我去洗澡，我扑通跳进澡池，没两下就出来了。回房途中，我偷偷地瞄了一下，发现还有凉快的空房间。真是差劲，竟然对我说谎！不久，女侍端来晚餐。房间虽热，饭菜却比我在东京住宿的地方好吃多了。女侍一边收拾，一边问我打从哪里来。我告诉她，我是从东京来的。“东京一定是个好地方吧？”“那还用说！”我如此应道。当女侍把碗盘收去厨房时，我听到一阵哄笑的声音。因为很无聊，所以我早早就躺上床，但一直睡不着。不只是因为热，而且人声嘈杂。这里比我以前住的地方吵闹五倍。我昏昏沉沉入睡后，梦见了阿清。阿清正狼吞虎咽地连叶带糖地吃着越后的竹叶糖。我说竹叶有毒，叫她别吃了，她却说：“不，这竹叶是药。”然后又津津有味地吃了起来。我拿她没办法，于是开口大笑，然后便醒了过来。女侍将套窗打开，窗外是晴朗的天气。

我曾经听说，出外旅行要给小费。不然，人家就会怠慢你。难道我被安排在这个又小又暗的房间，就是因为没给小费？还是因为我一身寒酸的衣裤，手拎帆布包和尼龙伞的缘故？这里的人明明都是土包子，还瞧不起我！我就给最多的小费吓吓你！离开东京时，我带着学费剩余的三十元在身上，扣除火车票、汽船票和杂费后，还剩下十四元。反正以后有薪水可领，这些钱全花掉也无妨。乡下人都是吝啬鬼，只要给她个五块钱，铁定吓昏她的。我盘算好后，洗了把脸回房间等着。不久，昨晚的女侍又端饭菜来了。她拿着托盘一面张罗，一面嗤嗤地笑着。真是没礼貌！我的脸上又没有大队大队的游行队伍通过。不过，这个女侍长得还算不错，我本来打算吃过饭再给她小费的，现在她惹毛我了，于是我吃到一半，拿出一张五元钞票，叫她待会儿送去给账房。结果，那个女侍露出很诧异的表情。吃过饭后，不等人家帮我擦亮皮鞋，我便马上起程去学校。

由于昨天到过学校，所以我大致上知道位置。在十字路口处转两三次弯后，很快就可以到正门。从大门到玄关的地方，铺着花岗石。昨天车子从这里嘎啦嘎啦地经过时，发出的巨响让我觉得很糗。途中我遇到很多穿着小仓制服[①]的学生，大家都向着这座门走来。有些学生的个子还比我高壮。我一想到要教那种家伙，就不由得害怕起来。一进学校，我拿出名片后，就有人领我到校长室去。校长是个蓄着稀疏胡子，肤色黝黑，像只大眼狸猫[②]的男人。他装腔作势地对我说："打起精神，好好努力噢！"然后谨慎地盖上章，把聘书交给我——这张聘书在我回东京时，被我揉成一团丢到海里去了。校长告诉我说："等一下我会介绍学校的教职员给你认识，你要把聘书一一拿给大家看噢！"多此一举！与其这么麻烦，干脆将聘书张贴在教职员办公室三天还省事些。

要集合教职员到办公室，必须等到第一节下课钟响才行。现在时间还很多。校长取出表来看了看，说道："本来想慢慢谈的，不过希望你先清楚大致的情形。"接着，他便长篇大论地阐述教育的精神。我当然是随便听听，可是听到一半，我心里就想：这太离谱了，我没办法做到。把我这个鲁莽的人抓来，叫我做学生的典范，为人师表，除了做学问外，还必须提升个人的德行才能成为教育者。真是太高超了！要是有那么伟大的人，他会为了区区四十元的月薪，千里迢迢地跑到这种乡下地方来吗？人都是差不多了！只要心里不爽快，任谁都会吵一架的。但是，按照这个情形看来，我看我大概是别想开口了，就连散个步都不行。这么难的差事，早在雇用我之前就应该明说嘛！我虽然讨厌说谎，但是没办法了，干脆就说是被骗来的，赶快推辞，回东京去！我心里这么想着。因为给了旅馆五元，所以我的钱包里只剩下九元。只有九元是回不了东京的。要是没给什么小费就好了，我真后悔自己的浪费。不过还有九元，总会有办法的，即使旅费不足，也比欺骗自己来得好。"无论如何，在下做不到您所说的，这张聘书我还给您。"我说完，校长眨一眨狸猫似的眼睛盯着我看。过了好一会儿他才笑着说道："我现在说的只是期望，我知道你

---

① 以小仓地方盛产的棉布制成的制服。

② 在日本民俗中，狸猫是会变化的妖物，因此常用狸猫来形容狡猾的人。

没办法达到我所期望的程度，所以不必担心。”要是你知道得那么清楚，一开始就别吓唬我嘛！

就在这时候，钟响了。教室那边突然喧哗了起来。“老师们应该是都回到办公室了吧？”校长说完，我便跟着他进入办公室。办公桌排列在宽阔而细长的房间周围，每个人都坐在位子上。看到我进来，大家不约而同地将目光扫向我，我好像是来耍杂技的！然后我依照吩咐，将聘书一一拿到每个人面前自我介绍。大部分的人都是起身弯个腰而已，比较讲究的人则会接下聘书看一看，然后再恭敬地将聘书还给我。简直就像演庙堂戏一样。当传到第十五个老师——是个体育老师——的时候，我已经觉得很不耐烦了。他们只要一次就结束，而我相同的动作却重复了十五次。多少也应该替我想想嘛！

自我介绍的时候，有一个叫作什么来的教务主任，据说是个文学士。文学士是大学毕业生，所以应该很了不起吧！他是个声音像女人一样温柔的人。最让我惊讶的是，这种大热天，他竟然穿着法兰绒的衬衫。即使布料再怎么轻薄，也一定很热的。不愧是文学士，连穿衣服都比别人辛苦万分。而且还是红衬衫，有点儿夸张！后来我才知道，这个男人一年到头都穿红衬衫，真是怪癖。根据他本人的说法，红色对身体好，为了身体健康，所以特地去定做的。杞人忧天！既然这样，那就顺便连和服、礼服都做成红色的好了。还有一个叫作古贺的英文老师，脸色非常差。一般脸色苍白的人都瘦瘦的，可是这个男人却苍白而臃肿。从前上小学时，我有一个叫作浅井民的同学，这个浅井的老爸脸色就是这样。我问阿清：“浅井他们是农家，是不是当农夫脸色就会变成那样？”“不是，那个人是因为吃多了蔓梢上的半熟南瓜，才会变得苍白臃肿的。”阿清告诉我。从此，我只要看到苍白又臃肿的人，我就认为那一定是吃了蔓梢上的半熟南瓜所致。这个英文老师想必也是如此。而蔓梢上的半熟南瓜到底是什么？我到现在还是不知道。我曾经问过阿清，阿清笑而不答。她大概也不清楚吧！另外有一个和我一样教数学的老师叫作堀田。是个强壮的光头，长相像叡山的坏蛋①。我恭敬地拿聘书给他看，他却瞧也不瞧一眼：“噢，你是新来的呀！有空来玩儿啊！哈哈哈哈……”什么哈哈哈？谁要去那种没有礼貌的人家里玩儿啊？从这时起，我就给这个光头取了个叫作暴风的绰号。汉学老师就比较一板一眼了：“昨日甫到，想必疲惫，今后课

① 这里指日本古代京都比叡山寺院里的僧兵，他们性情暴戾，面貌可憎。

堂将始，希请精励。”是个滔滔不绝的亲切爷爷。美术老师则完全一副艺术家的样子。身穿轻飘飘的薄丝外褂，一把扇子摇来扇去地问我：“你的家乡在哪儿？咦，东京？那可真高兴，我有同乡了……我也是东京人噢！”我心想：你这样如果叫东京人的话，那我宁可不要出生在东京。其他的每一个人如果都要这样写的话，那可没完没了，所以还是算了。

当介绍告一段落后，校长对我说：“今天你可以先回去了，课堂的事情跟数学主任商量好，后天就请你来上课了。”我一问之下才知道，数学主任就是那个暴风。可恨！要在这个家伙底下做事。哎呀哎呀！真失望。“喂，你住在哪里？山城屋哇！嗯，等一下我去找你商量。”暴风说完便拿起粉笔去教室上课了。堂堂一个主任要来找我商量，也真没威严。不过比起把我叫到他跟前，我是感激多了。

出了校门后，我本想直接回旅馆的，但是回去也没事做，于是改变主意在街上散散步。我信步逛逛，看到了县厅，是上个世纪的古建筑。也看到了兵营，不比麻布的联队[①]威风。大马路也看到了，大概只有神乐坂[②]的一半宽，房舍的排列也差多了。就算这是二十五万石[③]的城下，也应该知道自己的分量。住在这种地方，还神气地认为：“这可是城下噢！”真是悲哀。我一面如此想着，不觉已经走回山城屋了。这里看起来很大，其实是很小的。这样大致是看完了吧？回去吃顿饭好了，于是我走了进去。坐在柜台内的老板娘一见到我，便急忙地飞奔而来：“欢迎您回来。”她跪坐下来并磕头。我鞋子一脱，走上去后，女侍告诉我：“房间已经空出来了。”然后便把我带上二楼。是一间位于二楼正面的十五叠和室，房间里还有一座大床间[④]。我活到现在，还没住过像这么气派的房间。下次要住进来，不知道得等到何时呢！所以我把衣服一脱，换上浴衣，在房间里伸展四肢躺下，舒服极了。

吃过午饭，我赶紧给阿清写了一封信。我不会写文章，加上没认得几个字，所以很讨厌写信，也没有对象可寄。阿清一定很担心吧？要是她以为我遭遇

---

① 指驻扎在麻布地区的陆军军队。

② 东京的一条旧街道，集中了很多中小商店。

③ “石”为日本幕府时代支付家臣薪俸的单位，玄米一石约为一百升。《哥儿》一书是以爱媛县松山市为背景，而境内的松山城虽是历史悠久的城墎，但书中主人公见过之后，觉得并不能和东京相提并论。——译者注

④ 和室里，略高于地板，专为放置花草、悬挂书画的地方。——译者注

船难死了，那可不好，所以我很努力地写了一封信。内容如下：

“昨天到了这个无聊的地方，我睡在十五叠大的和室，给了旅馆五元小费。老板娘给我磕头。我昨晚睡不着，做了一个阿清把竹叶糖的叶子也吃了下去的梦。我明年夏天回去。今天去学校给每个人取了绰号。校长是狸猫，教务主任是红衬衫，英语老师是半熟瓜，数学主任是暴风，美术老师是马屁精。我会再写信告诉你许多事的，再见。”

写完信后，我觉得很舒服、很困，于是便和刚才一样，大大咧咧地在房里睡成一个“大”字形。这回我什么也没梦见，睡得很熟。“是这个房间吗？”响亮的声音把我给吵醒了。是暴风来了。“刚才不好意思，你担任的班级呢……”我都还没起身，他就开始要商量，搞得我惊慌失措。听完我的工作内容，我并不觉得有什么特别难的，所以就答应他了。这点儿小事，不要说是后天了，就算叫我明天去上课我也不怕。“你也不可能一直待在这个旅馆吧？我给你介绍一个好地方住。如果是别人的话，人家可未必答应，但是如果通过我，马上就能成交。愈快愈好，今天看，明天搬，后天去上课，这样刚刚好。”课程协商完了之后，暴风便兀自盘算着。对呀！我不能一直待在十五叠的和室，即使把薪水全拿来支付旅馆的住宿费，也不一定够。不过，我才付了五元的小费，这么快就走，是有点儿可惜，但迟早都要搬，还是早点儿安顿下来比较好。因此我就麻烦暴风帮我处理房子的事。“一起去看嘛！”暴风说，于是我就跟去了。房子位于市街尽头的山腰边，非常闲适安静。房东从事古董买卖，名叫阿银。房东太太年长丈夫四岁。我中学时，曾经学过“witch”[①]这个字，而房东太太简直就像我 witch。虽然是 witch，不过已是人家的老婆，所以无妨。

终于，明天就要搬家了。回途中，暴风在通町请我吃了一碗刨冰。在学校见到他的时候，我以为他是个狂傲无礼的家伙，现在看到他对我这么照顾，应该不是个坏人。只不过他好像和我一样脾气暴躁。后来我才知道，这个男人是全校最受欢迎的人物。

---

① 女巫。

第三章

我终于开始上课了。第一次踏进教室，站在讲台上，感觉怪怪的。我一边上课一边想，连我也能当老师呀？学生很吵，常用夸张的声音大叫“老师”。我对老师这个词有点儿敏感。以前在物理学校时，每天“老师、老师”地叫，可是叫老师和被叫老师的感觉，真是有天壤之别，总觉得脚底发痒。我不是个卑怯怕事的人，但可惜的是我欠缺胆量。一被叫老师，我就有一种肚子饿时，在丸之内听午炮声[①]的感觉。马马虎虎地上完第一堂课，没被问到棘手的问题便结束了。当我一回到办公室，暴风就问我：“如何呀？”“嗯！”我简单地应了一声，暴风似乎是安心了。

当我拿起粉笔，离开办公室，准备去上第二堂课时，心情就像要上敌方战区似的。一进教室，我发现这回的班级，全是比刚才那班还大的家伙。我这个东京人，是中看不中用的小个头儿，即使站到讲台上也没有威严。如果要打架，来相扑都没问题，可是我就是没本事在四十个大个儿面前，光凭一张嘴就振振有词地唬住他们。不过我心想，如果被这些乡下人看穿我的弱点，那就糟了。因此我尽量提高嗓门儿，用卷舌[②]和快速的语调讲课。刚开始，学

---

① 每当正午时刻，在东京丸之内用以报时而鸣放的空炮声。——译者注

② 东京当地的口音略带卷舌。

生们被我唬得愣愣的，我一看就更得意了，于是搬出东京腔调来讲，结果坐在第一列中央，看来最壮硕的家伙突然站起来叫“老师”。我心里一面想：“哎呀！问题来了！”然后一面问他有什么事。

“你说得太快了，我听不懂。能不能讲慢一点儿，哪么嘻[①]？”他的一口乡下腔调，显得很没有力道。

“如果你们觉得太快的话，我可以讲慢一点儿，不过我是东京人，所以不会用你们的方言，如果听不懂的话，那就慢慢适应吧！”我回答道。

就这样，第二堂课进行得比想象中还要顺利。只不过当我要离开教室的时候，有一个学生拿来一道我一看就觉得解不出来的几何问题：“可不可以讲解这题？”逼得我冷汗直流。我没办法，只好告诉他：“这个我不太清楚，下次再教你。”当我匆匆地离开后，学生们在背后嘲笑我。我听到其中有人说：“哈哈，老师不会喽！老师不会喽！”王八蛋！即使是老师，不会也是理所当然的呀！不会就说不会，有什么好奇怪的？要是那种题目我会的话，干吗为了四十元跑到这种乡下地方来？我在心里边嘀咕边走回办公室。暴风又问我：“这次怎么样啊？”我只应了声：“嗯。”可是这样实在不足以表达我的不满，于是我又对他说：“这所学校的学生真不懂事！”暴风听了，一脸诧异。

第三堂、第四堂，还有午餐过后的第一堂课都大同小异。第一天上的每一堂课，多少都出了点儿状况。当老师并不像表面上那么容易。课虽然都上完了，却还不能回家，必须呆呆地等到三点。据说三点一到，级任班级的学生扫除后会来报告，老师必须过去检查，然后点名后才可以回家。虽然说为了薪水卖身给学校，可是连没课的时候也把我绑在学校，叫我和桌子大眼瞪小眼的，简直是岂有此理！不过，我看其他人都乖乖地按规矩行事，我这个新来的还是别太任性，所以就忍了下来。“你不觉得无论如何都得在学校待到三点是很蠢的事吗？”回家的路上我向暴风发牢骚。“哈哈哈，是呀！”暴风笑一笑，随即一脸正经地对我提出忠告：“你要是对学校抱怨太多的话，可不好噢！如果要说，对我说就好了。因为学校有些挺奇怪的人。”随即我们在十字路口道别，因此没时间问他详细的缘由。

回到住处后，房东过来招呼我说要泡茶，我以为是要请我的，结果他竟然毫不客气地拿出我的茶叶泡了自己喝！照这样看来，搞不好他也趁我不在

① 原文的语尾为爱媛县松山地区的方言，此处为音译。——译者注

家时擅自说声："我来泡壶茶吧！"然后就一个人喝起茶来也说不定。房东说他因为喜好书画古董，所以到后来便玩儿票地做起生意了。"你看来挺风雅的，要不要尝试这种雅趣呢？"真是令人不敢恭维。我曾于两年前，因为帮某人跑腿而去了帝国饭店，结果被误以为是开锁匠。当我披着一条毯子，在镰仓参观大佛的时候，也曾经被车夫误叫作老板。除此之外，我被误认的事还多得很，倒是从来没有人说我风雅的。风雅的人大概是什么样子，一看就知道。看看画里，不是头戴纶巾，就是手持诗笺的模样。会正经地说我是风雅之辈的人，也许是别有居心吧。我告诉房东："我讨厌像那种闲居无事的行为。"房东嘿嘿嘿地笑着对我说："不，没有人一开始就喜欢的，只是一跳进这个世界，往往就很难脱身。"他给自己倒了一杯茶，用奇怪的手势啜饮着。我昨天麻烦他帮我买茶叶，可是像这种又浓又苦的茶我不喜欢。我才喝了一杯，胃就觉得怪怪的。"从下次起，请你买比较不苦的茶好吗？"我说完后，他又趁机喝了一杯。这家伙想到茶是别人的就猛喝。房东走了之后，我预习了一下隔天的教材，不久便睡了。

从此，我每天都按规定去上课。每天回到家，房东就会过来泡茶。一星期后，学校的情况也大致熟悉了，而房东夫妇的为人也大概了解了。我听其他老师说了才知道，大家在接到聘书的一周至一个月间，往往很在意自己的评价是好是坏，而我却完全没有那种感觉。我虽然常因课堂上的失败而不开心，但只要三十分钟一过，便烟消云散了。我是一个万事不挂心的人。在课堂上的失败会带给学生什么影响，而校长、教务主任对那个影响会有什么反应，我完全不在意。之前我也说过了，我虽不是胆大包天，但也还算洒脱。我早有心理准备，万一这所学校待不住的话，马上就卷铺盖走人。我一点儿也不怕狸猫、红衬衫，更别说要我去讨教室那些小鬼的欢心。学校还好应付，但是房东那边就头痛了，他如果只是过来喝喝茶，我还可以忍耐，可是他每次都拿一堆东西过来。第一次他拿印材过来，把十只印材排列好，对我说："全部只要三元，很便宜的。买呀！""我又不是巡回乡间的烂画匠，不需要那些玩意儿。"下回他便拿出一幅不知道叫作华山还是什么人画的花鸟挂轴来，径自把画挂起来，问我："不错吧？""是吗？"我随便地应道。然后他就会开始讲解："有两个华山[①]，一个叫作某华山，另一个叫作某某华山，不过这幅画是某

① 指的是渡边华山（1793—1841）、横山华山（1784—1837），都是幕末的名画家。

某华山画的……"等到无聊的讲解结束后，"如何？算你十五元就好。买呀！"他又催促我。要是我说没钱，他就会说："钱哪！什么时候给都行！"还真顽固。于是我附加了一句话："就算有钱也不买！"在那之后，他扛来了一方瓦片般大的砚台来，嘴里直嚷："这是端溪砚，端溪的噢！"他三番两次地强调是端溪，引得我半带好奇地问他："什么是端溪？"他马上又讲解了起来："端溪石分成上层中层下层，现在的端溪砚台都是上层的，不过这块确实是中层的，你看这上面的眼纹[①]，有三个眼纹的可稀罕了。而且发墨的效果也很好，你试试看嘛！"说着，硬是把大砚台拿到我面前。我问他多少钱，他说："物主是从中国带回来的，他说一定要卖出去，所以算你便宜点儿，三十元就好了。"这个男人肯定是个白痴。学校那边我应该还能顺利应付，可是遇到这个古董痴，我看我也许待不了多久了。

不久，学校那边我也开始厌烦了。有一天晚上，我散步到一个叫作大町的地方，发现邮局旁有一块招牌写着"荞麦面"，下方加注了"东京"两字。我非常喜欢吃荞麦面，在东京的时候，只要经过荞麦面店，一闻到那股香味，绝对会钻进布帘[②]内吃一碗才肯罢休。但自从来到这里，数学和古董把我搞得晕头转向，都忘记荞麦面了。今天既然看到了这块招牌，以后我就不能过门而不入了。反正是顺道，就进去吃一碗吧！进去一看，并不像招牌所写的那样。我以为既然注明着"东京"，店内应该会比较干净的，可是不知道老板是不认识东京，还是没钱，店里头脏兮兮的。榻榻米不但已经变色，而且还灰尘满布；墙壁被煤炭熏得黑不溜秋；天花板极低矮，又被油灯熏得油腻腻的，我不禁把脖子紧紧地缩起。全店只有整整齐齐地写着各式荞麦面名的价目表是全新的。一定是老板刚买下这个旧房子，两三天前才开张的吧。价目表的第一号是天妇罗[③]荞麦面。"喂，来碗天妇罗面！"我大声地点了一碗。这时，从刚刚就一直坐在角落，咻咻地吃着东西的三个人同时朝我望来。店里的光线昏暗，我刚才没注意，现在一对眼才发现那三个全是学校的学生。他们先向我打招呼，于是我也回应。我因为太久没吃荞麦面，那天晚上的天妇罗面显得特别美味，我总共吃掉了四碗。

---

① 端砚的一种纹理，是其独有的特色，长有石眼的端砚石十分珍贵。

② 饮食店门口所架设的布制招牌。——译者注

③ 天妇罗是日式料理中对油炸食品的总称。一般用面粉、鸡蛋与水和成浆，裹在新鲜的鱼虾和时令蔬菜上，再放入油锅炸成金黄色。

隔天我若无其事地进到教室后，看到黑板上大大地写着“天妇罗老师”。大家看着我的脸，哄堂大笑。我觉得他们真无聊，于是我问：“吃天妇罗面很好笑吗？”结果有一个学生说：“可是吃四碗也太过火了。”要吃四碗还是五碗，花的是我的钱，你有什么意见！我匆匆地上完课便回到办公室。过了十分钟，我到另外一个班级去，这回黑板上写的是：“天妇罗四碗是也，然不可笑。”刚刚我并没有生气，不过这次可把我给惹火了。玩笑要是开过了头，就会变成恶作剧。就像没有人会称赞烤过头的焦黑年糕一样。乡下土包子就是不懂分寸，以为怎么闹都无所谓。大概这种不用一个小时就能走遍的小地方，平常没有其他事情可做，所以才会把天妇罗事件喧嚷得像日俄战争一样吧！真是一群可悲的家伙，就是因为从小受这样的教育，才会老成得这么令人讨厌。好比是盆栽里的枫树，总是比原来的尺寸小得多[①]。如果大伙儿是天真无邪地笑笑那还无妨，但是你们呢？明明还是小孩儿，却带着古怪的毒气。我沉默地把黑板上的“天妇罗”擦掉，然后对大家说：“干这种恶作剧好玩儿吗？这是卑鄙的玩笑。你们知道卑鄙的意思吗？”接着有人回道：“自己做了惹人笑话的事情被取笑而恼羞成怒，不就叫作卑鄙吗？”这个讨厌鬼！我一想到自己大老远地从东京跑来教这群家伙，就觉得窝囊。“别再讲那些歪理了，上课！”说完，我便开始上课。接下去的班级，则是在黑板上写着：“吃了天妇罗就想讲歪理。”简直没完没了。我实在气不过，“我不教这种狂妄的学生！”丢下这句话后，我就回家了。听说学生们因为不用上课，所以高兴得很呢！看来，比起学校，古董还比较好应付呢！

我回家睡了一夜之后，对天妇罗事件的怒气便消了。隔天我到学校，看到学生们，我还觉得有点儿莫名其妙。之后只过了三天相安无事的日子。第四天晚上，我到一个叫作住田的地方吃麻薯。这个叫作住田的地方位于温泉町上，从城下搭火车的话十分钟可到，步行的话要走三十分钟。那是一个有餐厅、温泉旅馆，以及公园的繁华地带。我去的那家麻薯店位于那个地区的入口处，听说很好吃，所以洗完温泉后我就进去吃吃看。我才想，这回没有遇到学生，所以应该不会有人知道的，可是隔天到了学校后，当我走进第一堂课的教室时，黑板上竟然写着“麻薯两盘七毛”。我的确吃了两盘，付了七毛钱。真是一群鸡婆！我心想：第二堂课也一定会有什么花样的。果然黑板上写着：“繁

① 比喻学生是一群小人。——译者注

华街的麻薯好吃好吃。”真是受不了他们！我以为麻薯的事情就这样结束了，结果这回换成我的红毛巾被议论纷纷。为什么会这样，原来是有段无聊的来历。自从我来这里以后，就习惯每天去住田洗温泉。这里只有温泉比得上东京。我想既然来到这里了，干脆就每天去泡温泉。我通常在晚餐前出门，顺便当做运动。而我每次去的时候，手上一定会拎着一条大毛巾。由于这条毛巾的红色条纹经过温泉的浸泡而褪散开来，因此乍见之下像是条红色的毛巾。不管是来回的路上，或是搭火车的时候，我总是将毛巾一直拎在手上。听说是因为这样，所以学生们都管我叫红毛巾。这种小地方，人的嘴巴就是杂。还有呢！温泉澡堂是一栋新盖的三层楼建筑，付八毛钱的话，可以借用上等的浴衣，外加擦背的服务。而且还有女侍会端来用天目茶碗[①]装的茶。我每次都进去上等的，结果有人就说了：“领四十元的月薪，却每天泡上等的温泉，真是奢侈。”多管闲事！另外，温泉池是用花岗石做成的，约十五叠榻榻米大小。平常大概都会有十三四个人泡在里面，不过偶尔会有没人的时候。池水深度约到我的胸部，在温泉里游泳是种相当舒服的运动。我很喜欢趁着没人的时候，在温泉池里游来游去。可是有一天，当我从三楼兴致勃勃地下楼，想看看能否游泳的时候，却看到墙上贴着一张大纸，上面黑墨醒目地写着：“禁止在温泉里游泳。”很少有人会在温泉里游泳，所以这张告示八成是冲着我来的吧？于是我就死心了。虽然对游泳断念了，可是到了学校，黑板上又写着：“禁止在温泉里游泳。”这让我感到讶异，好像全体学生都跟踪我似的，真是郁闷。但不管学生说什么，我想做的事是不会因此而打住的。可是每当我一想到来到这么狭隘不堪的地方，就觉得泄气，偏偏一回到家还要被房东强迫推销。

① 指在中国浙江天目山地区天目窑烧制出的茶碗，此窑为宋代古窑。

第四章

学校的值班是由教职员轮流担任的。不过狸猫和红衬衫例外。我问："为什么这两个人可以豁免呢？"据说那是奏任待遇[①]。真没意思！薪水领得多、工作时间短、还可以逃过值班，哪有这种不公平的事呀！他们任意订定规则，还装着一副理所当然的样子。哼！竟然做得出那种厚颜无耻的事来！对这件事我深感不满，可是照暴风说的，一个人再怎么发牢骚也无济于事。不管是一个人、两个人，只要是对的事情，道理应该就讲得通啊！暴风举"Might is right"[②]这句英文加以说明，但我就是听不懂，于是又问了他一次，才知道原来是"强者的权利"的意思。其实我早就懂这句话的意思，根本不须听暴风的讲解，但强者的权利和值班是两回事。谁同意狸猫、红衬衫是强者呀？争论归争论，马上就要轮到我值班了。我本来就神经质，所以如果不能舒服地躺在自己的被窝里睡觉的话，就好像没睡一样。我从小就几乎不曾到朋友家过夜。连朋友家都不喜欢，更不用说是在学校值夜了。我虽然讨厌，但这如果是包含在四十元所该尽的职责内的话，就没办法了，只好忍耐值班。

---

① 即使非奏任官也能享有奏任官般待遇的旧制度。奏任官为经由内阁总理大臣推荐任命的官吏。——译者注

② 意思为：强权即公理。

当老师学生都回去之后，一个人在学校发呆，这真是一件愚蠢的事。值班室是位于教室后方的学生宿舍西端的一个房间。我进去看了一下，整个房间因为太阳的西晒而热得令人受不了。果然是乡下，即使已经入秋，暑气仍然未消。我订了学生们的伙食，吃了晚饭，可是我被那些难吃的菜给吓坏了。这些学生，吃那么难吃的东西，还有精力捣乱，而且才四点儿半就匆匆把晚饭解决掉，他们肯定是怪物。饭吃过了，可是天还没暗，总不能现在就去睡。我开始觉得有点儿想去洗温泉澡了。不知道值班时可不可以外出，可是我无法忍受这样傻傻地像被囚禁的灾难。记得第一次到学校的时候，我问工友值班的人在哪里？他回答说："去办点儿事。"当时我还觉得纳闷儿，可是一轮到自己值班就了解了，出去走走才是正确的。

我告诉工友说："我要出去一下。"

他问我："有什么事吗？"

"没事，只是要去泡泡温泉而已。"说完我便匆匆地走了。可惜我把红毛巾忘在家里，今天就借那里的毛巾用好了。

我相当惬意地泡着温泉，直到天色转暗我才搭火车回古町的车站。这里距离学校还有四百米。我一走出来，就看到狸猫迎面而来，他应该是计划搭这列火车去洗温泉的吧？他急急忙忙地走过来，擦身而过的时候看了我一眼，所以我就对他打了一个招呼。"今天不是你值夜呀？"狸猫一脸正经地问我。两个小时前，他不是才对着我说："今天是你第一次值夜噢！辛苦啰！"人一当上校长，就会用一些令人厌烦的拐弯抹角的字眼。我火了："是的，是我值夜，所以我现在要回去，我会老实地待在学校睡的。"丢下这句话后，我就走了。走到竖町的十字路口时，这回碰到的是暴风。这地方真小。只要一出来走走，一定会碰到熟人。"喂，你不是值夜吗？"暴风问。"嗯，我值夜。"听到我这么说，他问我："你值班还出来乱晃，这样不太好吧？""一点儿也不会不好，不出来走走的话那才不好呢！"我神气地说。"你这样吊儿郎当的，真伤脑筋。要是遇到校长或是教务主任的话，那就麻烦啰！"暴风讲这句话跟他的形象很不配。于是我对他说："我刚刚才遇到校长，他说：'炎热的时候值夜，如果不散散步的话，就太辛苦了。'校长还夸赞我出来散步呢！"因为再讲下去就麻烦了，我便快速赶回学校。

天色很快就暗了下来。天黑后，我把工友找来值班室聊了两个小时，聊倦了之后，我就想，即使睡不着，躺一躺也好。于是我换上睡衣，卷起蚊帐，掀起红色的毯子，一屁股地摔坐上床，然后躺平。睡觉时，将整个屁股摔坐上床，是我从儿时就养成的癖好。当我住在小川町的时候，楼下念法律学校的书生曾跟我抱怨过这个坏习惯。念法律学校的书生虽然生得一副弱不禁风的模样，倒是有一张厉害的嘴巴，一点儿微不足道的琐事也能讲得又臭又长。“睡觉时发出咚咚咚的声音，不是我的屁股不好，而是房子的构造粗糙，要抗议的话，去跟房东抗议呀！”我如此反驳他。幸亏这间值班室不在二楼，所以不管我怎么使劲摔也无所谓。我要是没有用力摔躺下去，就没有睡过觉的感觉。“啊——好舒服！”当我一把双脚伸直，突然觉得好像有什么东西飞到脚上。有点儿扎扎的感觉，也不像跳蚤，是什么？我吓一跳，举起脚在毯子里挥了两三次，结果那些触感扎扎的东西突然多了起来，小腿有五六处，大腿有两三处，屁股底下被压烂的有一只，飞到肚脐上面来的有一只。我愈来愈惊慌了，于是赶紧起身，把毯子啪地往后一甩，五六十只的蝗虫从里面飞了出来。刚才不知道是什么东西，所以有点儿害怕，现在知道原来是蝗虫，我一下子恼火了。这些蝗虫竟敢吓我！看我怎么收拾你！我急忙拿起枕头，两三次地朝蝗虫去掷过去，可是对手的体形太小了，即使我使劲丢过去也打不中。我没办法，只好又坐回床上，像大扫除时卷起草席拍打榻榻米一样，我抓着枕头猛烈地拍打床铺。蝗虫一惊，顺着枕头挥舞的方向飞了起来，然后踉跄撞在我的肩上、头上和鼻尖。停在脸上的蝗虫，我没法用枕头挥打，所以用手抓起来，奋力地将它们甩掉。可恨的是，不管我怎么出力，因为是摔在蚊帐上，所以它们只会轻轻地晃动一下而已，一点儿效果也没有。蝗虫不管怎么被拍打，还是紧黏在蚊帐上，一动也不动。过了三十分钟后，我终于把蝗虫给制伏了。我拿来扫帚，将蝗虫的尸体扫出去。工友过来问我怎么回事。“怎么回事？哪有人会把蝗虫养在床上的！王八蛋！”我骂道。“我不知道。”工友对我辩解。“说不知道就算啦？”我把扫帚丢了出去，工友毕恭毕敬地扛起扫帚离开。

我马上把住校生的三个代表叫来，结果一共来了六个人。管他是六个还是十个！我穿着睡衣，卷起袖子，开始和他们谈判。

“为什么把蝗虫放到我的被窝里？”

“什么是蝗虫啊？”站在最前面的一个开口道。这小子还真镇定，这所学校不只是校长，连学生说话都拐弯抹角的。

“不知道什么是蝗虫啊？不知道的话我拿给你看。”我说。结果很不巧的，刚才我把它们全扫掉了，现在连一只也没有。我找来工友：“把刚刚的蝗虫拿过来！”工友问我：“我已经把它们丢到垃圾堆去了，要去捡回来吗？”“嗯，马上去捡回来！”于是工友便连忙地跑了出去，老半天才把捡到的十只蝗虫放在半张纸上拿回来。“很抱歉，夜里黑漆漆的，我只找到这些而已，等明天天亮了，我再去捡。”

连工友都是白痴。我拿起一只蝗虫给学生们看：“这个就是蝗虫，亏你还长得这么壮，连蝗虫是什么竟然不知道。这到底是怎么一回事？”我说完后，站在最左边的圆脸家伙得意地反驳我说：“那个呀！是草蜢，哪么嘻！”“王八蛋！叫什么还不是都一样！你跟老师说话还用‘哪么嘻’呀？只有在吃田乐料理[①]的时候才配‘哪没嘻’[②]的。”我胡乱地驳斥完，他又说：“‘哪没嘻’和‘哪么嘻’又不一样。哪么嘻！”这家伙老是爱讲“哪么嘻”。

“不管是草蜢还是蝗虫，为什么要把它们放进我的被窝里呢？我有拜托你们帮我放吗？”

“又没人放。”

“没放的话，东西怎么会在里头？”

“草蜢喜欢温暖的地方，所以应该是自己钻进去的吧？”

“说什么傻话！蝗虫怎么可能自己钻到被窝里去？说！为什么干这种恶作剧？”

“要我们说？没做的事要怎么说？”

这些卑劣的家伙，敢作不敢当！我最讨厌那种没有证据，就打算装蒜的厚脸皮。我在念中学的时候也干过一些恶作剧，可是一旦被追究，我从来就不会做出死不认错的卑鄙行为。做了就是做了，没做就是没做。我呀！再怎么恶作剧，都是光明磊落的。如果想用说谎来逃避处罚，那么一开始就别干什么恶作剧了。恶作剧和处罚是形影不离的，就是因为有处罚，干起恶作剧

① 将豆腐、蔬菜以竹签串起，涂上味噌，加以火烤的一道菜肴。——译者注

② “哪没嘻”是菜饭的日语发音，为一道将蒸过的菜叶切碎调味后，和饭一起蒸煮的料理。文中主人翁运用“哪没嘻”和当地方言的语尾“哪么嘻”互为谐音的特点，调侃学生。——译者注

来才好玩儿的。你想，有哪个地方会欢迎你这种光是恶作剧而不要处罚的恶劣心态呀？社会上一些只借钱而不还钱的人，一定全是这些家伙毕业后变成的，他们到底是为了什么而进中学的？到学校撒谎、搞鬼，背地里偷偷摸摸干些嚣张的恶作剧，然后大摇大摆地毕业，以为这样就是受过教育了？一群无法沟通的小人！

和这些没用的家伙谈判，让我觉得很不舒服。“如果你们不说，那我就不问了。真可怜，你们进到中学，却分不清高尚与低级。”说完，我就放了这六个人。我的用语、长相虽然不是很高尚，但是我的一颗心可比这些家伙高尚多了。六个人从从容容地离开了。他们只有外表是比我这个当老师的还威风。他们这般地沉着，更显得其恶无比。我到底是没有这样的胆量。

我又回到床上躺下。由于刚才的骚动，蚊帐内飞进了许多蚊子，嗡嗡地叫个不停。我没有耐心点燃烛火一只一只地烧死它们，所以我把吊环取下，将蚊帐折成长形在屋里上下左右挥舞，结果吊环弹回来，打痛了我的手背。当我第三度躺进被窝时，已经比较平静了，可是却一直睡不着。我看了一下时钟，时间是十点半。想一想，我还真是到了一个麻烦的地方。如果中学老师到哪里都得面对这样的学生，那真的很可怜。怎么老师都不会缺货呢？我会不会变成一个忍耐力超强的木头人哪？那我可受不了。想到这里，我就觉得阿清是值得尊敬的人。虽然她没受过教育，也没地位，可是却很崇高。以前受了她那么多照顾，我都不懂得珍惜，如今一个人来到遥远的异乡，才懂得她的关怀。她若想吃越后的竹叶糖，就算要我特地跑一趟越后去买也是值得的。阿清常称赞我寡欲、率直，可是比起我这个受赞美的人，赞美别人的她才是了不起。想到这里，我突然很想和阿清见面。

我边想着阿清，边在床上翻来覆去，突然我的头上传来三四十个人齐声踏着地板的声音，轰轰轰的声响几乎要从二楼整个落了下来。接着是比踏步声更大的起哄声。我以为发生了什么事，吓得飞跳而起。当我起身的刹那间，我想到这场哄闹一定是学生们对刚才那件事的报复。只要你们不承认自己做的错事，罪名就不会消失的。你们应该还记得自己做过的坏事吧？照理说，睡一觉反省后，明天一早应该就会来道歉的。就算不来道歉，也应该会感到不好意思而安分睡觉的。可是这场骚动算什么？盖这栋宿舍又不是用来养猪的！要疯也得要有分寸。看我怎么对付你们！于是我一身睡衣就冲出值班室，三步并作两步地爬上二楼。奇怪的是，刚才我头上的确喧闹得很，可是现在却突然静了下来，别说是讲话声了，就连脚步声也没有。真奇怪。虽然已经熄了灯，暗得看不清楚有什么，可是有没有人在，倒是可以感觉得到，贯穿东西的长廊上连一只老鼠也没有。月光照射在走廊的尽头，远方透着亮光。说来奇怪，我从小就经常做梦，常会在梦中跳起，说些莫名其妙的梦话，为此我常被人取笑。记得在十六七岁时，有一天晚上梦见我捡到一颗钻石，我站起来，非常激动地问身旁的哥哥："刚才的钻石呢？"那之后，整整有三天我成了家中的笑柄，糗死了。照这样看来，刚才的事情也许是场梦。可是的确有人吵闹哇！我站在走廊出神地想着，突然间月光映照着的彼端，传来三四十个人"一、二、三，哇！"的声音。接着，又像刚才一样齐声地在地板上踏起步来。看吧！果然不是梦，是真实的。"安静！现在是半夜呢！"我也不甘示弱地大声喊道，然后冲过去。走廊上很暗，我只能以尽头的月光为目标，追过去。当我大约跑了数米，突然我的胫骨撞上了一个坚硬且巨大的东西。当"啊！好痛！"的叫声传回我的脑海里时，我的身体砰地向前飞了出去。"可恶！"我爬了起来，可是跑不动。我虽急，可是脚却不听使唤。我忍耐不住，便用单脚飞跳过去，这时踏步声、人声都安静下来，又是一片静悄悄的。人就算再卑鄙，也不应该到这种程度。简直就是猪！事情搞到这个地步了，我要是没把藏匿的人揪出来，叫他道歉，是不会善罢甘休的。我铁了心，便想打开其中一间寝室检查看看，结果怎么也打不开。不知道是上了锁还是用桌子什么的顶住，不管我怎么推，就是推不开。这次我换试了对面北侧的寝室，结果还是一样打不开。我心想，一定要把门打开，抓出里头的家伙，这一焦急，东侧尽头的起哄声和踏步声又开始了。这群小鬼，串通好来整我？然而这时候我却毫无头绪。老实说，我承认当时有勇无谋，无计可施。虽然我不知如何是好，不过我绝对不输给他们。要是就此罢休，那可有损我的颜面。被人家说东京人没志气，那可是很遗憾的。要是还误以为我值夜时被一群乳臭未干的小鬼捉弄，却对付不了，只好躲在被窝里哭泣，那我一世的英名就毁了。我的祖先在江户时代可是幕府将军的直属武士，远祖是清和源氏[①]，多田满仲[②]的后裔。我和你们这些土老百姓的出身可不一样。只可惜我没有智慧，束手无策。虽然烦恼，但我才不会输咧！因为我太老实，所以一时不知如何应变。想想看吧！要是这个世界上，诚实不能制胜的话，还有什么能制胜的？今晚赢不了，明天赢。明天赢不了，后天赢。后天赢不了，我就每天带便当来，和你们耗到赢为止。我这么决定了之后，便在走廊盘坐起来，等待天明。蚊子嗡嗡地飞来飞去，不过没事。我摸摸刚才被击痛的胫骨，怎么湿湿的。可能在流血了？那就随它流吧！这时我开始觉得累了，于是盹着盹着便睡着了。后来被喧闹声吵醒。当我睁开眼时，“啊！完了！”我跳了起来。我坐着的右侧那扇门半开着，两个学生站在我面前。我回过神，猛然抓住眼前学生的脚，使力一拉，那家伙咚地仰倒了下去。活该！接着我扑到另一个的身上，按住他的肩膀旋转两三圈，把他教训得呆若木鸡、眼冒金星的。“走！到我房里来！”我押住他们说完后，两个人一副胆小鬼的模样，一声不吭地跟着来。而天也亮了。

当我开始盘问这两个被我带回值班室的家伙时，猪就是猪，不论你怎么踢打都是一样，只会说不知道，以为死不认罪就行得通啊？然后渐渐有学生们从二楼聚集到值班室来，每个人的眼睛都肿肿的，一脸困意。这群王八蛋！也不过一个晚上没睡，脸色就那么差，这样还算什么男子汉！我告诉他们：“去洗把脸再过来讲！”结果一个也没去。

我对着五十多个人质问了大约一小时后，狸猫突然来了。后来我才知道，是工友特地跑去报告校长说学校有骚动的。这点儿鸡毛蒜皮的小事就跑去叫校长，真是太没用了。难怪会在中学里当工友。

校长听我从头说明，也听了学生的辩白。“在做出处分以前，和平常一样来上课！再不快去把脸洗一洗，就来不及吃早餐了。动作快！”校长说完就放了所有的住校生。真是太便宜他们了，要是我的话，立刻就把住校生退学了。就是因为管教随随便便，学生才会欺负值夜的老师。校长接着对我说：“操了这么多心，你一定也累了吧！今天就不用去授课了。”“不，我一点儿也没操心，

---

① 清和天皇（850—880）的部分子孙降为臣籍，赐姓源。由于日本历史上发生过很多次皇族降籍，因此根据天皇的称号而成为某某源氏。清和源氏以清和天皇第六皇子贞纯亲王之孙经基王为始祖。

② 即源满仲（919—997），日本平安时代著名将领，六孙王源经基之子。因领有摄津多田庄并定居于此，又被称为多田满仲。

就算每晚发生这种事情，只要命还在我就不怕，我会去上课，才一个晚上没睡就上不了课的话，那我可得把领到的薪水扣回给学校了。”我回道。校长不知道想到什么，盯着我的脸看了片刻后提醒我：“可是你的脸肿肿的噢！”难怪我觉得有点儿重重的感觉。而且整张脸搔痒。一定是被蚊子盯得很惨。我一边刷刷地在脸上抓，一边回答：“不管脸有多肿，嘴巴确实还能说话，不会影响上课的。”校长一面笑，一面夸我：“你精神还真好哇！”其实他并不是真的赞美我，应该是挖苦我吧？

第五章

“你要不要去钓鱼呀？”有一天，红衬衫来问我。红衬衫是个声音温柔得令人作呕的人，简直让人分不清他是男是女。男人的声音就该像个男子汉，何况他还是个大学毕业生，竟连我这个物理学校毕业的还不如，亏他是个堂堂的文学士呢！

“钓鱼呀？”由于我的冷淡回应，于是他又问我：“你钓过鱼吗？”

“是没钓过几次，不过，小时候曾经在小梅的钓鱼场钓过三条鲫鱼，也曾在神乐坂的毗沙门庙会钓到一条八寸大的鲤鱼，可是当我正为鱼上钩而兴奋时，它却扑通一声地跑掉了。现在想起来还是觉得很可惜。”红衬衫听完，仰着下巴呵呵呵呵地笑了。干吗笑得那么装模作样啊？“那你还没尝过钓鱼的滋味啰？如果你想的话，我可以传授给你噢！”他颇为得意地对我说。谁要你教哇？说起来，钓鱼打猎这些人，全是冷酷无情的家伙。如果不是冷酷无情的话，就不会以杀生为乐了。鱼呀、鸟哇虽为动物，但活着总比被杀掉得好。若说钓鱼打猎是为了维持生计的话，那还另当别论，可是既然生活不虞匮乏，还非杀生不可，那就太残忍了。我虽然这么想，但对方是文学士，口才好，我说不过他，所以我就闭嘴不提了。结果他却误以为把我说服了，便又接着说：“那我就赶紧传授钓鱼之道给你吧！如果有空，今天就去，如何？一起去吧！只和吉川两个人去，太乏味了。你也来嘛！”他一直怂恿我。吉川就是美术老师，也就是那个马屁精。这个马屁精也不知道是何居心，老是往红衬衫家里跑，人家走到哪儿，他就跟到哪儿。简直不像同事，而像主仆。只要是红衬衫在的地方，马屁精也一定在。既然他们两个有伴，又何必找我这个意兴阑珊的人去？一定是想拿他引以为傲的钓鱼技术，在我面前炫耀一番，所以才会邀我一起去的。我才不会因为那样就被唬住，就算他钓到两三条鲔鱼，我也不会感到惊讶。我也是个人，就算技术再差，只要放下钓线，应该也会有东西上钩吧？现在要是我说不去，红衬衫一定会怀疑我是因为技术差而不去，而不是因为讨厌才不去的。我这么一想，便回答他："我也一起去好了。"等到学校放学后，我先回家稍做准备，然后到车站和红衬衫、马屁精会合去海边。船是我在东京一带从没看过的细长形，随船有一名船夫。我从一开始就没看到船上有任何钓竿。"没钓竿还能钓鱼吗？到底打的是什么主意呀？"我问马屁精。"海钓不需要钓竿，只需钓线即可。"他一副老手模样地摸摸下巴。早知道会被他取笑，我就不问了。船夫看似慢慢地划，但不愧是技术熟练到家，我一回头看，海岸已经远得只能看到一丁点儿了。高柏寺的五重塔露出森林，像支耸立的针似的，另一边则有青岛浮现在海面。那好像是座无人岛，仔细一看，尽是岩石和松树。原来只有岩石和松树是住不了人的。红衬衫眺望着景色，频频地赞叹："风景真美呀！"马屁精则说："真是绝色美景！"我不知道这是不是绝色美景，不过真的很舒服。在广阔的海面上，海风迎面吹拂过来，肯定有益健康。这时我的肚子有点儿饿了。"看看那棵松树！树干笔直，上头像把张开的伞，仿佛是出现在透纳[①]画里的树一样。"红衬衫告诉马屁精。马屁精接腔道："简直就是透纳嘛！很少看到那种弯曲的线条，简直和透纳的画一模一样！"我不知道什么是透纳，反正不问也不会少块肉，所以我就静默不语了。船逆时针地绕了小岛一圈。风平浪静，静得几乎让人难以相信这是海。托红衬衫的福，我感到非常愉快。如果可以的话，我好想到那个岛上去看看。于是我问："船能不能停在那块岩石旁啊？""也不是不行啊！可是要钓鱼的话，太靠近岸边不好。"既然红衬衫提出异议，我也就不再多说了。不久，马屁精对着红衬衫说："主任，您觉得怎么样？我们以后就管这岛叫透纳岛好不好？"真是无聊的建议！而红衬衫则是赞成地回应："嗯！有意思，以后我们就这样

---

① Joseph M.W.Turner（1775—1851），为英国最早以自然光表现画法的风景画家，对日后印象派的画家有深远的影响。——译者注

叫！”他所谓的“我们”如果也把我算进去，那我可困扰了。我只要叫它青岛就够了。马屁精又说了：“那块岩石上面如何？要是把拉斐尔[①]的马利亚放上去的话，一定是幅美丽的画。”“我们不是说好不提马利亚的吗？”红衬衫呵呵地笑了，很恶心的笑法。“没关系呀！又没有人在。”马屁精瞧了我一眼，又刻意地撇过头，嘻嘻地窃笑起来。我觉得很不舒服。马利亚也好，小老板[②]也罢，都和我无关，随你们去讲。可是仗着别人听不懂，就一副反正他听不懂，所以没关系的态度，实在是下流的行为！他还说他也是东京人咧！我想，那个叫作马利亚的，一定是红衬衫喜欢的艺妓的小名。叫自己喜欢的艺妓站到无人岛的松树下，然后眺望她？我看，马屁精干脆把她画成油画拿去画展展览算了。

“这一带应该可以了吧？”船夫将船停下来，放下锚锤。

“有多深哪？”红衬衫问。

“大约六寻[③]。”船夫答道。

“只有六寻，要钓鲷鱼可不容易呀！”红衬衫将钓线抛进海里。他一副要钓大将鲷似的架势，好大的口气！

“就凭教务主任的技术，一定钓得到的。而且今天又风平浪静。”马屁精边拍马屁，边把钓线抛出去。他好像只在钓线前端吊上一块秤锤似的铅块而已，没有浮标。没有浮标要钓鱼，就像没有温度计要量温度一样。我看了一下，心想反正我也不会，结果他就对我说：“来，你也来钓，有没有钓线？”

我说：“钓线多得是，但没有浮标。”

“没有浮标就不会钓鱼的人是门外汉。像这样，当钓线沉到水底的时候，用食指在船舷的地方测动静。要是鱼吃了饵，手指头马上会有感觉的。啊！有了！”教务主任突然收起线，我以为钓到什么了，结果什么也没有，只是钓饵消失了而已。真是过瘾！

“主任，真可惜，刚才一定是条大鱼，连主任那么高明的技术都被它溜走了，今天我们可不能大意噢！不过，怎么说也比那些只会盯着浮标钓鱼的人强。好比没有煞车就不会骑脚踏车的人一样。”

---

① Raffaèllo Sanzio（1483—1520），为意大利文艺复兴时期的画家。以圣母像之画作闻名。圣母又名圣母马利亚。——译者注

② 日语发音为“kodanna”，与圣母马利亚（Madonna）谐音。——译者注

③ 日本度量单位，约合 1.8 米。在中国古代，“寻”也是一种度量单位，合七八尺。

马屁精尽说些莫名其妙的话，我实在很想揍他一顿。我也是人，这片广阔的大海又不是教务主任一个人包下的。我心想：于情于理，至少会有一条鲣鱼上钩吧？于是我扑通地将铅锤和钓线抛了出去，用指尖随意地操纵着。

过了一会儿，好像有什么东西触动钓线，我心想一定是鱼，如果不是活生生的鱼，是不可能如此晃动的。钓到了，钓到了！我使劲地收起线。

"哎呀！钓到了？真是后生可畏哟！"正当马屁精挖苦我的时候，钓线已经收得只剩大约五米还泡在水里。我从船舷俯看了一下，钓到的是一条像金鱼似的、有条纹的鱼。它一面左右摆荡着，一面随着我的手势游上来。真好玩儿！当我把鱼拉上来后，它啪嗒啪嗒地弹起，还溅了我一脸海水。好不容易捉住了它，钓钩却迟迟取不下来，弄得我的手湿答答的，好恶心。我怕麻烦，于是把钓线往船身一甩，鱼便马上死了。红衬衫和马屁精吃惊地看着。我把手放到海里搓一搓、洗一洗，然后对着鼻子闻一闻，还是很腥臭。算了，不管钓到什么鱼，我再也不想抓了。我想鱼也不喜欢被抓吧？于是我便匆匆地收起钓线。

"第一炮是值得骄傲呢！不过如果是钓到哥鲁基鱼[①]的话，那就……"马屁精又说大话了。

"讲到哥鲁基，听起来好像俄国文学家高尔基[②]噢！"这时候红衬衫讲了句谐音俏皮话。

"对呀！简直就是俄国文学家嘛！"马屁精马上表示赞同。高尔基是俄国文学家，马鲁基是芝区的摄影师，会长出米的植物那鲁基[③]是生存所需哇！这个红衬衫根本就是有怪癖嘛！不管说到谁，就想扯上外国人的名字。每个人都各有专长，我这个数学老师哪会知道什么哥鲁基、夏里基[④]的？你们也稍微为我想想，如果要说也说些像《富兰克林自传》《伟大的励志书》[⑤]之类，我懂

---

① 为遍罗科之海鱼，多分布于暖海域的岩洞水藻间。——译者注

② 高尔基(Maksim Gorky，1868—1936)，俄国文学家。其日语发音与哥鲁基鱼相似。

③ "丸木"的日语发音为马鲁基（maruki），是日本第一个开照相馆的人；"会长出米的植物"的日语发音为那鲁基（naruki）。主人公在文中取其谐音嘲讽红衬衫老是爱说些关于谐音的俏皮话。文中之字句本身并无特别的意义。——译者注

④ 车夫之原文发音为夏里基（shariki），语尾与高尔基（Gorky）谐音。——译者注

⑤ "*Pushing to the Front*"，为美国作家奥里森·马登（Orison Marden，1850—1920）之代表作，讲述功利主义处世哲学，是明治时期的中学教材之一。——译者注

的名字嘛！红衬衫常会带一本叫作《帝国文学》[1]的赤红色的杂志到学校，宝贝兮兮地读。我问了暴风才知道，红衬衫嘴里冒出来的那些外国名字，全是出自于那本杂志。《帝国文学》还真是罪恶的杂志。

之后，红衬衫和马屁精拼命地钓，可是经过了一个小时，两人才钓到十五六条。更好笑的是，钓到的全都是哥鲁基鱼。

“连一条鲷鱼也没有，今天中的大奖是俄国文学。”

“连你的技术，都只能钓到哥鲁基了，那我们钓到哥鲁基也就没什么话说，心服口服了！”马屁精回应道。

我问了船夫，他说这种小鱼刺多又难吃，实在难以下咽，只能拿去当肥料，真是可惜，原来红衬衫和马屁精拼命地钓着肥料呢！我钓一条就满足了，所以从刚才就一直躺在船上眺望天空。比起钓鱼，这样是潇洒多了。

接着他们两人开始小声地聊了起来。我听不太清楚，也不想听。我望着天空，一边想着阿清。如果有钱，带阿清到这么漂亮的地方玩儿，一定很棒的。再美好的景色，只要是跟马屁精他们一起的话，就很无趣。阿清虽然是个满脸皱纹的婆婆，可是不管带她到哪里，都不会让我丢脸。像马屁精那种家伙，不管是乘马车、搭船或是登凌云阁[2]，都不应该和他一道。如果今天我和主任角色互换，他一定会来拍我的马屁而嘲讽红衬衫。难怪人家说东京人轻佻，就是因为他那样在乡下到处说他是东京人，才会让乡下人觉得东京人轻佻。正当我想得出神，他们两个突然嘻嘻地笑了起来。夹杂着笑声，我听到断断续续的片语，但却听不懂他们说的是什么。“咦？是吗？……”“……简直是……也不知道……真是罪过。”“不会吧？……”“把蝗虫……真的噢？”

其他的话我没听到，可是当我听见马屁精说到蝗虫的时候，我不禁大惊。马屁精为什么讲到蝗虫时特别大声，是故意想说给我听，然后又刻意地避开吗？我不动声色继续听下去。

“又是那个堀田哪？……”“说不定噢……”“天妇罗……哈哈哈哈……”“……煽动……”“麻薯也是？”

他们说的话就像这样断断续续的，可是从天妇罗、麻薯等推测看来，一

① 1895年由东京帝国大学文科院系师生创办的文艺杂志，创刊初期的封面设计多以大红色为主，十分大胆。

② 由英国人设计的八角形砖塔，建在东京浅草公园内。1890年竣工，1923年毁于关东大地震。

定是在说关于我的悄悄话。要讲就大声讲，如果想讲悄悄话，那就别找我一起来。真是令人厌恶的家伙！蝗虫也好，竹皮草鞋[3]也罢，错不在我。要不是校长说要先看管，所以我才看在狸猫的面子上忍到现在。这个马屁精还真鸡婆，喜欢妄下评语，他干脆回家去舔舔画笔算了。我的事情，我自会处理好，不打紧。倒是"又是那个堀田""煽动"这些话让我很在意。难道是说，堀田煽动我，叫我把事情搞大？还是说，堀田煽动学生来欺负我？我不懂到底是什么意思。我看看蓝天，阳光渐渐转弱，微凉的风吹起。缕缕线香炊烟似的云，静静地在清澈的天空延伸，不久又流泻下来，像挂上一层薄薄的霭气。

"回家吧！"红衬衫像想起了什么似的说道。

于是马屁精便接腔说："嗯，时间刚好呢！今晚要去见马利亚吗？"

"笨蛋，不能讲啊！会被误会的。"红衬衫将倚在船舷的身子稍微坐正。

"嘿嘿嘿嘿，没关系的！我听说了。"马屁精一回头，我张大双眼狠狠地睨视着他。他像被刺了一眼似的扭回了头，不，这家伙是认输了。他缩缩脖子，搔了搔头。好一个爱卖弄聪明的家伙。

船静静地划回海边。"你看起来好像不太喜欢钓鱼噢？"红衬衫问我。

我回答说："我比较喜欢躺着看天空。"我把吸了一半的香烟丢到海里，香烟发出吱吱的声音，然后在被船桨划开的浪上荡漾。

"从你来学校之后，学生们真的很高兴噢！你可要好好努力！"这回红衬衫冒出和钓鱼毫不相干的话。

"他们并没怎么高兴吧？"

"不是我在恭维你，他们可开心呢！对不对，吉川？"

"何止开心，简直是高兴得大乱呢！"马屁精窃笑地说。真奇怪，这家伙说的每一句话都惹我生气。

"不过，你要是不注意的话，那可就危险了。"红衬衫对我说。

"危险？我早就有心理准备了。"我说。看是要把我开除还是叫全体住宿生道歉，两者选其一。

"你这么说真叫我不知如何是好，其实我身为教务主任，为了你着想才对你说的，希望你别往坏的地方想。"

"主任完全是为你好噢！我虽然不及他对你的好，但身为东京人，我也希

---

③ 竹皮草鞋原文之日语发音为"seta"，和蝗虫"batta"谐音。——译者注

望你尽可能在这所学校待久一点儿，也好相互帮助，虽然我是默默地在心里想，但我是充满了诚意噢！”马屁精开口说了句像样的人话。不过如果要受马屁精的照顾，我干脆上吊死了算了！

“还有哇！学生们是很高兴你来的！可是因为有种种原因，所以……难免有一些令你生气的事情，就请你就当作是考验，忍下来好吗？这绝对是为你好的。”

“种种原因？是什么原因哪？”

“这个嘛！有点儿复杂，不过，你慢慢就会知道了。我不用说你也会自然明白的。对吧，吉川？”

“嗯，事情挺复杂，不是一朝一夕可以说尽。不过，你会渐渐了解的。我不用说你也会自然明白。”马屁精和红衬衫说的话如出一辙。

“那么复杂的事我就不问了，可是话是你提起的，所以我要问你。”

“也对呀！我开了话头，要是不善后的话就太不负责任了。好吧！那我直说了。恕我冒昧，你才刚从学校毕业，当老师是你的第一个工作。可是学校是一个很讲情面的地方，没办法做得像书生般的淡然。”

“不淡泊行事的话，那要怎么做呀？”

“你就是这么率直，也可以说是还欠缺经验……”

“我本来就缺乏经验，履历表上我也写啦！我才二十三岁又四个月嘛！”

“所以，就会在你料想不到的地方被陷害。”

“我行事端正，才不怕被陷害。”

“你当然可以不怕，可是就是会被陷害。在你之前的那个老师，就是被做掉的。不可掉以轻心哪！”

我才觉得马屁精怎么变安静了，转头一看，他正在船尾和船夫聊着钓鱼的事。他不在旁边，聊起天来轻松多了。

“我之前的那个老师被谁陷害呀？”

“讲明是谁的话，会影响他的名誉，所以我不说。而且又没有确凿的证据，一旦说出来，会成了我的过错。总之，你远道而来，要是在这里栽掉了，那我们请你来就没意义了。希望你多留意。”

“要我留意，还能怎么留意？只要不做坏事就好了吧？”

红衬衫呵呵呵呵地笑了。我可不觉得我说的话有什么好笑的。我坚信到今天为止我都还好。想一想，在这个世界上，好像大部分的人都在奖励坏的事情，似乎不坏就无法在这个社会出人头地。偶尔遇到正直单纯的人，就耻笑人家，给他取一些像少爷、小鬼之类的绰号。小学、中学里的公民老师干脆不用教学生不可以说谎、要诚实之类了。为了这世界，更为了学生着想，干脆教他们说谎、不相信别人以及陷害他人的策略会比较好？红衬衫之所以呵呵呵呵地笑，是在笑我的单纯。在这个世界上，竟然连单纯率真也会被笑。阿清就绝对不会在这种时候笑我，她一定会认真地听我说的。阿清是比红衬衫高尚多了。

“当然不做坏事是好哇！可是就算你自己不做坏事，如果不晓得别人的恶毒，还是有可能倒霉的。这个世界的有些人看起来虽然磊落、淡泊，然而就算人家亲切地帮你找到房子，你还是不能太大意的。……天气变冷了，是秋天到了呢！暮霭将海岸染成深褐色。景致真好。喂，吉川！你觉得海边的景色如何？……”红衬衫大声地叫马屁精。

“是呀！真是绝色美景。要是有时间的话就来写生，才不枉费了这番美景。”马屁精夸张地敲边鼓。

港屋的二楼亮着一盏灯。当火车的汽笛呜地响过的时候，我乘坐的船滑向岸边，船头咔嚓地插进沙里一动也不动。“回来啦？”老板娘站在海滩上向红衬衫打招呼。我哎哟一声，从船头往滩上跳了下来。

第六章

我最讨厌马屁精了，为了全日本着想，应该在他身上绑一块腌酱菜用的石头，然后丢进海里。而红衬衫的声音我实在不敢领教，他一定是为了让人觉得他很和蔼可亲，才故意做作地装出那种声音吧。不管他怎么装模作样，那张脸就是不讨人喜欢。我想大概只有那个马利亚会喜欢他吧。不愧是教务主任，说的话比马屁精难懂。回家后，我想了想那家伙说的话，姑且还觉得有理。因为他没有明讲，所以我也弄不清楚。不过，他好像是想对我说，暴风是个不好的家伙，要当心。既然是这样的话，就明明白白地告诉我嘛！一点儿都不像个男人。而且，那么坏的老师，早点儿把他革职不是比较好吗？教务主任堂堂一个大学毕业生，却没有魄力，讲人家的坏话还不敢指名道姓，肯定是个胆小鬼。胆小鬼一般总是亲切的，所以那个红衬衫才会像女人一样亲切吧。亲切归亲切，声音归声音，我虽讨厌他的声音，但并不否定他的亲切。不过这个世界还真不可思议，我打心底讨厌的人是亲切的人，而气味相投的朋友竟是个恶汉，上天真是作弄人哪！可能是乡下，凡事都和东京背道而驰吧。这是个骚乱的地方，搞不好哪天火灾会结冰，豆腐会变石头也说不定。可是，那个暴风不像是会煽动学生恶作剧的人，尽管他是最受学生欢迎的老师，因此，如果叫他们恶作剧，学生也许会听没错，可是他大可不必拐弯抹角地整我，直接把我抓起来，和我打一架不是比较省事吗？要是嫌我碍事的话，就老老实实地告诉我哪里碍到他，叫我辞职，这样还比较好。事情只要商量就会有办法的，如果他有理，要我明天就辞职也行。又不是只有待在这里我才活得下去，我自有容身之处。暴风真是太不上道了。

来到这里第一个请我吃冰的人是暴风。被那种表里不一的人请吃冰，那可关系到我的颜面。我只吃了一碗，所以让他出了一毛五，不过不管是一毛还是五分，受这个骗子的恩惠，我心里一辈子都不会舒坦。明天到学校，我就把一毛五还给他。五年前我曾经从阿清那里借了三元，到现在我尚未还。不是还不起，而是不想还。阿清无论如何也不会捶我的胸膛，问我"是不是要还钱了"这样的话，而我现在也不会像外人似的要还她钱。如果我愈是在意这件事，就愈显得我不珍重阿清的心意，那就像是在阿清美丽善良的心里挑毛病一样。我不还钱并不是要欺负阿清，而是把她当作我无可替代的伙伴。虽然本来就不应该拿阿清和暴风相比，可是不管是冰水还是甜茶，受人恩惠而不多言，是因为把对方当成值得一交的朋友对待，是一种表现诚意的作为，这可是金钱也买不到的回报。我虽然默默无闻，但也算是正正当当、独立自主的人，这种人愿意向人低头领情，更显得弥足珍贵。

我让暴风出一毛五请我，在我心里对他产生的尊敬要比千万两的回礼还多。暴风理应觉得感谢的，没想到他却出暗招儿，对我做出卑劣的勾当。明天还他一毛五，就当一笔勾销，然后再跟他吵一吵。

想到这里，不觉困了，于是便呼呼大睡。隔天早上因为我心里有所盘算，因此比平时早到学校。我等着暴风的到来，可是他却迟迟不来。半熟瓜来了，汉学的老师来了，马屁精来了，最后连红衬衫都来了，可是暴风的桌上仍然只有那一根粉笔静静地躺着。我原本想进办公室把钱还了。出门的时候，我像拿着澡堂的入浴费一样[①]，将一毛五放在手心，一直握着来到学校。我的手容易出汗，所以当我摊开手心，那一毛五早已汗湿。我想要是把汗湿的钱还给暴风的话，不知他会怎么说，于是便把钱放到桌上呼呼地吹一吹再握回掌心。这时候红衬衫过来："昨天真是不好意思，令你很困扰吧？"

① 日本旧时的公共澡堂每次入浴只收几个铜板，所以客人们习惯把铜板握在手里。

“不会，托你的福，我的肚子饿扁了。”接着，红衬衫将手肘立在暴风的桌上，把那张大饼脸凑到我的鼻子旁，我还以为他要干吗呢！

“昨天要回家时在船上说的话，就把它当作秘密噢！你应该还没告诉任何人吧？”红衬衫对我说。娘娘腔的声音听起来果然像个爱操心的男人，我的确没说。其实我是打算要说了，而且连一毛五都准备好放在手心了。现在红衬衫来堵我的口，害我有点儿伤脑筋。红衬衫也真是的，他不明说是暴风，却留下蛛丝马迹让人推测，事到如今竟然要我别解开谜底，身为一介教务主任还真是说话不算话。照理说他应该在我和暴风开战时，为我挺身而出的。那才配称得上是一校之教务主任，如此，才有资格穿着红衬衫。

我对教务主任说：“我还没告诉别人，可是正准备找暴风谈判。”红衬衫听了大惊失色。

“你要是做出那种蛮横的事，我可麻烦了。关于堀田的事，我可不记得我对你明说了些什么噢！你要是在这里动粗的话，对我可是个麻烦。你并不是为了惹麻烦而来这所学校的，对吧？”他突然问我这个很没常识的问题。

“那当然，我领了薪水还引起骚动的话，学校也会很困扰的。”

“那么昨天的事就当作是给你的参考，千万别泄了口风噢！”红衬衫流着汗求我。

“好吧！我虽然感到很为难，但如果对你会造成那么大的困扰，那就算了。”我答应他。

“你真的能保证？”红衬衫再三向我确认。我不知道他像女人到底像到什么地步。大学毕业生？像他那种家伙，大家一定都觉得很乏味。说过的话前后矛盾，净做些无理的要求也就罢了！竟还能逍遥自在，而且怀疑我。我虽然胆小，但好歹是个男子汉，我既然已经答应他，难道还会扯他后腿不成吗？

由于座位两侧的人全都到校了，所以红衬衫便赶紧地回到自己的座位上去。红衬衫从走路的样子就很做作。即使是在室内走动，他也总是静悄悄、蹑手蹑脚的。我到现在才知道，原来他将走路不出声视为一项值得骄傲的事。又不是要练习当小偷，光明正大地走就好了嘛！上课钟终于响起，结果暴风还是没来。没办法，我只好将一毛五放在桌上，前往教室上课。

由于课堂内容的关系，第一节课我晚了一点儿下课。一进到办公室，其他的老师都坐在桌前各自聊着天。暴风也不知何时来了。我以为他请假，原来是迟到。他似看非看地对我说："今天是你害我迟到的，把罚金拿出来吧！"

我拿起桌上那一毛五说："这是之前在通町吃冰的钱，拿去吧！"

我把钱放到暴风面前，他带笑地对我说："你在说什么呀？"但看到我一脸正经，"别开无聊的玩笑。"他把钱拨回我的桌上。嘿！你这个暴风想摆阔到什么地步哇？

"不是开玩笑，是真的。我没有理由让你请吃冰，我要出钱。你怎么能不收呢？"

"要是你那么在意这一毛五的话，那我就收下啦！可是为什么你现在才想起来要还我呢？"

"不管是现在也好，任何时候也好，我都要还给你。因为我不喜欢被请，所以要还你。"

暴风冷冷地看着我，然后说了声："是吗？"如果不是红衬衫的要求，我当场就揭穿暴风的卑劣行为，和他大吵一架。不过我已经答应不泄漏的，所以不能行动。我都这么激动了，他竟然还冷淡地说："是吗？"

"冰的钱我收下，可是你得搬出现在住的地方。"

"只要你收下那一毛五就行了，搬不搬家是我的自由。"

"那可不自由噢！昨天房东来找我，说要请你搬出去。我听了房东的话后，觉得很有道理。我今天早上就是想去确认一下，才绕过去问清楚的。"

我听不懂暴风说的话。

"房东跟你说什么我怎么知道？你要自作主张，我有什么办法？如果有原因的话理应先说明的。别一开始就说房东讲得有理，那对我可是很失礼的。"

"好，既然如此，那我就说了。你在那里太蛮横不讲理了。房东太太怎么说都不是女佣噢！你竟然伸出脚叫她帮你擦，太嚣张了吧！"

"我什么时候叫房东太太为我擦脚了？"

"有没有擦我不知道，总之他们很困扰。人家还说呀！月租十元十五元的，卖一幅挂轴就有了。"

"对他有利的事就跳过不说。既然这样，那他当初为什么要让我住下来呢？"

"为什么租你，这我不知道，反正是租给你了，可是人家现在嫌你，要叫你走路。你就走人吧！"

“那当然，就算他双手合十拜托我留下来我也不干！你把我介绍到那种会找碴儿的地方就是你不好。”

“到底是我不好，还是你不够诚实呀？”

暴风的火爆脾气不输我，他毫不让步地大声说。办公室的同仁以为发生了什么事，每个人都伸长脖子出神地望着我和暴风。我并不觉得做了什么见不得人的事，所以我一边站起身，一边逡巡了整个办公室。每个人都显得很惊讶，只有马屁精一个人幸灾乐祸地笑着。我用我的大眼睛，一副“你也想吵架吗”的眼神射向他那张萝卜干脸，马屁精顿时收敛下来，恢复正经，看起来有点儿害怕的样子。这时上课铃响，我和暴风停止争吵，进了教室。

下午，学校针对昨夜对我无礼的住校生应行的处罚方式召开会议。这是我生平第一次开会，所以不清楚状况。我以为大概是职员们聚在一起，讲讲自己的意见，然后校长再随意地做个结论吧。做结论必须把无法决定黑白的事说明白的。像这个不当事件，竟还得开会讨论是否该处罚学生，简直就是浪费时间。不论是谁如何解释，处罚一事应该都不会有人有异议的。事实摆在眼前，校长当场下令处分不就得了，但他却犹豫不决、冥顽不灵。

会议室是位于校长室隔壁的细长房间，平时用来作为餐厅。二十张的黑色皮椅，排在长型桌了的周围，有点儿像神田西餐厅的格调。校长坐在长桌的一端，红衬衫则坐在校长的旁边。我听说其他人都是自由入座，只有体育老师每次都谦虚地坐在最后的位子。我因为搞不清楚，便坐在博物学老师和汉学老师之间。我看看对面，暴风和马屁精坐在一起。马屁精的脸怎么看都很低级。即使我和暴风吵过架，但比起来他是有趣多了。父亲的葬礼在小日向的养源寺举行的时候，寺里的房间挂着一幅画，暴风的脸很像那幅画中的人物。当时我问了寺中的和尚，才知道那是一个叫作韦驮天[①]的怪物。他今天生气，眼睛骨碌碌地转，有时会瞧瞧我。为了那点儿事我就会被你吓到吗？我也不服输，睁大眼睛瞪他。我的眼睛虽然不漂亮，但是要比大的话，我多半不会输人的。阿清甚至曾对我说：“你的眼睛很大，要是当演员一定很适合。”

---

① 佛教护法之一，特别善奔跑，据说能日行千里。

“大致都到齐了吧？”校长说完，名叫川村的书记便一个两个地数起人头。少一个人。当然是少一个，半熟瓜没来。我和半熟瓜不知道是有什么前世因缘，自从见过他一面以后，就怎么也忘不了他。每次进到办公室，半熟瓜的脸一定先进入我的视线；走在路上，心中会浮现他的样子；洗温泉的时候，半熟瓜经常是苍白的一张脸在水面浮沉。如果向他打招呼的话，他会惶恐地低下头来，让我觉得很不好意思。我来到这所学校，还没见过比他还温顺的人。他不常笑，也不说多余的话。我在书本上学过“君子”这个词，总认为那是只有在字典里才有的字，不存在这世上的，直到我遇见半熟瓜后，才相信那果然是个有实体存在的字。

我早就注意这么一位和我关系深厚的人，有没有进会议室。其实，我心里甚至偷偷地锁定目标，想坐在他旁边的。校长说：“他就快来了吧？”然后将自己面前的紫色绸巾包解开，读起印刷物之类的东西。红衬衫开始用丝质手帕擦拭琥珀色的烟斗，这个嗜好和他对红衬衫的喜爱恐怕不相上下吧。其他的人都和四周的人在窃窃私语。闲着无聊的人，拿着铅笔末端的橡皮擦在桌上画来画去的。马屁精不时地对暴风说些什么，不过暴风一概不予理睬。只是“嗯”“啊”地应应声，偶尔用恐怖的眼神瞪瞪我。我也不甘示弱地回瞪。

等了许久，半熟瓜终于可怜兮兮地进来。“因为有点儿事，所以迟到了。”他诚恳地向狸猫致歉。“那么会议就开始吧！”狸猫首先叫担任书记的川村将资料发下去。我一看，首先是关于处罚的那件事，接着是关于学生管理的，还有其他两三条。狸猫像往常一样，装腔作势地说明教育大众的意义：“学校的职员、学生之所以有过失，全是因为我的无能所致。每次一有事情发生，就惭愧自己这样也算是个校长吗？很不幸的，这回又发生骚动事件，我必须向诸位致上深深的歉意。既然事情发生了也没办法，一定要设法处分，事实真相就如同诸位所知，关于善后的对策，请提出意见做参考。”

我听了校长的话后懂了。原来如此，校长也好，狸猫也好，只会唱高调。校长把所有的责任全揽下，说是自己的过错，是自己无能，那干脆不要处罚学生，自己先辞职算了。如此也不必召开如此麻烦的会议了。就常理而言也知道，我安分守己地值班，而学生们捣乱，错的人不是校长也不是我，而是学生。如果这件事是暴风煽动学生的话，只要把学生和暴风革除就够了。捡了人家的烂摊子然后宣称："这是我捅出来的娄子！"哪有这种人哪？只有狸猫会玩儿这套把戏。他高唱了一番不合道理的论调后，得意地环视四周。结果根本没有人搭腔。博物学的老师眺望着停在第一教室的乌鸦；汉学老师把手上的资料折了又开，开了又折的；暴风还在瞪我。美其言是会议，但这么愚蠢的做法，还不如缺席去睡午觉。

我开始不耐烦了，心想该好好地发表一番。才要起身，红衬衫发言了，于是我只好作罢。红衬衫收起烟斗，拿起条纹丝质手帕边擦汗边开讲。那条手帕一定是从马利亚那里弄来的。男人用的应该是白色麻质的。"听了住校生的恶行后，身为教务主任的我对于自己的疏忽以及对学生的管教不周深感惭愧。这件事情是因为某些缺失而引发的，就整件事来看，好像纯粹是学生的错，不过，一旦追究真相，也许校方也要负责。因此我认为，只就事情的表面来严格制裁，对将来反而不好。少年血气方刚，精力过盛，没考虑是非对错就不经意地恶作剧。照理说，处分的方式应由校长来决定，不容我置喙，不过我希望针对这一点能有所斟酌，尽量能从轻发落。"

说穿了，狸猫讲了一套，而红衬衫也扯了一套！他竟宣称学生捣乱不是学生的错，而是老师不好！也就是说，疯子打人家的头，并不是疯子不对，而是被打的人不好。还真是侥幸啊！要是精力过盛的话，不会到操场去比相扑哇？把蝗虫放进被窝会是无意的吗？这么说，要是我在睡梦中头被砍了，也会原谅加害人"无意"的恶行了？

我心想要起来说点儿话，不过既然要说，一定要一鸣惊人才有意思。我的缺点就是一生气起来，三言两语都会打结的。狸猫也好，红衬衫也好，人品不比我好，就是口才相当厉害，要是我说了不该说的话，被抓到话柄，那就不好玩儿了。先打个草稿好了，于是我在心里默想。突然前面的马屁精站起来，吓了我一跳。那个马屁精讲什么意见哪？真是厚颜无耻。他用他一贯饶舌的腔调说："此次的蝗虫事件和喧闹事件，使得我辈有心之教职员不禁对本校之前途感到忧心忡忡，我全体教职员必须借此自我反省，并整肃全校风纪。方才校长与教务主任所言实是鞭辟入里，我完全赞同。望能予以从轻发落。"马屁精所说的话，有口无心。他只不过是滔滔地将一串文言文拿出来卖弄罢了，我一点儿也听不懂，听懂的只有那句"我完全赞同"而已。

我虽然听不懂马屁精所说，可是就是很生气，不等打好草稿，我就站了起来。"我彻头彻尾反对……"才这么说完，我就接不下去了。"……我最厌恶那种……随随便便的处罚方式了。”我的话引来全场哄堂大笑。“本来就是错在学生，无论如何一定要他们道歉，否则他们会习以为常的。难道因为我是新来的老师就可以对我无礼吗？……”说完后我坐下来。隔壁的博物学老师说了句懦弱的话：“学生是有错，可是处罚得太严重的话，说不定会引起反弹。我还是赞成教务主任说的，从宽处理比较好。”左邻的汉学老师也赞成稳当派的说法。历史老师也和教务主任持相同看法。真可恨！几乎都是红衬衫派。学校里有这些老师看来前途无望了。反正不是学生道歉就是我辞职，二选一。我已经有心理准备了，如果红衬衫赢，我就马上卷铺盖走人。反正我也没有在这场争论中制伏他们的口才，要我一直为这件事向大家交涉拜托，我可不干。就算不在学校了，那又怎样？我再说的话，一定又有人会笑的。谁要说呀！我不管了。

这时候，一直静默不语的暴风奋然起身。是起来说你支持马屁精、红衬衫的吧？反正我都和你吵开了，随你便了。我在心里这么想着。结果暴风用几乎是振动玻璃窗的声音说：“我完全不同意教务主任及其他诸位的意见。不管从哪一点看这件事，只能说是五十名住校生欺压新来的老师如此而已。教务主任好像将原因归咎于教师本身，恕我直言，那样的主张是失言了。某人轮到值班是在上任后不久的事，和学生相处还不满二十天，在这短短的二十天里，学生们对他的学问、为人还无从评价起。如果因为他不值得尊敬而被欺负，那还情有可原，可是什么原因也没有就愚弄新来的老师，这么放纵学生可是会影响到学校的威信的。教育的精神不只在于传授学问，在鼓励高尚、正直的武士精神的同时，也要扫荡卑鄙、浮躁、傲慢的恶风。如果害怕学生反动，姑息骚动变大的话，那真的不知何时才能矫正这种弊端。我们是为了杜绝弊风才会在学校任职，如果姑息这样的过错，干脆一开始就别当老师了。基于以上的理由，我主张严处全体住校生，并且必须让学生在该老师面前公开谢罪。”说完，他便一屁股地坐了下去。全体静肃不语。红衬衫又开始擦起烟斗了。我不知道为什么，觉得很高兴。我想说的话，暴风好像全替我说了。我就是这么单纯的人，刚刚吵架的事我完全忘了，一脸充满感谢地望向坐下去的暴风，而他仍是一副不理不睬的表情。

过了一会儿，暴风又再度站起来。“刚才我一闪神，忘记说了，现在补充一下。当晚值夜的人好像在值夜的时间去泡了温泉，我想那是分外的事。如果值班之际溜去泡温泉，而庆幸没有人会责难，那可就大错特错了。以学生的立场而言，关于这点，希望校长能警告该名负责人。”

怪胎！我以为他刚刚是赞扬我的，没想到接着马上揭发我的过失。我无意间知道之前的值班到外面溜达的事，以为那是惯例，所以才去泡温泉的。不过被这么一讲，我承认是自己不对，被攻击也没办法。于是我又站起来说：“我的确是去泡了温泉，这是不对的，我道歉。”当我坐下时，大家又笑了。我只要一开口，他们就笑。一群无聊的家伙！你们有本事在公开场合如此承认自己的过错吗？就是不敢所以才笑的吧？

接着校长说：“大致上已经没有其他意见了，我几经考量，决定予以处罚。”顺带一提，会议的结果是将住校生禁足一周，并到我面前道歉。本来如果学生们不道歉，我当场就要辞职了，结果却照我说的去做，这下事情不妙，以后再说。这时候，校长声称是刚才会议的延续，又开口说道：“学生的纪律必须由老师的感化来匡正，首先我希望着手的是，教师尽量不要出入餐饮店。当然像欢送聚会之类的就另当别论了，我希望各位不要单独进出不太优良的场所，例如荞麦面店、麻薯店等。”他说完后，大家又笑了。马屁精看着暴风，递了一个眼色对他说：“天妇罗！”不过暴风没理他。活该！

我的脑袋不好，所以狸猫说的话我听不太懂。要是去荞麦面店或者麻薯店就不能当老师的话，那么像我这种贪吃鬼，怎么说都不是英才。既然如此，你一开始就聘请那种讨厌吃荞麦面、麻薯这些东西的人来呀！事先不说明，现在才下命令叫人家不准吃荞麦面、不准吃麻薯，颁布这种禁令，对我这个没有其他嗜好的人而言，是很大的打击。接着红衬衫又开口了：“本来中学教师在社会上就是处于上流的地位，因此，光是追求物质上的快乐是不行的。若是沉迷于物质的享受，对品行会有不好的影响。然而，既生为人，如果没有一点儿娱乐的话，在这样小小的乡下地方，是无以生存的。所以一定要追求一些诸如钓鱼、阅读文学书籍，或是写写新诗、俳句①之类高尚的精神娱乐……”

我光听就发火。到海边钓肥料、哥鲁基鱼是俄国的文学家、叫心爱的艺妓站在松树下、青蛙跳到古池塘里②，如果这些算是精神上的娱乐的话，那吃

① 由五、七、五共十七个日语音节，分三句组成的短诗。——译者注

② 此指诗人松尾芭蕉（1644—1694）名句：“古池塘里，青蛙跃进，水花的声音。”松尾芭蕉本名松尾宗房，是日本江户时代前期的俳圣。——译者注

天妇罗、吞麻薯也可以算是精神上的娱乐。与其传授那些无聊的娱乐，你倒不如回去洗洗红衬衫算了。我实在气不过，于是问他："请问，和马利亚见面也算是精神上的娱乐吗？"结果这回谁也不笑了。大家面面相觑。红衬衫很痛苦似的低下头。看吧！搔到痒处了吧！只有半熟瓜我觉得比较可怜，他原本苍白的脸愈发惨白了。

第七章

我当天晚上就搬走了。当我回家收拾行李的时候，房东太太还问我："是不是有什么地方让您觉得不方便的？如果有什么地方惹您生气的话，请告诉我们，我们一定会改进的。"我实在太讶异了。为什么这个世界上，尽是一些搞不清楚状况的人？我真的弄不懂，究竟是要我搬出去，还是要我留下来？简直是疯子！反正跟这种人吵，只会损及我东京人的名节，所以我叫了部车就匆匆地离开了。

出来是出来了，可是，要去哪里我一点儿目标也没有。车夫问我要去哪里，我叫他闭嘴，照我说的走，一会儿就知道了。走着走着，我想干脆去山城屋算了，可是那又得再搬出来，太麻烦。于是我就想，这样走走绕绕也许会看到出租房屋或者是广告招牌什么的，如果看到了，就当那是天意安排给我的去处好了。就这样，我们在清静、看起来适合居住的地方绕了又绕，终于绕到了锻冶屋町来。这里是士族[1]的住宅区，不是有房子出租的地带，所以本想掉头回到比较热闹的地方。突然，我想到了一个好点子。我所敬爱的半熟瓜就住在这附近，他是这个地方的人，祖先历代的宅院都由他管理，所以这一带的情况他一定很清楚。如果问他的话，也许会告诉我哪里有不错的房子。

① 指明治维新之前的武士阶级。

幸好我曾到他家拜访过一次，要找他家并不困难。我很快就找到了，朝里头喊了两次："抱歉，打扰了。"之后，一位年约五十的长辈便手持古典纸烛[1]走了出来。我不讨厌年轻的女子，不过，见到年老的人总是有一种怀念的感觉。我一定是因为太喜欢阿清了，才会把那份情感转移到每个婆婆身上的吧。这位应该就是半熟瓜的母亲吧？是个留着一头齐肩短发，有气质的妇人，长得和半熟瓜真像。

"来，进来吧！"

"我想见古贺先生。"于是她把半熟瓜请到玄关来，我向他说明来意，问他有没有什么知道的地方。

半熟瓜对我说："那你现在一定很伤脑筋啰？"他想了片刻后说："这条后巷住着一对相依为命的老夫妇，姓萩野，由于房间空着可惜，他们曾拜托我，如果有可靠的人想租，就帮忙介绍一下。我不知道他们现在还租不租，不过可以一起去问问看。"说完便亲切地领着我一起去。

那天晚上我就成了萩野家的房客了。令我吃惊的是，我一搬出阿银家之后，隔天马屁精就毫不在意地占领了我住过的房间。我实在受不了他。也许这个世界上全是骗子，彼此相互陷害勾结也说不定。真讨厌！

如果这个世界真的如此，那我也不认输，要是不顺应时势，便无法生存下去。扒手偷窃，我分赃，否则三餐没有着落，怎么活得了呀！活蹦乱跳的人如果饿到去上吊，不但对不起祖先，还很没面子。现在想起来，比起进入物理学校学那没用的数学，当初还不如拿那六百元当资本，去卖牛奶还比较好。这样一来，阿清也不必离开我身边，而我也不用在这大老远的地方担心她了。和她在一起的时候并不觉得，现在来到这个乡下，才深知阿清的确是个好人。像她那样性情好的女人，走遍全日本也找不到几个的。婆婆在我离开时有点儿感冒，现在身体不知道怎么样了？她看到我之前寄给她的信，一定很开心吧？对呀！她的回信也应该要到了的呀？为此我足足挂心了两三天。

由于我很关切，所以常常去问房东婆婆有没有东京寄来的信，而她总是一脸抱歉地说："一封也没有。"这对夫妇和阿银他们不同，不愧是从前的士族，两人都很高尚。虽然房东爷爷一到晚上就会发出奇怪的声音唱歌，令我不敢领教，不过他不会像阿银那样，胡乱进出我的房间，说要泡壶茶，所以我很

① 日本江户时代使用的一种油灯，用纸捻儿做灯芯。

轻松。房东婆婆有时候会进来我房间和我聊东聊西的。

她问我："你为什么没带着老婆一起来呢？"

"我看起来像是有老婆的人吗？真可怜，我才二十四岁呢！"我说。

"你二十四岁，有老婆是理所当然的呀！"她劈头就回道，接着又举了大约半打的例子说，那个谁呀，二十岁就娶媳妇了；谁二十二岁就已经有两个孩子了，等等。

我不好意思反驳她，于是学她的乡下腔调对她说："那我也二十四岁娶亲好了，你能不能帮我介绍对象啊？"

结果她正经八百地问我："真的吗？"

"当然是真的啰！我想娶老婆想疯了。"

"是吗？年轻的时候都是这样的呢！"我对她这句话觉得很难为情，而不知该如何回话。

"可是，老师你早就有老婆了嘛！我的眼睛可是很锐利的，看得出来噢！"

"咦，眼睛锐利呀？你是怎么看出来的呀？"

"怎么看哪？你不是每天都焦急地问'有没有从东京寄来的信，有没有信'的吗？"

"吓我一跳！你的眼睛可真锐利噢！"

"被我说中了吧？"

"是呀！可能被你说中了噢！"

"不过现在的女孩子不比从前，你可不能大意噢！还是小心点儿的好。"

"什么？你的意思是说，我的老婆在东京有情夫？"

"不，你的老婆很可靠……"

"那我就放心了。可是你要我小心什么呢？"

"你的是很可靠，你的是很可靠哇！不过……"

"是不是在哪里有不可靠的人哪？"

"这一带有不少，老师，你知道那个远山的姑娘吗？"

"不，我不知道。"

"你大概还不知道，她是这一带最标致的美人，因为太漂亮了，所以学校的老师都叫她马利亚。你也许还没听说吧？"

"噢，马利亚呀？我还以为那是艺妓的名字呢！"

"不是，马利亚是外国话，应该就是美人的意思吧。"

“也许吧。吓我一跳。”

“大概是美术老师取的吧。”

“是马屁精取的呀？”

“不，应该是吉川老师取的。”

“那个马利亚不可靠吗？”

“那个马利亚小姐是个不守分的马利亚小姐呢！”

“伤脑筋。自古被取绰号的女人就没有正经的。也许噢！”

“真的呀！像鬼神阿松[①]、妲妃阿百[②]都是可怕的女人。”

“马利亚也是同类吗？”

“那个马利亚呀！你知道吗？就是那个介绍你来这里的古贺老师的……他们已有婚约了。”

“咦？真是不可思议！我没想到那个半熟瓜是个艳福不浅的男人。人不可貌相啊！我以后要注意了。”

“不过，自从去年古贺家的父亲去世了之后，生计就愈来愈不顺，以前他们家不但有钱，还持有银行的股权，万事顺利的……总归就是古贺老师人太好了，被欺负。就这样，迎娶新娘的事也拖延了。结果蹦出那个教务主任说要娶她为妻。”

“那个红衬衫哪！可恶的家伙！我就说他不是个省油的灯。结果呢？”

“他拜托人去游说，结果远山家说，因为和古贺家已有婚约，所以无法马上答复，唉！我想他们应该只是告诉他说，会考虑看看而已吧。结果红衬衫就找门路开始出入远山家，最后竟赢得了小姐的心。红衬衫实在是厉害，而小姐也真是的，大家说得可难听啰！曾经答应要嫁到古贺家的，结果又杀出一个文学士，然后移情别恋。你知道吗？这么做怎么对得起老天呢？”

“真的是对不起老天，不只是老天，什么天都对不起。怎么说也说不过去嘛！”

---

① 日本江户末期的女贼，被编入小说、戏剧中。歌舞伎狂言《新版越白波》里的女贼形象最为著名。——译者注

② 日本江户中期的吉原妓女，后来成为武士的小妾，又被献给秋田藩主，造成藩内矛盾不断。很多戏剧都以此为题材，塑造了一个毒妇阿百的形象，例如歌舞伎《善恶两面手百》。——译者注

“古贺先生的朋友堀田看他可怜，于是就跑去找教务主任谈，结果红衬衫说他并没有打算要横刀夺爱，不过如果他们两人的婚约取消了，他就有可能会娶她。而且，现在和远山家只是普通的交往而已，又没有对不起古贺的地方。听说堀田先生拿他没辙，只好回去了。有人说，自从那次以后，红衬衫和堀田就交恶了。”

“你知道的事情还真多呢！你怎么会知道得那么详细呀？真佩服你。”

“这里地方小，什么事我都知道。”

她知道的也太多了。照这样看来，说不定连我的天妇罗和麻薯的事她都知道。真是个麻烦的地方。不过多亏了她，我才知道“马利亚”的意思，也弄清暴风和红衬衫的关系，这些对我日后太有帮助了。只是令我困扰的是，我搞不清楚到底谁是坏蛋。像我这种单纯的人，如果不弄清楚谁黑谁白的话，就不晓得该站在哪一边才好。

“那红衬衫和暴风，哪一个是好人呢？”

“暴风是谁呀？”

“暴风就是堀田嘛！”

“要说强壮的话，好像是堀田先生比较壮。可是红衬衫是学士，比较有为。而且要论温柔的话，是红衬衫比较温柔。不过，学生的风评是堀田老师比较好。”

“那到底是哪一个好？”

“也就是说薪水多的人比较优势嘛！”

她这样答，我再问也没用，所以就不问了。两三天后，当我从学校回来时，房东婆婆笑嘻嘻地对我说：“让您久等了，总算寄来了。”她拿给我一封信，叫我慢慢看，说完便走开了。我拿起来一看，是阿清寄来的信。上面粘着几张纸片，我仔细一看，这封信是从山城屋转到阿银那儿，再从阿银那边转来萩野这里的。而且这封信在山城屋逗留了一个星期，不愧是旅馆，连信都想叫它留宿。我拆开一看，是封非常长的信[①]。“我接到少爷的信后，本来想马上回信的，但是很不巧，我因为感冒，在床上躺了整整一个星期，所以信回晚了，很抱歉。而且我不像现在的姑娘一样地读写流利，所以即使是这么难看的字，也费了我好一番功夫才写成的。本来是想请我的外甥代笔，可是既然要寄给您，如果我没亲手写，就太对不起少爷您了，于是我特地打了一次草稿，再誊写

① 日本的旧式书信用卷纸书写，因此，写的内容较多时会给人“很长”的感觉。

过来，两天就誊好了，可是打草稿却花了我四天的时间。也许写得很差，不过这是我努力写完的，所以希望您能从头把信读完。”信的开头拉拉杂杂地写了一大串。果然写得很不好读。不只是字迹潦草，由于她多半使用平假名[①]，所以句子要在哪里断、哪里起，连要标上标点符号都很费劲。我的个性急躁，像这么冗长又难懂的信，就算给五元拜托我读，我也会拒绝。可是，现在我却认真地把信从头到尾读完。读是读完了，但很费劲，有些意思不连贯的，又得从头读起。因为房间内的光线变暗了，于是我就出来坐在檐廊仔细地读。初秋的风吹动芭蕉叶，拂过我的肌肤，吹得我手上的信纸沙沙作响，仿佛只要我的手一松，信纸就全要往篱笆那儿飞去似的。我管不了那么多，继续看下去。“少爷的个性就像竹子一样正直，只是您的脾气稍微火爆，我很担心。要是胡乱给人取绰号，是会招怨的，所以不要随便乱取。如果给谁取了绰号的话，只要写信告诉阿清就好了。我听说乡下人很坏，所以您要小心，别被暗算。气候也一定没有东京来得温和，睡觉时不要着凉了。少爷的信实在太短了，我无法得知您的情形，下次写信来的时候，至少要写到像我这封信的一半长。您给旅馆五元小费是没关系，可是后来钱够用吗？在乡下，只有钱才靠得住，要尽量节省，以备不时之需。我想，也许您没有零用钱会不方便，因此寄给您十元汇票。我把以前少爷给我的五十元寄放在邮局，以便少爷您回东京成家时可以用。扣掉这十元，还有四十元可以用，所以没关系。”女人的心思还真细。

我坐在檐廊翻看着阿清的信，陷入沉思。不久，萩野婆婆拉开隔间的纸门，送来晚餐。

“你还在看信哪？好长的一封信哪！”她说。

“嗯，因为是很宝贵的信，所以我让风吹……我让风吹着看。”

连我自己都不知道我回答的这句话是什么意思。说完，我便开始吃饭。一看，今天又是煮地瓜。这里的房东比起阿银是既亲切有礼而且高尚，美中不足的是，伙食难吃。昨天是地瓜，前天也是地瓜，今天晚上又是地瓜。我的确讲过我喜欢吃地瓜没错，可是像这样接连不断地要我吃地瓜，我的命可

① 假名是日本书写文字，是以汉字草体为基础所创造的音形文字。在日语的书写中，即有假名也有汉字，在旧时假名为大众所常用，汉字则是文化水平较高的人多用。一般来说，一个汉字如果用假名来书写，会写成一个或多个假名，因此文中所说的“多半使用平假名”必然会导致书写内容很多。

难保哇！也别笑半熟瓜了，再过不了多久，我可能就要变成面黄肌瘦的地瓜老师了。要是阿清的话，这个时候她一定会弄我喜欢的鲔鱼生鱼片、烤鱼板给我吃的。可是遇到这种小气士族，就没办法了。我想来想去，不和阿清在一起就是不行。如果我会在这所学校久留的话，就把阿清从东京叫来好了。吃天妇罗面不行，吃麻薯也不行，加上在这里尽吃地瓜，搞得面黄肌瘦的，当个教育者真是命苦。说不定和尚吃得都比我好吧？我吃罢一盘地瓜后，从抽屉取出两个生蛋，在碗边敲敲，吃完后总算是撑住了。要是不靠生蛋摄取一些营养的话，一个星期二十一堂课，我哪应付得了？

今天因为看阿清的信，所以去温泉的时间耽搁了。每天必去的地方，如果有一天没去，心里就会觉得很不舒服。我拎着那条红毛巾，来到车站准备搭火车出门，结果两三分钟前火车才刚走，还得再等一会儿。我在长椅坐下，吸了一根敷岛香烟，很巧的，半熟瓜也来了。我因为听了刚才那一番话，现在觉得半熟瓜更可怜了。他平常就是一副淡泊世事的谦卑态度，看起来很可怜，可是今晚岂止是可怜。如果可以，我真想拿出多一倍的薪水，让他和远山的小姐明天就完婚，并且去东京玩儿上一整个月。

由于我心里正这么想着，于是便热络地招呼他说："去洗温泉吗？来，过来这边坐嘛！"

半熟瓜不好意思地对我说："不，不用客气。"不知道他是客气还是怎么样，依旧站着。

"还得等一下，火车才会来。站着可会累坏了，请坐。"我再次劝他。其实不知道为什么，我很希望他能坐在我身边，我实在很同情他。

"那我就不客气了。"他总算听了我的话。

这个世界上，有像马屁精那种明明不需要他出面，他也一定要出来凑热闹的自作聪明的家伙；也有像暴风那种一副没有我，日本就完了的态度的家伙；还有像红衬衫那种以摩登好色男自居的人；另外，也有自以为穿上教育的堂皇大礼服，就成为教育者的狸猫。每个人都恃势而骄，只有这位半熟瓜老师可有可无，像是受困的傀儡，不由自主。虽然半熟瓜的脸是肿了点儿，可是舍弃这个好男人，而去依附红衬衫，马利亚也真是个令人费解的姑娘。红衬衫再怎么努力，能成为这么棒的丈夫吗？

"你是不是哪里不舒服哇？我看你好像很疲倦的样子。"

"不，也没有什么毛病啊……"

“那就好。身体如果不好的话，人就提不起劲。”

“你看起来好像很健康。”

“嗯，我虽然瘦，不过很少生病。我最讨厌生病了。”

半熟瓜听了我的话后，嘻嘻地笑了。

这时候，入口传来女人的笑声，我不经意地回头一看，来了不得了的人呢！是一个肤色白皙，发型时髦，身材高挑的美女，和一位年约四十五六岁的妇人，相偕站在卖票的窗口前。我是一个不懂得如何形容美女的男人，所以不知道该如何夸赞，可是她不折不扣是个美女。那是一种用香水将水晶球裹住，捧在掌心似的感觉。年纪较长的那位个子小，不过因为长相很像，所以应该是母女吧。“啊，来了！”正当我心里这么想的时候，我完全忘了半熟瓜的存在，一直盯着年轻女子的方向看。结果半熟瓜突然从我身边站起来，朝女人走去。我吓了一跳，心想那该不会是马利亚吧？他们三人在卖票口处轻谈了片刻，因为距离太远了，我听不到他们在说什么。

我看了车站的时钟，再五分钟火车才开。火车怎么还不来呀？因为没人陪我聊天，所以我等得很不耐烦。就在这时候，又有一个人匆匆忙忙地跑了进来。一看，正是红衬衫。他的和服上胡乱地系着一条绉绸质地的带子，然后垂着那条金链子。那条金链子是假的，红衬衫还以为没有人知道，拿着到处炫耀，不过我可是识货的。红衬衫跑进来之后，东张西望，殷勤地向站在卖票口那三个人说了两三句话后，便急忙地向我走来。他依旧是用他那一贯不出半点儿声响的走法。“哟，你也去洗澡哇？我担心赶不上火车，所以急急忙忙地跑来。没想到还有三四分钟。不知道那个时钟准不准？”说着，他便拿起自己的金链表来看：“差了大概两分钟。”说完便在我身旁坐了下来。他一眼也没回头瞧女人，只是把下巴靠在手掌上，凝视着前方。年老的妇女不时地看看红衬衫，而年轻的那位则依然看着旁边。我愈来愈确定那个人就是马利亚了。

汽笛终于呜地一响，火车来了。等待火车的乘客，鱼贯地上了车。红衬衫第一个冲进头等车厢。坐头等车厢就神气呀！到住田的头等车票是五毛，次等是三毛，只差了两毛就有上下之分，连我都舍得买头等的白色车票[①]。乡下人多半小气，即使是两毛钱也很难出得了手，因此大多乘坐次等车厢。马

① 当时日本头等的火车票为白色，次等的火车票为红色。——译者注

利亚和她母亲也跟在红衬衫之后，上了头等车厢。半熟瓜一向只坐次等车厢，他站在次等车厢的入口，好像在犹豫些什么，他似看非看地瞧了我一眼后，便毅然决然地上了车。这时候我不知道为什么，觉得非常同情他，于是便跟着他，进了相同的车厢。买头等票坐次等车厢应该无所谓吧！

到了温泉澡堂，我自三楼穿着浴衣下来后，在温泉池又遇到半熟瓜了。虽然我在会议、重要的场合时，就会喉咙哽住、哑口无言，可是平常还挺健谈的。于是我便试着在澡池里和半熟瓜聊一聊。他那可怜的模样，真让人于心不忍。我自认在这个时候安慰他一言半语，是身为东京人的义务。但不幸的，半熟瓜并不太领情。不管我说什么，他只是一味地应我"嗯""不"，而且那几声"嗯""不"显得很不耐烦。所以后来我就识趣不说了。我在澡堂没遇到红衬衫。本来澡池的数量就多，所以即使坐同一列火车来，也不一定会在同一个地方碰面，因此我并不特别讶异。洗完澡出来后，一轮明月高挂天边。街道的两侧种着柳树，团团的树影落在街道上。去散散步好了。我往北走到街的尽头，左边有座大门，门的尽处是一座寺院，而寺院的左右是妓院。山门里头竟然有妓院，真是前所未闻的景观。我有点儿想进去看看，可是搞不好在开会时又会被狸猫修理，所以就过门不入了。挂着黑色布帘，有着格子窗的那户平房，就是我曾经因吃麻薯而惹上麻烦的地方。一只上面写着红豆汤圆、年糕汤的纸灯笼悬挂着，灯笼的火光照着屋檐旁的一棵柳树干。我虽然很想吃，不过还是忍住走开了。

想吃麻薯却不能吃，是很令人泄气的。不过，自己的未婚妻移情别恋，那才更令人泄气。我一想到半熟瓜的事，不要说是麻薯了，就算绝食三天也不能抱怨。没有什么是比人更靠不住的。那张美丽的脸怎么看都不像是会做出那种残忍的事呀！反倒是像冬瓜一样水肿的古贺是正人君子。所以说不能大意。此外看起来淡泊的暴风也煽动学生捣乱。说是他煽动学生干的，可是他又逼校长要处罚学生。我厌恶的红衬衫对我分外亲切，从旁提醒我要注意，可是却诱骗马利亚。说是诱骗马利亚，可是又声明说除非古贺取消婚约，他是不会发动攻势的。阿银找理由把我赶出来，可是又马上让马屁精住进去。怎么想我都觉得不可靠。如果我把这些事情写给阿清看，她肯定会吓一跳的。也许她会说："因为那是比箱根还远的地方，所以聚集了怪物。"

我本来就是随遇而安的个性，所以长久以来，不管遇到什么事，我都不会觉得有多苦。可是来到这里还不到一个月，我突然觉得这个世间真是动荡不安。虽然称不上历尽沧桑，但总觉得好像已经老了五六岁一样。赶紧做个了断，回东京去才是上策吧！我一样一样想下去，不知不觉已经走过石桥，来到野芹川的河堤了。讲河川好像太夸大了，其实不过是条个把米宽的小河，流水潺潺，沿着河堤走约一千两百米，就可到相生村，那座村里供着观音菩萨。

回头望向温泉町，红色的灯在月光下闪闪发亮。鸣打着太鼓的一定是妓院。河的水流虽浅，但因流得很快，因此水神经质似的闪烁着。我沿着河堤走了大概三百米，发现前面有人影。透过月光一看，人影有两个。可能是洗完温泉要返回村子的年轻人吧？他们连歌都不唱，显得异常安静。

我的脚步比较快，渐往前走，那两个人影愈来愈大。其中一个好像是女人。听到我的脚步声，大约距离二十米的时候，男人忽然回过头来。月光从后方照射下来。我看看那个男人，觉得有点儿怪怪的。男人和女人又开始走了。我心里有所打算，于是急忙全速追上前去。对方一点儿也没察觉，和刚才一样慢慢走着。现在我已经能够清楚地听见他们说话的声音了。河堤只有六尺宽，三个人并走的话很勉强。我毫不费力地急起直追，错身擦过男人的衣袖。我向前走没两步，便掉头偷瞧男人的脸。月光迎面而来照遍我全身。男人轻叫了一声“啊”，便慌张地撇过头去。“我们回去吧！”女人催促地说，于是他们便折回去温泉町。

红衬衫这个厚脸皮，想装蒜？懦弱得不敢报上名来呀！原来地方小，不是只有我会感到不方便而已。

第八章

自从红衬衫邀我去钓鱼回来后，我就开始怀疑起暴风。而且，当他用莫须有的理由叫我搬家时，我更加认为他是个可恶的家伙。然而在会议的时候，他又出乎我意料地滔滔讲述要如何严惩学生，弄得我一头雾水。当我听到萩野婆婆说暴风为了半熟瓜而跑去和红衬衫理论的时候，我感动得拍手叫好。照这样看来，暴风并不是坏蛋，而是红衬衫有问题，信口雌黄，而且还拐弯抹角地想要说给我听。这回被我看到他和马利亚在野芹川的河堤散步，从此我就认定红衬衫是狡猾的老奸了。是老奸还是什么的，我也不太知道，反正他不是善类，是个表里不一的男人。人如果不像竹子一样正直，就不可靠。正直的人就算和人吵架心情也是坦荡荡的。像红衬衫那样把温柔、亲切、高尚及琥珀色的烟斗骄傲地拿出来炫耀的人，是不能掉以轻心的，我想他大概很少和人吵架吧？就算他和人吵架，也没有像回向院①的相扑那般的气魄。而为了一毛五而在办公室和我吵起来的暴风，可是远比红衬衫要像个人。开会的时候，暴风睁着一双牛眼瞪着我，我当时真觉得他十分可恨，可是后来一想，比起红衬衫黏糊糊的嗲声嗲气是好多了。其实那场会议结束后，我就很想和暴风和好。我试着对他说了几句话，可是他非但不理我，还给我白眼瞧。所

① 位于今东京墨田区的净土宗寺院，明治时期在此开设摔跤道场。

以我也一肚子火，就这样一直挨到现在。

从此，暴风就不和我说话了。我还给他的一毛五仍搁在桌上，早已蒙上一层灰尘。我当然不会去动它，而暴风也绝对不带回家。这一毛五成了我们两人之间的隔阂，我即使想开口也开不了口，暴风顽固地保持沉默。我和暴风之间，全是那一毛五在作祟。每次到学校看见那一毛五，就觉得很痛苦。

不同于我和暴风的绝交，红衬衫和我仍然维持原来的交往。在野芹川相遇的隔天，他一到学校，第一件事就是来到我身边，问我："你现在住的地方怎么样？""有空再一起去钓'俄国文学'呀？"之类的，和我攀谈了许多。我觉得他很可憎，于是就对他说："我们昨天相遇了两次噢！""嗯！在车站。你每天都在那时间出门哪？不会太晚吗？"他说。"我们在野芹川的河堤也碰头了噢！"我捅了他一刀，但他却说："不，我没去那里，泡完温泉我就回家了。"干吗隐瞒成那样？我明明就看到了嘛！真是个爱说谎的男人。要是这副德行也配当教务主任，那我就能当大学校长！从这时候开始，我就更不信任红衬衫了。我和不能信任的红衬衫说话，更没和令我佩服的暴风说话。这个世界真是无奇不有。

有一天，红衬衫说有话要对我说，叫我去他家一趟。我虽然觉得因此而不能去泡温泉很可惜，但还是在四点便出发去他家。红衬衫虽然是单身汉，但不愧是教务主任，早就从房东家搬出来，自己租一栋气派的房子住。据说一个月房租是九元五毛。在乡下，付九元五毛就能住这样的房子，那我也要下定决心，把阿清请来这里，让她开心开心好了。"有人在吗？"我叫门道，他弟弟便出来开门。他这个弟弟在学校，代数和算术是被我教的，是个成绩很糟的孩子。加上他是从外地迁来的，品行比那些本地的乡下人还差。

见到红衬衫后，我问他有什么事。他老兄拿起那支琥珀色的烟斗，边哈烟边说道："自从你来了以后，学生的成绩比上一任老师带的时候还进步，校长很高兴我们请到了好老师。学校方面也对你很信赖，所以希望你能多努力。"

"咦，是吗？努力？我可没办法比现在更努力了……"

"现在这样就够了。我之前跟你提过的事情，希望你没有忘记才好。"

"你是说，介绍房子给我的人很危险那件事吗？"

“讲得这么露骨的话，就没意思了。也好哇！就当作你我心有灵犀吧！如果你能和目前一样，努力以赴的话，学校这边会注意你的，一有机会，我想你的待遇多少应该会有所调整的。”

“咦？薪水吗？虽然我不在乎薪水如何，不过能调涨的话当然是好事。”

“这回刚好有一个人要调动，当然这件事如果没和校长谈妥是不能向你担保的，也许你的薪水可以从那里周转过来，因此我打算找校长谈谈这件事。”

“谢谢。是谁要调职呢？”

“反正也要公开了，所以说出来应该不要紧了。是古贺。”

“古贺老师不是本地人吗？”

“他是本地人没错，但是因为出了点儿状况——有一半是他本人的希望。”

“他要调到哪里去？”

“日向的延冈[①]。因为他是世居于此的本地人，所以调去那里是薪俸升等的调职。”

“那谁调来替代他呢？”

“替补他的人大致上已经决定了。相对的，你的待遇也会跟着调整。”

“啊，真好！不过不用勉强，不调薪也无所谓的。”

“无论如何，我都准备去跟校长谈。不过校长好像也有共识，说不定到时候你得做更多事，我希望你从现在开始要有心理准备。”

“是比现在上更多课吗？”

“不，课堂数也许会减少。”

“减少课堂，做更多事？好奇怪噢！”

“乍听之下是很奇怪，不过，现在我不方便明讲，呃……也就是说，可能会交给你更重大的责任的意思。”

我完全听不懂。如果说是比现在更重大的责任，那就是当数学主任吧？数学主任是暴风，他并没有要辞职的迹象，而且他很受学生欢迎，学校不可能将他调职或开除的。红衬衫说的话，我每次都听得一头雾水。即使听不懂，他找我的事就这样说完了。之后我们闲聊了一会儿，说是要帮半熟瓜举行欢送会，顺便问我会不会喝酒，还说半熟瓜是个君子，值得人敬……红衬衫滔

① 今为宫崎县延冈市。

滔不绝地说了许多。最后，他话锋一转，问我写不写俳句。我一听，心想："完了！"于是便回答他："我不写俳句，再见！"说完，我便慌张地走了。俳句是芭蕉或理发店的老板在搞的玩意儿，我一个数学老师怎么受得了去搞什么牵牛花、吊桶[1]的！

回家以后，我沉思了许久。这世间竟有这种令人搞不懂的男人。不论是房子还是所任职的学校，万事俱备，却厌倦了故乡，要到陌生的他乡吃苦。如果是去有电车通行的繁荣城市那还好，怎么会跑去日向的延冈呢？我到这个船运方便的地方，还不满一个月就已经想回家了。而日向的延冈可是深山中的深山，很偏僻的地方。照红衬衫说的，下了船得先乘一天的马车到宫崎，从宫崎还得再搭一天的车才到得了。光听那个名字，很难令人认为那是个开化的地方。我总觉得那是一个住着猿、人各半的地方。即使是圣人般的半熟瓜，应该也不至于喜欢猿猴到要去陪伴它们吧？真是个怪人。

这时候婆婆又像往常一样，端晚饭来了。我问她今天还是地瓜吗？她说："不，今天是豆腐。"似乎也没更好嘛！

"婆婆，古贺老师好像要去日向呢！"

"真可怜。"

"可怜？如果是他自己愿意去的话，那我们也没办法啦！"

"愿意去？谁呀？"

"谁？他本人哪！古贺老师不是自己愿意去的吗？"

"那你可是大错特错了。"

"错了吗？可是刚才红衬衫是这么说的。如果不是，那红衬衫就是个大骗子。"

"教务主任说的没错，不过古贺他并不想去。"

"那两个都没错，婆婆你真公平。但是这到底是怎么一回事呢？"

"今天早上我遇到古贺的妈妈，她把理由说给我听了。"

"她说了些什么呀？"

"自从父亲过世了之后，他们的生活过得就没有我们所想的那么富裕，于是他母亲就去拜托校长，说是他已经教了四年书了，希望每个月的薪水能够

---

① 文中主人公举加贺千代女之诗句："吊桶之水浇牵牛。"——译者注

多加一点儿。”

“原来如此。”

“校长是说他会好好考虑看看，于是他母亲便放心了。她引颈期盼这个月会加薪，下个月会加薪，等来等去，结果是校长把古贺找去，对他说：‘很抱歉，学校的经费不足，没办法加薪。不过延冈那里有一个缺，薪水每个月比这里多五元，我想正合你意，手续已经办妥，你可以调过去了。’”

“那根本不是商量，是命令嘛！”

“对呀！古贺老师与其调到他乡加薪，他宁可维持原状，留在这里。”

“把人当傻瓜，真过分！这么说，古贺老师根本就不想去？我就说奇怪嘛！为了加那五元的薪水，有哪个蠢蛋会跑去那种山里和猿猴做伴哪？”

“老师，你说谁蠢蛋？”

“唉，随便啦！这些全是红衬衫的计谋。太恶劣了，简直就是暗算人嘛！还说要调高我的薪水，哪有这种不合逻辑的事？谁要他加薪！”

“老师要加薪哪？”

“他跟我说要加薪，我打算拒绝。”

“为什么要拒绝呀？”

“无论如何都要拒绝。婆婆，那个红衬衫是个王八蛋，很卑鄙！”

“就算他卑鄙，他要加你薪，你乖乖接受就好了。年轻的时候容易动气，等到老了以后想一想，要是当初忍下来，就不会做出那么可惜的事了。因为一时生气而造成了损失，那一定会后悔。听婆婆的话，要是红衬衫要给你加薪，你就欣然接受吧！”

“你一个老年人不用管那么多，我的薪水要调升或降，是我的事。”

婆婆闭上嘴不再说话。房东爷爷发出优哉的声音唱着歌。歌这种东西，大概就是将原本念起来听得懂的东西，加上难懂的节拍，把它变成让人听不懂的东西吧？我不懂房东爷爷每天晚上不停哼唱的心情，我现在可没那种闲情逸致。说要调高我的薪水，我并没有特别想要，不过，如果把那些钱闲置着又很可惜，所以我才答应的。可是，我怎么能从不想调职却被强迫调职的人的那份薪水中抽头呢？他本人都说保持现状就好了，为什么还要把他调到延冈去？太宰权帅不过是被调到博多一带[①]，而河合又五郎[②]也不过被下放到相良而已。总之，我必须去红衬衫那里一趟，拒绝他。

我穿上小仓织[③]的和服裤裙，再次出门。我站在巨大的玄关前问："有人在吗？"又是刚刚那个弟弟出来应门。他看看我，一副"你又来啦"的眼神。如果有事的话，我不管两次三次也会来。就算是半夜，我也会来敲门叫人的。你以为我是来给教务主任请安的呀！我可是来跟他说我不要加薪的。他弟弟说："现在里头正好有客人来访。"我说道："我在玄关就好，我想见他一面。"说完便进门。我看到脚边有一双薄垫的低齿木屐，里头传来"万岁啰"的声音。原来那个客人正是马屁精。除了他，没有人会发出那种令人作呕的声音，也不会穿这种艺人气息浓厚的木屐。

过了一会儿，红衬衫手持油灯来到玄关。"来，请进！里头不是外人，是吉川。"他说。

我应道："不，站在这里就够了。我只要讲一下就好。"红衬衫的脸红得像红豆一样，看得出来他和马屁精正在喝酒。

"刚刚你说要调我薪水的事，我稍微改变主意了，我是来向你拒绝的。"

红衬衫将油灯拿向前，从里面盯着我的脸看，霎时他一脸茫然，没有回应。不知他是因为这个世上竟然跑来一个拒绝加薪的人而感到不可思议，还是受不了就算要拒绝，也不用才回去又马上跑来，或者两者皆是，他诧异地张开嘴，呆立在原处。

"我那时候之所以会答应，是因为你说古贺是自愿调职的……"

"古贺要调职有一半是出于自愿。"

"才不是，他想留在这里。薪水按照原来的就好，他想留在家乡。"

"你是从古贺那儿听来的吗？"

"呃……我不是从他本人听来的。"

"那你是听谁说的？"

"我的房东婆婆听古贺他母亲说的，然后今天她告诉我的。"

---

① 指醍醐天皇（885—930）时代，菅原道真因藤原时平之谗言，被贬官至九州一事。太宰是一种官职，太宰府在九州博多（今福冈市），太宰府帅一般由亲王担任，但都不到任，由权帅代行职务。一些中央高官常被贬到太宰府。——译者注

② 松平备前侯的藩士，因杀害同袍渡边数马之弟，被数马及其姐夫荒木又右卫门讨伐。

③ 产自小仓地区的质地稍厚的棉布料。——译者注

“那么是房东婆婆说的啰？”

“嗯，是呀！”

“很抱歉，事情不是这样的。如果按照你所说的，那就意味着，你宁可相信房东婆婆说的话，而不相信教务主任说的话。我这么解释没错吧？”

我有点儿伤脑筋。文学士果然厉害，咬住关键所在，不疾不徐地逼向我。我父亲常说我轻率冒失，一无是处。原来如此，我好像真有那么一点儿冒失。我一听完婆婆的话，就飞奔而来，根本还没见到半熟瓜或他母亲，把事情问清楚。所以像这样被文学士砍上一刀，令我有些招架不住。

表面上虽然有些招架不住，不过在我的内心里，已表明不信任红衬衫了。房东婆婆虽然是个小气的贪心鬼，但她至少不会说谎，不像红衬衫表里不一。我没办法，于是这样回答他：“也许你所言不虚，但我还是谢绝加薪。”

“那就更奇怪了。你特地跑这一趟，是来告诉我你不接受加薪，听起来那是因为你找到不接受的理由，而那个理由经我一说明已经不成立了，可是你却依然拒绝加薪。看样子你还不清楚状况噢？”

“也许我是搞不清楚，总之我拒绝就是了。”

“如果你那么不想加薪的话，我当然不会勉强你，不过，两三个小时之内，你没有特别的理由却变化这么大，这可关系到你将来的信用。”

“就算会影响也无所谓。”

“那可不噢！做一个人，没有比信用更重要的东西了。纵使现在退一步，你的房东先生……”

“不是房东先生，是婆婆。”

“随便啦！纵使房东婆婆对你说的话是事实，给你加的薪水并不是从古贺的所得扣掉的。古贺要去延冈，替补的人会来。可是他的薪水是比古贺少的。我们是把那份多出来的钱拨到你这边，所以你根本不必为谁感到歉疚的。古贺到延冈是荣升，而新来的是依照最先的约定，低薪调来。所以，我想如果你升上来的话，不是刚刚好吗？如果你不愿意也没关系，再回去考虑看看好吗？”

因为我的不够机警，所以平常如果对方如此巧妙地对我施展口才的话，我一定会客气地退一步想：“噢，对呀！那么是我错了。”可是今天晚上可不一样。我刚来到这里的时候，就不喜欢红衬衫，之后，我虽然曾经改变想法，觉得他像个女人似的亲切，可是后来知道那根本就不是什么亲切，所以我现在变得非常讨厌他了。因此，不管他多么会雄辩，想用他堂堂的教务主任式辩功反驳我，我都不在乎。会辩论的人不一定就是好人，而被辩倒的人也不一定就是坏人。表面上看来，红衬衫是十分正经，然而，表面上再怎么光明正大，底子里可无法叫人信服。如果金钱、威势、道理能收买人心的话，那么放高利贷的人、警察、大学教授一定是最受欢迎的行业。就凭一个中学教务主任的论调，怎能打动我的心呢？人做任何事应凭自己的喜好，而不是靠讲长篇大论生存的。

“也许你说得对，但我就是不想加薪，所以再次拒绝你。再怎么考虑也是一样的结果。再见。”我说完便走了。此刻，一道银河高悬天际。

第九章

为半熟瓜举行欢送会的那天早上，我一到学校，暴风就突然跑来对我说：“前些日子，阿银来找我，说你行为不检点，所以来拜托我叫你搬出去。我以为是真的，所以才接受他的请托，叫你搬出去的，可是后来我才知道他是个坏蛋，他经常在伪造书画上盖假章，然后拿去卖人，所以你那件事也绝对是他凭空捏造的。他想把挂轴、古董硬卖给你，赚你的钱，可是你不理睬，他赚不到钱，于是就编了那个谎言骗人。我不知道那个人的为人，之前对你太失敬了，请你原谅我。”他对我做了一个长揖以示道歉。

我什么话也没说，将搁在暴风桌上的一毛五拿起，放回我的钱包里。暴风怀疑地问我：“你要把它收回去吗？”

“嗯！我本来不喜欢让你请客，所以决定非还你钱不可。但我后来想了一想，好像还是接受你的请客比较好，所以就拿回来了。”我向他说明。

暴风哈哈哈地大笑，问我：“那你为什么不早一点儿拿回去呢？”

我说：“其实我一直在想要拿回来的，可是总觉得不妥，所以就一直搁在那里了。最近我来学校，每当看到那一毛五，心里就觉得很痛苦。”

他听完后，说：“你还真是个不服输的固执男人！”

于是我也回他一句：“你真是个倔强嘴硬的人！”

然后我们俩之间开始了如下的问答：

“你到底是哪里人哪？”

“我是东京人。”

“嗯，东京人哪？怪不得你很不服输。”

“那你是哪里人？”

“我是会津[①]人。”

“会津哪！难怪你很倔强。今天的欢送会你去不去？”

“去呀！那你呢？”

“我当然会去。我还打算等古贺老师出发的时候，去海边送他呢！”

“欢送会可有意思了，你去了就知道。我准备今天要痛快地喝一场。”

“随便你怎么喝。我吃完饭就立刻回家，喝酒的人是笨蛋。”

“你是个动不动就和人吵开的男人。原来如此，东京人的轻佻你表露无遗。”

“随你说。去欢送会之前，先来我家一趟，我有话要对你说。”

暴风依约先到我家。自从那次起，我只要看到半熟瓜的脸，就觉得非常同情他。终于，欢送会的日子到了，我不觉感到一股忧伤，如果有我办得到的事，我愿意帮他。我准备在欢送会上好好地演说一番，可是我的一口东京腔，根本不会有什么效果，所以我想请声音洪亮的暴风挫挫红衬衫的胆，因此特地把暴风请过来。

我首先拿马利亚事件当开头，说给暴风听。马利亚事件，暴风当然知道得比我还详细。我把在野芹川河堤的事说出来，骂了句王八蛋。

结果暴风说：“你不管是谁都骂王八蛋。今天在学校，你不也骂自己是王八蛋吗？如果你是王八蛋的话，红衬衫就不是王八蛋。”

“我不是红衬衫的同类。”我主张道。

接着我又说：“那红衬衫是标准的窝囊废。”

“也许噢！”暴风很赞同地回应我。暴风强归强，不过说到用字遣词，他懂得就不如我多了。会津人哪！大概都是如此吧？

我把红衬衫说的加薪事件和将来会被重用的事告诉暴风。暴风嗤之以鼻地说：“那就是说要开除我了？”

我问他：“就算他说要把你开除，你愿意吗？”

“谁愿意呀！要是我被开除，我也会让红衬衫一起被开除的。”他很神气

① 今属福冈县，与若松合为会津若松市。

地说。我反问他为什么要一起离职，他回答："我还没想到那里。"暴风虽然看起来很强，却似乎没有什么智慧。我告诉他我拒绝加薪的事情，他非常高兴地赞美我说："不愧是东京人，了不起！"

我问暴风："既然半熟瓜不想调职，为什么他不争取留任呢？"

然后暴风说："当半熟瓜告诉我的时候，大局早已底定了。他去找校长谈过两次，也找红衬衫谈过一次，可是都束手无策。"

"就因为古贺人太好了才麻烦。红衬衫当初找他谈的时候，他如果能立即拒绝或是说要考虑看看，然后避开就好了，偏偏他被那张伶牙俐齿的嘴巴给骗了，当下即应允下来。到头来，不管他母亲怎么哭诉，他自己怎么去谈判，都没有用了。"他一副深感可惜的样子。

"这次的事，根本就是红衬衫想把半熟瓜支开，好夺取马利亚的策略嘛！"我说。

"那当然了。那家伙一脸正经，却尽做些坏事，要是有人说什么，他就先找好脱逃的策略，是个非常奸诈的东西。要对付那种家伙，非得用铁拳来制裁不可。"说着，暴风卷起袖子，对我展示他那肌肉团团的手臂。

我顺口问他："你的手臂看起来好强壮噢！你是不是在学柔道什么的？"结果他老兄隆起上臂的肌肉，叫我摸摸看。我用手指头捏捏看，感觉很像澡堂里的搓脚石。

我对他佩服得五体投地，于是说："你的手臂那么强壮，就算有五六个红衬衫，你也能一次将他们打得落花流水吧？"

"那当然！"他边说边把弯着的手臂伸直、收缩，于是肌肉便在皮肤下转来动去，非常有趣。据他所言，如果把两条纸绳子缠在一起，绑在臂肌上，然后用力弯起手臂的话，纸绳便会咔吧一声立即断裂。

"如果是纸绳的话，我似乎也行。"我说。

结果他随即应道："你能啊？如果你行的话，做给我看嘛！"我心想万一切不断，那可没面子，所以就闭嘴了。

"你觉得如何？今晚欢送会痛喝一顿之后，要不要去修理红衬衫和马屁精啊？"我半开玩笑地邀暴风。

他想了片刻说："我看今晚就算了。"问他为什么，他说："今晚会对古贺不好意思，而且既然要揍的话，一定要在发现他们干坏事的现场揍，否则错便在我们了。"他思虑周全地补充道。暴风显然比我还会盘算事情。

“那你上去演讲，好好地赞美古贺一番。要是我去说的话，又会变成东京腔的快嘴快舌，一点儿力道也没有，那可不行。而且，我一到那种正式的场合，胃酸就直冲喉咙，像被球堵住似的说不出话来，所以还是你上去好些。”我说。

“真是怪病！那你在人群当中是无法发言的啰？很困扰吧？”他问我。

“也没有那么困扰。”我回答他。

说着说着，时间已经到了，于是我和暴风便一同前往会场。会场在花晨亭，听说是当地最高级的餐厅，不过我从来没进去过。据说这家餐厅是将从前家老[①]的房子买下后，直接开业的，难怪外观的构造庄严。将家老的房子改为餐厅，就像是将战争用的甲胄披肩重新缝制成棉袄一样。

当我们两人抵达的时候，人数已经大致到齐了。五十叠大的和室里，两三群人聚在一起。不愧是五十叠大，房间又棒又宽敞。我在山城屋的十五叠大的和室，简直无法相比。我略为测量一下，大约有四米宽。右侧放着一只红色图案的濑户烧花瓶[②]，里头插着一大把松树枝。我不知道插松枝有什么用，大概是因松枝不管经过几个月都不会凋，比较省钱吧？我问博物学老师：“那个濑户烧是哪里做的呀？”他告诉我：“那不是濑户烧，是伊万里。”“伊万里不也是濑户烧吗？”博物学老师听了，嘿嘿嘿地笑了。后来一问之下我才知道，在濑户做成的陶器才称为濑户烧。我这个东京人以为所有的陶器都叫作濑户烧。墙上的正中央挂着一大幅挂轴，上面写着二十八个和我的脸一般大的字，写得很差。我觉得十分难看，便问汉学老师：“为什么把那么难看的字堂堂地挂在这里呀？”结果老师告诉我：“那可是一位叫作海屋[③]的有名书法家写的噢！”什么海屋不海屋的，我还是不喜欢。

终于，负责书记的川村请大家就座，于是我选了一个有柱子可靠背的好位置坐下。狸猫一身和式礼服坐定在海屋的挂轴前，红衬衫也同样身着礼服在左侧坐了下来。右侧是今天的主角——半熟瓜老师，他也是一身和服装扮。我穿的是西服，受不了端正跪坐，所以没多久便盘起腿来。邻座的体育老师穿着黑色的长裤，正经八百地跪坐着。不愧是体育老师，平时有锻炼。好不容易上菜了，酒瓶排列在桌上。负责欢送会筹备的人站起身，致了几句开场白。接着狸猫站起来，红衬衫站起来。全都是讲一些送别话，不过他们三人仿佛

① 日本江户时代“家臣”的头目。——译者注

② 以陶瓷器闻名的爱知县濑户市所产之陶艺品。——译者注

③ 贯名海屋（1788—1863），为日本江户时代后期之儒学家、书画家。——译者注

事先照会过似的，不停地宣扬半熟瓜是个好老师、好人。“这回要离开大家，实在很令人惋惜，这对学校和我个人都是很遗憾的一件事。可是基于他个人的因素，迫切地期待能够转任他校，所以也是无可奈何。”撒这样的谎，然后举办欢送会，却没感到一丝一毫的可耻。三个人之中，尤以红衬衫最为称赞半熟瓜。他甚至还说：“失去这位益友，对我而言真是莫大的不幸。”他一副煞有介事的口气，声音比平时更加温柔，如果是第一次听到的人，不论是谁，一定都会被他迷惑住的。马利亚大概也是被他这招骗去的吧？正当红衬衫振振有词地致欢送感言的时候，坐在我对面的暴风向我使了一个眼色，我用食指扮了个鬼脸当作回应。

等不及红衬衫回座，暴风便突然站了起来。我因为太兴奋，情不自禁地拍起手来。结果以狸猫为首，大家全朝我看过来，害我有点儿难为情。“刚才从校长到教务主任，对古贺老师的调职都感到很舍不得，不过我和大家的想法有一点儿相反，我希望古贺老师能早一天离开此地。延冈属于偏远地区，和这里比起来，物质方面也许不方便，可是就我所知，那是一个民风颇为淳朴的地方，职员学生全都承袭了古代的朴实气质。我相信在那里，连一个巧言令色、会用美丽的外表陷害君子的时髦家伙也没有。像你这样温良笃厚的人，一定会受到当地居民欢迎的。为了古贺老师着想，我们非常祝福你的调任。最后，愿你调到延冈之后，能够遇到一位女子符合你心目中好逑[①]的条件，早日建立一个圆满的家庭。更希望那个不贞的野丫头不会因此惭愧而死才好。”说完，他喀、喀，大声地咳了两声后，才坐下来。本来这回我也想拍手的，可是怕大家又要看我，所以就算了。暴风坐下后，半熟瓜老师站了起来。他很谦虚地从自己的座位走到房间尾端的位子，礼貌地向全体敬了礼，然后说：“由于我个人的因素，将调职到九州，今晚各位老师为小弟举行这么盛大的欢送会，实令我铭感至极。尤其感谢刚才校长、教务主任，以及其他诸君的临别致辞，我将铭记在心。从此我虽然要远赴他乡，但希望各位还是能像从前一样，给我指教和关爱。”说完他便回座。我实在不晓得这个人到底好到什么程度，他竟然还恭恭敬敬地对把自己当傻瓜的校长、教务主任行礼致谢。也许那是基于形式上的礼貌，不过从他的模样、说话的态度，还有那张表情看来，他好像是打从内心感谢的样子。被这个圣人由衷地感谢，理应羞得满脸通红的，

① 此为引用自《诗经》之诗句：“窈窕淑女，君子好逑。”——译者注

然而狸猫和红衬衫只是很认真地聆听而已。

致辞结束后，到处都是喝汤的“吱——吱——”声。我也模仿他们喝起汤来。真难喝！什锦炖煮里头虽然放了鱼板，可是颜色黑浊，像失败的鱼浆团。而生鱼片切得太厚，简直就像在吃生鲔鱼切块一样。即使如此，我周围的人们还是津津有味地享用着。他们一定没吃过东京料理吧？

等大家一热络地喝起酒，整个会场便突然热闹了起来。马屁精他老兄毕恭毕敬地来到校长面前为他斟酒。讨人厌的家伙！半熟瓜则是逐一向大家敬酒，真是件苦差事。当半熟瓜来到我面前的时候，说：“我敬你一杯。”他理一理和服裤裙，坐正后对我说道。于是我也正襟危坐，为他倒了一杯酒，说：“我才来这里没多久，就要和你分别，真可惜呀！你什么时候出发呢？我到海边送你。”“不，你百忙之中，不须如此。”半熟瓜回答我。不管半熟瓜说什么，我都会请假去送他的。

约莫过了一个小时，整个宴会便开始混乱了起来。“喝一杯！喂，我叫你喝一杯！……”有一两个人已经开始醉得语无伦次了。我觉得有点儿无聊，于是去了趟厕所。当我望着星光映照的古式庭园时，暴风走了过来。

“怎么样，刚才的演讲很棒吧？”他相当得意地说道。

我告诉他：“我是非常赞赏没错，不过有一点我不太认同。”

“哪里不同意呀？”他问。

“在延冈没有会用美丽外表陷害人的时髦家伙……你是这么说的，对吧？”

“嗯。”

“光说时髦的家伙那可不够噢！”

“那要怎么说呀？”

“你应该说，时髦的家伙、骗子、恶棍、伪君子、江湖艺人、鼠辈、侦探、说话像狗吠一样的家伙。”

“我的舌头才转不过来咧！你真会说。至少你懂得很多单字。真是难以相信你不会演讲。”

“我是为了吵架时能派上用场，以防万一才准备的。要是变成演讲的话，我可没办法如此。”

“是吗？可是你说得很流畅。你再说一次。”

“要我说几遍都行。我要说啰！时髦的家伙、骗子、恶棍……”正当我说到一半的时候，檐廊传来啪嗒啪嗒的脚步声，两个人摇摇晃晃地冲了出来。

“你们俩真过分！……怎么跑掉了呢？只要我还在，就不能逃，来，来喝呀！……恶棍？好玩儿，好好玩儿噢！……走，喝啦！”

说完，便把我和暴风硬拉了回去。其实这两个人本来好像是要一起去上厕所的，却因为喝醉，而忘了进厕所，反倒来把我们拉了回去。醉汉大概都是只知道处理眼前的事情，而把原本该做的事立刻忘得一干二净的吧？

“嘿，各位！我把恶棍抓回来了！我们来灌他们酒噢！直到他求饶为止！别逃！”

他把我压在墙边，不许我逃。我环视会场，每个位子上的菜都吃得差不多了。还有人把自己的那份吃干净后，再跑去吃别人的。不知道校长是什么时候离开的，我没看到他。

“是这一间吗？”这时突然进来了三四名艺妓。我也吓了一跳，不过因为我被压在墙上动弹不得，所以只能目不转睛地看着。这时候，一直靠坐在柱子，神气地叼着琥珀烟斗的红衬衫忽然起身准备离开。刚从对面走进来的一名艺妓和他擦身而过，她露出笑脸向他打了一个招呼。那个艺妓是其中最年轻漂亮的。我因隔太远，只听见她说“哎呀，你好”而已。红衬衫视若无睹地离开后，就没再出现了。大概是跟在校长后头回家去了吧？

艺妓来了之后，整个会场突然精神一振，一起扯开嗓子哄闹，吵得几乎令人误以为这是场欢迎会。接着，有人玩儿起抓石子游戏[①]。发出的声音之大，简直就像在练习剑道的招数一样。“我们这边在划拳哟，喝！哈！”他们专注划拳的模样，比达克剧团[②]操纵木偶的技术还高明。对面的角落有人叫着：“来倒酒！”他摇摇酒瓶后，又改口说：“酒呢？酒呢？”吵得让人受不了。热闹的会场里，只有半熟瓜一个人无趣地低着头沉思。大家之所以举行欢送会，并非为了他的调职依依不舍，而是为了来饮酒作乐的。结果只让他一个人更感到无趣、痛苦。早知道是这样的欢送会，还不如不办。

过了一会儿，艺妓各自扯着低哑的嗓子开始唱起歌来。一位艺妓抱着三味线[③]来到我面前：“你也来唱嘛！”我回答她：“我不唱，你唱唱看。”“钟啊、太鼓哇！迷路的迷路的三太郎！咚！咚！咚！锵！锵！锵！敲一敲，转一圈，如果遇到了，就是我！钟啊、太鼓哇！咚！咚！咚！锵！锵！锵！敲一敲，

---

① 为一抓石子（或棋子）互猜对方数目的游戏。——译者注

② 明治二十七年（1894）赴日公演西洋偶剧的英国剧团。——译者注

③ 日本三弦琴。——译者注

转一圈，我想见一个人！”她唱完两段后，嚷道：“哎呀！累死我了！”既然那么累，不会选轻松一点儿的歌唱啊？

这时候，不知道什么时候坐到我旁边的马屁精开口了：“我才想呢！小铃见到了想见的人，没想到他掉头就走，她的样儿可难过啰！”他的用词依旧是一副单口相声的模样。“我不知道！”艺妓绷着脸，装着一脸若无其事的样子。马屁精毫不在意，发出令人厌恶的声音模仿义太夫[1]说：“碰巧是遇见了……”

于是艺妓用手打了打马屁精的膝，说：“别说了！”马屁精于是高兴地笑了。这个艺妓就是向红衬衫打招呼的那个。被艺妓打了还笑得出来，马屁精还真是个天真的家伙呀！“小铃，我要跳‘纪伊国’[2]，你帮我弹一首吧！”他甚至还想跳舞咧！

另一边，汉学爷爷歪着那张没有牙齿的嘴巴唱着：“我可没听见，你和我之间……”唱到这里，他停下来问艺妓：“接下来怎么唱啊？”这个爷爷的记性真差。其中一个艺妓缠着博物学老师说：“最近有一首新曲，我弹给你听好不好？你仔细听好噢！——花月鬈发，白色缎带的时髦头，骑的是自行车，拉的是小提琴，半吊子的英语呱呱叫：I am glad to see you。[3]”她唱完后，博物学老师佩服地说：“噢，原来如此，加了英语进去呢！”

暴风发出天大的声音叫：“艺妓！艺妓！”然后下了一道号令：“我要跳剑舞，帮我弹三味线！”艺妓被他凶暴的声音吓呆了而没有回应。暴风也不以为意，兀自拿来手杖，走到中央，“踏破千山万岳烟”[4]——他一个人开始表演起平日不为人知的才艺。这时候，马屁精的“纪伊国”已经结束，柜子里的不倒翁也演完，现在他全身仅剩下一条丁字形兜裆布，腋下夹着一支棕榈扫帚，嘴里叫着：“日清谈判[5]破裂……”一面在会场里游行，简直就是疯子。

我从刚才就很同情穿着礼服，很痛苦地坐在那里的半熟瓜。怎么说他也没必要穿着大礼服在这里忍耐观赏丁字裤裸舞，于是我走到他身边，试着劝他说：“古贺老师，我们回去吧！”结果半熟瓜不为所动地回道：“今天是我的欢送会，我要是先回去，那就太对不起大家了。你不用客气，可以先走。”他

---

① 即竹本义太夫（1651–1714），日本说唱艺人。

② 日本江户末期到明治时期的流行歌曲。

③ 意思为：我很高兴见到你。

④ 此句语出斋藤一德的汉诗。

⑤ 指甲午战争后日本与清朝签订《马关条约》。

到底在顾虑什么嘛！是欢送会的话，就弄得像样一点儿啊！瞧瞧那副德行，根本就是疯人会！“走啦！我们回去啦！”我硬是劝他，正当我们要踏出会场的时候，马屁精挥着扫帚逼近：“咦，主角先走，太过分了！日清谈判！我不准你回去！”他横举扫帚挡住我们。我因为从刚才就一肚子火，“如果是日清谈判的话，你就是清人！”我说完，便举起拳头，使劲地挥向马屁精的头。马屁精那泄了毒气的身子，呆滞了两三秒后，“哎呀，真过分！只会打人，您竟敢打我这个吉川。我一定要日清谈判！”正当他满口胡言乱语的时候，后面的暴风看这边好像有什么骚乱要发生，于是停下剑舞，冲了过来。看到这个不成体统的家伙，他冷不防地便一把揪起他的脖子，将他拖了回去。“日清……好痛哟！好痛哟！”这可是动粗哇！当我焦急地回头看时，暴风将他往旁边一拧，马屁精便砰的一声倒了。我不知道后来事情演变成什么地步。我在中途和半熟瓜道别，回到家时已经过了十一点了。

第十章

为了举行庆典，学校停课。在练兵场有庆祝仪式，所以狸猫得率领学生列队参加，我则是以教职员的身份列队出席。一走到街上，到处都是太阳旗，显得相当耀眼。学校的学生多达八百人，体育老师将队伍整理好，每一小队之间，间隔少许，然后将教职员一至两位安插在间隔中，以监督学生。这样的安排看似巧妙，其实一点儿也不高明。学生们既嚣张又爱捣乱，是一群好像不破坏纪律就觉得有失颜面的孩子，所以就算有几个教职员跟在旁边，又有什么用？还没下命令，就径自唱起军歌，军歌一停，便哗地发出莫名其妙的叫声，简直像流浪汉在大街上游行一样。不唱军歌也不起哄的时候，他们就叽叽喳喳地说话。即使不讲话也能走路哇！可是日本人的嘴巴特别大，不管怎么骂他们，就是不听。讲话也就罢了，还讲老师的坏话，那才低级。因为值夜事件而要求学生们道歉，我本来想，事情就此罢休，可是我错了。套句房东婆婆的话，我简直是大错特错。学生们之所以道歉，并不是发自内心的忏悔而道歉的。只不过是因为校长的命令，而不得不道歉。就像商人一天到晚低头作揖，却从不停止奸诈的手段一样，学生们只是道歉而已，恶作剧是绝对不会终止的。仔细想一想，这个世界也许就是由那些学生之类的人所构成的吧？真心地接受别人的道歉、忏悔，并且加以原谅，说不定还被人取笑说太过老实，如果知道所谓的道歉和原谅说穿了都是形式，那就无所谓了。

假如真的要对方道歉，不打到他真心悔改是没用的。

我一走进队与队之间，天妇罗、麻薯的声音便不绝于耳。而且因为人太多了，我根本不知道是谁说的。好，就算我知道是谁说的，他一定会辩称没有叫我天妇罗，也没有叫我麻薯，是老师自己神经衰弱、多心了，才会听错的。这种劣根性是从封建时代便养成的，已经成了这片土地惯有的习性了，所以不论我怎么说，怎么教，他们终究改不过来。如果在这种地方待上一年，洁身自爱如我也难免同流合污呢！对方可以用搪塞、打马虎的手段把我抹黑，然后置之不理，我才不是傻瓜呢！同样是人，学生也好，小孩也好，有的体形甚至比我还壮！所以，不回报他们一点儿刑罚，在道理上实在说不过去。可是，要是我用寻常的手段报复的话，对方一定会加以反击。我如果一开口就说是他们不对，那等于是给对方留下后路，让他们辩白。他们会趁机狡辩，把自己说得很无辜，然后再攻击我的是非。本来他们就是要报复的，所以如果他们的过错没浮上台面，我的辩驳是无法成立的。也就是说，对方先出好招，让世人错以为这场纠纷是我设计的。这样对我太不利了。如果让他们为所欲为、吊儿郎当的话，他们更加坐大。说得严重一点儿，对这个社会也有负面影响。我没办法，唯有以其人之道还治其人之身，报复于无形。不过这样一来，我这个东京人也算是完蛋了。虽然完蛋，可是被如此整上一年，我可能也就只好向现实低头。我只想快点儿回到东京，和阿清团聚。待在这种乡下，简直就像是来堕落似的。即使去送报纸，也比堕落成这副德行还好。

正当我这么想完，跟上队伍的时候，哎呀哎呀，不晓得为什么前面叽叽喳喳地骚动了起来，而队伍也跟着停了下来。我觉得奇怪，脱队往右边一瞧，队伍正堵在大手町和药师町的转角处，双方人马互不相让地挡在那里。我问在前方声嘶力竭维持秩序的体育老师怎么一回事，原来是中学和师范的学生在转角起了冲突。

据说，不管是在哪个县，中学和师范之间就像鸡犬一样水火不容。也不知道是什么原因，就是合不来。一有什么事就打架。可能是住在乡下无聊，用来消磨时间的吧？我因为挺喜欢打架，因此一听到起冲突，就带着凑热闹的心态跑了过去。前方的家伙们不断地呵斥着："什么嘛！一群地方税[1]！冲

① 师范学校是受地方税的补助而运作的，故被中学的学生蔑视。——译者注

啊！”后头则大声地叫道：“推噢！推噢！”正当我穿过阻碍的人群，快出到转角时，赫然听到一声高亢的口号：“前进！”原来是师范生他们开始严肃整齐地前进了。一定是刚才的冲突调停好了，也就是说，中学这方让步了。听说论资历的话，师范是占上风的。

庆典的仪式相当简单。先是军队的旅长致辞，然后是县长，最后列队全体高呼万岁，这样就结束了。我听说娱兴节目安排在下午，于是便先回住处一趟。我最近一直挂念着给阿清的信还没写。她要求我下回要写详细一点儿，所以我得尽量认真写才行。可是一旦拿出信纸，千言万语，却不知道该从何写起，不是太麻烦就是太无聊，我在想有没有什么可以不费周章，便能轻松写完，而阿清又会感兴趣的事情。结果，好像没有一件事是符合这个标准的。我磨好墨、润湿毛笔，瞪着成卷的信纸——瞪视信纸、润笔、磨墨——一再重复着相同的步骤，我发现自己根本不是写信的料，索性将砚台合上，放弃不写了。写信还真麻烦！我看干脆跑一趟东京，当面说给她听比较省事。我不是不了解阿清的担忧，可是要按照她的要求写信，比叫我断食三七二十一天[①]还痛苦。

我丢开笔和信纸，枕着手躺下，眺望庭院，我还是挂念阿清。这时我心想：我来到这么远的地方，只要心里挂念着阿清，我的心意一定能够通达给她的。既然心灵能够相通，就没有必要写什么信了。即使我不写信，她也应该知道我过得很好吧？信只要在生老病死等大事发生时写就好了。

庭院是一座约莫十坪大的平坦园子，没种什么特别的树。只种了一棵橘子树，树高得从围墙外都看得到。我每次回到家，总是盯着这棵橘子树看。对我这个没离开过东京的人而言，长在树上的橘子可是很新奇的。那青绿的果实会渐渐成熟、转黄吧？一定很漂亮吧？现在颜色已经转黄一半了。我问婆婆才得知，那是水分充足、好吃的橘子。她还说：“如果成熟了，请多多捧场噢！”我就每天吃它一点儿好了。再过三个星期，应该就可以吃了。我应该不会在这三个星期内离开这里吧？

正当我想着橘子的事情时，暴风突然来找我聊天。“今天是庆祝日，我想和你一起吃点儿好吃的东西，所以就买了牛肉过来。”说着，他便从袖口取出

---

① 亲友过世时的断食习俗。——译者注

竹皮的包裹，丢到房间里。我在这里成天都是地瓜、豆腐的，加上被禁止出入面店、麻薯店，这包牛肉来得正好！于是我立刻向婆婆借来锅子和砂糖，煮起牛肉锅来了。

暴风用他塞满牛肉的嘴问我："你知道那个红衬衫和艺妓有染吗？""我知道哇！就是上回来半熟瓜欢送会的其中一个，不是吗？"我回道。"是呀！我最近才发觉的，你还挺敏锐的嘛！"他大大地赞赏我。

"那家伙呀！开口闭口地说什么品性啊、精神娱乐呀！结果背地里和艺妓搞七捻三的，简直是混账东西！如果他容许别人玩乐也就算了，偏偏连你去荞麦面店、麻薯店他都取缔，还透过校长警告你。"

"嗯，照那家伙的想法，买艺妓享乐可能是精神上的娱乐，而吃天妇罗、麻薯是物质上的娱乐吧？如果是精神上的娱乐，应该更光明正大地玩儿嘛！那什么德行？相好的艺妓一进来，他就离席逃了。就是因为他见人说人话，所以我才讨厌他。要是人家一攻击他，他就光会说我不知道、俄国文学、俳句是新体诗的兄弟之类，想把人赶进五里雾中。那种胆小鬼根本不是男人，简直就是宫女什么的转世而来。搞不好他老爸是汤岛的人妖呢！"

"什么是汤岛的人妖？"

"就是不像男人的东西嘛！你那块还没煮熟，吃了可会生虫噢！"

"是吗？应该差不多了吧？我听说红衬衫是暗地里到温泉町的角屋会艺妓的。"

"角屋？你是说那间旅馆哪？"

"旅馆兼餐馆哪！所以要把他整瘪的最佳办法，就是看准他带艺妓进去的时候，当面逮他个正着。"

"看准他？你是说要守夜戒备呀？"

"嗯。角屋的对面不是有一家叫作升屋的旅馆吗？我们住进二楼正面的房间，在纸门上挖个洞监视。"

"我们监视的时候他会来吗？"

"应该会吧？反正只有一晚的话是不行的，我打算要监视两个星期。"

"那很累人呢！我爸死前我曾彻夜照顾他一个星期，后来我几乎神志不清，身体很吃不消。"

"身体累一点儿没关系。要是放任那种奸人逍遥，是会危害日本的，我是代天来诛罚他的。"

“爽快！如果事情决定了，我也来帮一把。那今天晚上就要开始守备了吗？”

“我还没去升屋接洽，所以今晚还不行。”

“那你计划什么时候开始呢？”

“就这几天了。反正我会通知你，到时候你可要支援我噢！”

“好哇！不管何时我都会支援的。我虽不懂谋略，但是要打架争吵我可在行噢！”

我和暴风不停地商量对付红衬衫的计谋，直到房东婆婆过来说有一个学生来这里要找堀田老师。

“他刚刚跑到你家去，结果找不到人，猜想你大概会在这里，所以才到这里找找看的。”婆婆跪在拉门外等待暴风的回话。

“是吗？”暴风说完，走到玄关去。好一会儿回来后说：“喂，学生是来问我要不要去看庆典的娱兴表演，他说今天远从高知到了很多人来跳什么舞的，一定要去看，听说很难得一见噢！你也一起去看吧！”暴风兴致勃勃地邀我。

我心里虽然想：“舞蹈哇！我在东京看得可多了，每年八幡的祭典，野台戏总是在街头巷尾表演得热闹非凡的，我什么也看过了。土佐乡下的烂舞，我才不想看咧！”不过，难得暴风邀我，我便起了兴致出门。过来邀请暴风的，原来是红衬衫的弟弟，来了个怪家伙！

一进到会场，好像是回向院的相扑场地，或是本门寺的法会场地似的，到处插着长长的旗帜，仿佛把全世界的万国旗全借来了一般，绳索交错，广阔的天空热闹非凡。东侧有一座临时舞台，听说所谓的高知的什么舞就是要在那上面跳。舞台右边约莫五十米处，有用芦苇帘遮拦的地方，正展示着花艺作品，大家一面欣赏，一面赞叹着，我却觉得很无趣。把那些草、竹子拿去弯弯折折就觉得有趣的话，那驼背的色狼、拥有跛脚老公的人也可以扬眉吐气了！

舞台的另一端，不断地施放着烟火。烟火中出现气球，写着“帝国万岁”。气球轻飘飘地飞到松树上，再落到营所中。然后是轰的一声，黑色的丸子咻地射向秋天的晴空，却在我的头上啪地裂开，青色的烟像伞骨似的张开，缓缓地在空中流泄。气球又升起，这次是用红底白字写着“陆海军万岁”，气球从温泉町随风飘摇到相生村的方向。大概会落在观音菩萨的境内吧？

庆典仪式的时候还没什么，现在却来了非常多的人。嘈杂的程度，几乎让人惊觉乡下原来也住着这么多的人吗！虽然没看到什么聪明出众的人，不过就数量上而言，也不容小觑。此时，传言中的高知什么舞开始了。说是舞蹈，我本来以为是藤间[①]之类的舞蹈，结果是大错特错。

头系庄严布条、身穿和服裤裙的男人在舞台上排成三排，每排各十人。我被那三十个全部手持长剑的人吓了一跳。前列与后列大概只相隔一尺五寸，而左右间隔尚不及其长。只有一个男人不在队伍里，站在舞台边缘，这个男人身穿和服裤裙，但没有系头带，相对于手持长剑的人，他的胸前背着太鼓。那口太鼓和太神乐的太鼓是相同的。终于，这个男人哪——哈——地发出徐缓的声音，边唱奇怪的歌谣[②]，边砰砰砰砰地打起鼓。曲调是我前所未闻的怪调。如果把它想成是三河万岁与普陀洛的合并曲调，大约是八九不离十吧！

歌曲颇为悠长，像夏季的麦芽糖似的，虽然拖泥带水，不过为了断句，放进了太鼓的砰砰声，因此看似绵延不断的歌曲也就有了节奏。应和着拍子，舞台上的三十个男人迅速利落地舞动闪闪发亮的剑。我在一旁不禁为他们捏一把冷汗。身旁身后一尺五寸之内的地方，都站着活生生的人，而那些人又和自己一样挥舞着长剑，如果拍子没抓齐的话，是会造成同伴相击而受伤的。如果身体不动，光是将剑前后或上下挥动的话，还不会危险，可是有三十个人同时踏步向右转的动作；有转圈的动作；有弯膝的动作。如果隔壁的动作早一秒或是晚一秒，说不定自己的鼻子就会掉了下来，而隔壁的头会被砍掉下来。虽然剑的舞动自由自在，可是受限于一尺五寸的柱形范围，必须和前后左右的人同方向、同速度闪躲才行。这真是大开眼界。汐酌、关之户的舞蹈根本比不上嘛！我一问之下才知道这需要非常熟练的技巧，一不小心拍子就会乱掉。更困难的是，砰砰地敲着万岁调的大师，三十个人的脚步、手的舞动、腰的弯度，全由这个砰砰的拍子决定。站在一旁观赏这位大师，他看似最从容，呀——哈——轻松地唱着，其实他的责任最重、最辛苦。真是不可思议。

我和暴风因为太感动了，看得目不转睛。这时候，五十米外的地方忽然响起一阵哄闹的声音，本来好好地巡赏着的人们，突然开始左右摇晃起来。耳边有人喊道："打架了！打架了！"红衬衫的弟弟穿过人群而来："老师，又

① 日本传统舞蹈的流派之一。——译者注

② 此处指日本能乐中的唱曲。

有人打架了，是中学这边要报早上的仇，所以又开始和师范他们决战了。快过来！”他边说着，又钻进人潮走了。

暴风嘴里念道：“这些令人操心的家伙！又来了？也不收敛一点儿！”他一面避开人潮，一溜烟地跑掉。他可能是无法坐视不管，而打算去镇压吧？我当然也不想逃，便跟在暴风后面赶到现场。此刻正吵得如火如荼。师范那边有五六十人，而中学这边的人数多了三成左右。师范那边穿着制服，而中学这边在典礼结束之后大多换上和服，所以敌我分明。但因这场架打得混乱，实在不知从何劝阻。暴风一脸伤脑筋的表情，看了这场乱架片刻。“再这样下去也不是办法，要是警察来就麻烦了。冲进去把他们拉开好了！”暴风看看我说道。我不由分说地跳进打得最激烈的人群之中。“停！停！你们这样打斗，可是关系着学校的面子呢！还不停啊！”我尽量扯开嗓子，想穿过敌我分界调停，然而实在没办法。我一闯进去，便出不来，也走不掉。眼前，个头儿明显高大的师范生，和十五六个中学生正扭打在一起。我叫他们停止，正当我抓住师范生的肩膀，准备强行拉开双方的时候，突然有人从下面将我的脚绊住。我被这突来的一袭击倒了。有个家伙用他坚硬的鞋子踩在我的背上。我用双手和膝盖顶住，一跃而起，结果那家伙便跌向右边。我起身一看，前方暴风高大的身体正夹在学生之间，他着急地喊着：“住手！住手！停止打架！”我试着对他说：“反正说了也没用。”他可能没听见而没有回答我。一颗石头咻地飞来，打中我的颊骨，我转身一看，还有人拿着棒棍敲我的背。有人喊：“当老师的还来玩儿？打哟！打哟！”也有人大叫：“有两个老师，大个儿的和小个儿的，丢石头噢！”“少胡扯！你们这群土包子！”我倏地将身旁师范生的头一把抱住。石头又咻地丢了过来，这回石头掠过我的五分头，飞向后方。我看不到暴风，这么一来可没辙了。本来是来劝架的，却被击倒、丢石头，我怎能就这样退缩、逃走呢？你们以为我是谁呀！我个头儿虽小，却是练过打架、有本事的老哥哟！就这样，我和对方胡乱地打过来踢过去，不一会儿传来“警察，警察！快逃快逃！”的声音。刚才整个人还像游在葛粉糕里，动弹不得，现在突然一身轻松，原来不管敌方我方，全部一起撤退了。乡下土包子的撤退还真巧妙，甚至比沙俄将军还厉害。

我看了看暴风，他的礼服被扯得七零八落，正站在那边擦着鼻子。听他说是鼻梁挨了揍，流了许多血。他的鼻子肿得红通通的，看起来相当痛苦的样子。我穿的是碎白道花纹的夹衣，所以虽然打得一身泥，损伤却不及他严重。不过我的脸颊刺痛得受不了。暴风告诉我："你流了很多血噢！"

来了十五六个警察，不过由于学生们朝相反方向逃走了，所以只抓到我和暴风两人。我们报上名字，把事情从头说了一遍，结果警察说："总之，到警局一趟。"于是我们到警察局，在署长面前说清事情始末才回家。

第十一章

隔天我睡醒以后，全身痛得受不了。太久没打架，怎么就痛成这样啊！我看再也不能得意自己会打架了。我躺在床上想着，这时候婆婆把四国新闻拿到枕边来给我。其实我连报纸都懒得看，可是堂堂一个男人怎么能为这一点儿小事就认输呢？于是我勉强地趴在床上，边睡边翻。当我打开第二页一看，吓了一大跳，昨天打架的事清清楚楚地刊登在上面。我并不是惊讶打架的事被刊登出来，而是报上写着："中学教师堀田某与近日自东京调任之傲慢某氏，唆使顺良学生引爆骚动，并亲临现场指挥，胡乱对师范生施以暴行。"以下并附记意见："本县中学自昔日即以善良温顺之风气为全国所称道，然而却因轻薄之二恶徒，使吾校之权益受损，既然全市因此蒙羞，吾人必须奋起兴问其责。吾人相信在付诸行动之前，有关当局应会对此二无赖汉加以处分，并禁止其再涉入教育界。"就这样，每个字旁都加上黑点[①]以示警惩。我躺在被窝里，骂道："去你的！"然后倏地爬了起来。奇怪的是，刚才我全身的关节还痛得很，可是在我一跃而起的同时，竟轻松地像感觉不到疼痛。

我把报纸揉成一团，丢到院子去，但是心中的怒气还无法消除，于是我又特地把它拿到茅坑去丢掉。什么新闻，简直是胡扯！要说这世界上什么东

① 于文字旁加注黑点，以示强调之意。——译者注

西最会瞎掰，绝对没有什么比新闻更会掰的。我所说的实话全部被否认。还有，什么叫作近日自东京调任之傲慢某氏？天底下有谁的名字叫作某氏的？想也知道，我可是堂堂有名有姓的！想看族谱吗？让你见识见识从多田满仲以来的每一个祖先！我洗完脸后，脸颊突然痛了起来。我向婆婆借了一面镜子，她问我："今天早上的报纸看过了吗？""看完丢到茅坑去了。你要的话去捡回来！"我说完后，她一惊，退了出去。我照照镜子，脸上留着和昨天一样的伤。这可是我的宝贝脸蛋噢！结果被伤成这样了，还叫我傲慢的某氏，我受够了。

如果被人家说，我因为今天的报纸而退缩不敢去学校的话，那我一世的英名就毁了。所以吃完饭后，我便第一个到学校。每一个来校的人，都看看我的脸取笑我。有什么好笑的！我这张脸又不是你们的杰作。不久马屁精也来了。

"哎呀，昨天真是立下功勋——名誉大伤啊！"他大概是想报欢送会时被我揍的仇，冷言冷语的。

于是我也狠狠地回了他一句："废话少说！去舔画笔算了！"

"真抱歉哪！不过您一定很痛吧？"他又搭腔。

"痛不痛是我家的事，谁要你管哪？"我怒斥道。

他回到对面自己的座位后，还是一直看着我的脸，和邻座的历史老师不知道说了什么悄悄话，笑个不停。

然后是暴风来了。他的整个鼻子肿成紫色，看起来好像从中一挖，便能挖出脓似的。不知道是不是我自恋，我总觉得他的鼻子比我的脸伤得还严重。我和暴风的位子并列，既是邻座，交情又亲密，再加上我们的位子就坐落在办公室门口的正对面，运气真差。两张奇怪的脸凑在一起。其他人如果无聊，一定老往这边看。虽然他们嘴上说这是无妄之灾，不过心里一定是想："这两个笨蛋！"如果不是那样，就不会在那里窃窃私语，吃吃地笑了。我一进教室，学生们便拍手欢迎。还有两三个人喊："老师万岁！"我不知道这是欢迎还是嘲讽。正当我和暴风成了所有人注意的焦点时，只有红衬衫和平常一样，走到我身边，半带歉意地对我说："真是天外飞来的横祸，我对你们俩的遭遇深感同情。至于报上的新闻，我已经和校长商讨，并做了更正的手续，所以不需要担心。都是因为我弟弟去邀堀田老师，才会出事，为此我抱歉不已。这件事情我会尽力处理好，请你们不要见怪。"第三堂课的时候，校长从校长室走了出来。"令人困扰的事情被刊在报上，希望不会愈演愈烈才好。"他一脸担忧的样子。我才不担心咧！如果要开除我，我大不了在那之前递出辞呈，但转念一想，错不在我，如果退让，岂不是姑息了报道不实的报社？所以我必须纠正报社，争回我的面子才合情理。本来打算在回家的路上去报社理论的，不过既然学校已经提出注销的手续，我就不再去了。

我和暴风在下课时间，对校长和教务主任一五一十地说明整件事情。“就是说嘛！是报社对学校怀恨，才会故意写出那种报道的。”校长和教务主任断言道。红衬衫一面在办公室内踱步，一面为我们的行为辩解。甚至还将自己的弟弟去邀暴风一事视为自己的过失般地吹嘘着。简直每个人都在说：“是报社不对，岂有此理！两位真是倒霉。”

回家的路上，暴风提醒我：“红衬衫很可疑噢！如果不小心一点儿，可是会栽在他手上的！”

“他本来就可疑，也不是今天才变成这样的嘛！”我说。

于是暴风告诉我：“你难道还没察觉到吗？那是他昨天故意把我们邀出去，让我们卷入群架中的计谋。”

“原来如此，我倒是没想到那么多。”我很佩服暴风，他看似粗犷，却是个比我有智慧的男人。

“他先设计我们去打架，然后再立刻安排报社写下那篇报道的。实在是个老奸。”

“连报纸也是红衬衫搞的把戏呀？可是报社会那么轻易就相信他说的话吗？”

“怎么不相信。如果报社有熟人，就很简单哪！”

“他有朋友在报社呀？”

“就算没有，也很容易，只要撒个谎，告诉报社事实是怎样怎样，他们马上就会写了。”

“太过分了！如果那真是红衬衫的阴谋的话，我们两个可能会因此而被开除呢！”

“搞不好会栽在他手里也说不定。”

“那我明天就提出辞呈，回东京去。我不想再赖在这个下流的地方了！”

“就算你提辞呈，对红衬衫也不会造成困扰的。”

“说得也是。那要怎么做他才会伤脑筋呢？”

“那种老奸一旦使坏，总是想尽办法不留下任何证据，所以要反驳他的话很难。”

“真麻烦。那我们不就得背黑锅了。气死人！老天无眼！”

“反正再过两三天看看吧！要是事情愈演愈烈的话，我们只好到温泉町揪出他的弱点了。”

“你是说，打架事件归打架事件？”

“是呀！我们去揪出他的要害嘛！”

“这样也好。我不太会使计谋，万事就麻烦你了。紧急的时候我什么都干。”

我和暴风说到这里，便道别了。如果红衬衫真的像暴风所推想的那样，那他实在是太过分了。他究竟不是光用智慧就赢得了的家伙，不用暴力是行不通的。难怪这世上的战争不断。即使是个人问题，到最后还是得诉诸暴力。

隔天一早，我等不及地想看报纸。可是当我打开一看，别说是更正了，连注销启事也没有。我到学校催促狸猫，他对我说："明天应该就会登了吧？"隔天的报纸上，刊载了一方用六号铅字写的小小注销启事。然而，报社却没有更正错误的报道。我又跑去找校长理论，结果他说："这么做已经是极限了。"这个校长顶着一张狸猫脸，穿着虚伪的大礼服，却毫无势力。连叫一家刊载不实报道的乡下小报道歉都没办法！我实在太生气了，便对他说："那我自己去找主编理论！""那可不行啊！如果你去理论的话，只会再被他们大做文章。总之，报社写的东西，不管是真是假，我们都拿他们没办法。只好就这样算了。"狸猫像在给学生说教似的对我晓以大义。为了全民的利益着想，像那种报纸，应该早日将它打倒的，不是吗？上了报就如同被鳖咬到，这是今天我听了狸猫的说明后才领会的。

三天后的某日下午，暴风愤愤然地跑来找我。"时机终于到了，我坚决打算实行上回说的计划。"

"是吗？那我也加入。"我当下便和他结为盟友。

然而暴风却歪着头对我说："你还是别加入吧！"我问他为什么，他反问我："校长有没有把你叫去，要求你提交辞呈？"

"没有，你呢？"我也反问他。

"今天我在校长室里，校长对我说：'我真的很同情你，不过很不得已的，必须请你自决。'"

“哪有这种道理呀？狸猫大概是肚子敲过头[1]，把胃给弄反了！我和你是一起参加庆典，一起看高知的闪闪舞，一起去劝架的呀！如果要求提辞呈的话，就公平地叫双方都提嘛！为什么乡下学校这么不讲道理呀？真是叫人受不了！”

“那是红衬衫唆使的。反正我和红衬衫之间，一直是互相对立的，但是你不同，你和以前一样待在这里对他并不会造成威胁。”

“我才不会和红衬衫共存呢！如果他以为我的存在对他不会造成威胁，那他就太骄傲了。”

“因为他觉得你太过单纯，好敷衍。”

“那更糟糕，谁要和他共存哪！”

“可是，自从古贺走了以后，新任的老师又因事故而尚未抵达。如果你和我又同时跑了，学生们的课堂便会开天窗，上不了课的。”

“那你是想留我下来顶一个位置了？可恶！谁要听你的！”

隔天我到学校后，便去校长室开始谈判。

“你为什么不叫我提辞呈？”

“咦？”狸猫目瞪口呆。

“你叫堀田提辞呈，而我却不用，有这种道理吗？”

“那关系到学校方面的考量……”

“那个考量是错的。如果我可以不提辞呈的话，那么堀田也没有必要提呀！”

“关于这点，我无法说明，不过堀田离开这里也是不得已的事。我不认为你有必要提交辞呈。”

果然是狸猫，尽说些避重就轻的话来应付我。我没办法，于是对他说：“那我也要提辞呈。也许你认为把堀田开除了，我能够轻松地留在这里，可是，那种冷酷薄情的事情，我做不到！”

“那可伤脑筋了。堀田走，你也走，那学校的数学课就完全上不成了……”

“上不成，那可不关我的事！”

“你不能那么自私，不稍微站在学校的立场想想的话，是很令人困扰的。而且你才来了一个月左右就辞职，会对你将来的履历造成影响。你应该再多

① 相传狸猫会在月圆之夜将肚皮当鼓敲。作者于文中引用此一传说，借以讽刺狸猫校长。——译者注

加考虑才是。”

“我才不管什么履历咧！道义比履历重要！”

“没错，你说的一字一句都很对，不过我说的话，请你再三思。如果你坚决要辞职的话也没关系，但是得等到替代的人来为止。总之，请你回家再重新考虑。”

重新考虑？虽然我的理由已经明明白白不用再考虑了，不过看到狸猫脸上一阵白一阵红的，觉得他有点儿可怜，因此我就此先离开了。我也没和红衬衫交谈，反正要教训他的话，干脆就把账算在一起，好好地一次解决掉比较好。

我把和狸猫谈判的过程说给暴风听，他早料到事情会那样发展。他告诉我：“辞呈的事，还没到关键时刻就先按兵不动，应该无妨的。”所以我就照暴风说的做。暴风终究是比我精明，因此凡事我都听从他的忠告行动。

暴风终于把辞呈交出去了。向所有的教职员道别后，他来到海边的渡船口。不过他背地里又折返，潜伏在温泉町的升屋二楼正面的房间，在纸门上挖洞以监视红衬衫的出现。知道这件事的人，大概只有我一个吧！红衬衫一定是晚上才会来，况且傍晚时分，得避开学生和其他人的耳目，所以至少要等到九点过后才行动。起初的两晚，我也看守到十一点左右，可是连红衬衫的影子也没看见。第三天我从九点守到十一点结果还是失败。没有什么比在三更半夜带着挫败感回家还愚蠢的了。过了四五天，房东婆婆开始担心了，“你都已经有太太了，夜里还是别去玩乐的好。”她如此忠告我。我这个玩乐可是去替天行道的！话虽如此，可是一个星期过了，还是见不到一点儿苗头，于是我便开始厌倦了。我是急惊风的个性，一热心起来，就算彻夜不睡去工作都行。但相对的，不管怎样，我就是没耐心。就算是身为天诛党[①]也会厌倦的。第六天，我稍微厌烦了。第七天，我开始想休息。到了旅馆，暴风还是很坚持。他从傍晚到十二点过后，一直把眼睛凑在纸门上，盯着角屋朦胧的圆形瓦斯灯下看。我一去，他就告诉我说，今天有几个客人、住宿的几人、女的有几个，等等各式各样的统计，着实令我吃惊。

“我看，他说不定不会来了。”我说。

---

① 文久三年（1863）藤本铁石、吉村寅太郎，为攘夷倒幕而组织的“天诛派”。作者于文中系引用此一组织之名。——译者注

他交抱着双臂，叹了一口气说：“嗯，他应该会来的。”

真可怜，如果红衬衫一次也不来的话，那暴风就无法诛罚他了。

第八天晚上七点，我离开住处，先悠闲地去泡了趟温泉，然后还在街上买了八个鸡蛋，那是为了因应房东婆婆每天逼我吃地瓜的对策。我把鸡蛋各四个放进左右两边的袖子里，将那条红毛巾披在肩上，两手揣在怀里爬上升屋的楼梯。当我拉开暴风房间的纸门时，看到暴风像韦驮天似的，整张脸充满活力希望的样子。到昨夜为止，他还一脸愁眉不展的，连一旁的我都觉得死气沉沉的，可是现在看到他的神色，我不禁高兴了起来。我还没开口问，他就直呼愉快。

“今天晚上七点半，那个叫作小铃的艺妓进入角屋了。”

“和红衬衫一起吗？”

“不。”

“那就不行啦！”

“是两个艺妓一起进去的，不过好像很有希望噢！”

“为什么？”

“为什么？像他那么狡猾，也许是先派艺妓进去，然后自己再悄悄过去呀！”

“搞不好噢！已经九点了吧？”

“现在差不多九点十二分。”暴风从腰带间取出镍制表，边看边说道。“喂！把油灯熄掉，纸门上映着两个光头很奇怪，狐狸马上就会起疑的。”

我呼的一声，将漆桌上的油灯吹熄。纸门因星光而显微亮。月亮尚未出现。我和暴风拼命地将脸贴在纸门上，屏息以待。壁钟当地报时九点半。

“喂，他到底会不会来呀？如果他今天再不来的话，我可厌烦了。”

“只要我还有钱，就会继续。”

“钱，你有多少钱哪？”

“到今天为止八天，我一共付了五块六。为了随时做离开的准备，我每天晚上都将费用付清。”

“这样的安排很好。旅馆的人一定吓一跳吧？”

“那无所谓，倒是心情不能松懈，很伤脑筋。”

“你应该睡了午觉吧？”

“午觉是睡了，可是不能外出，无聊得很。”

“想诛罚人也很累噢！要是‘天网恢恢，疏而漏掉’的话，那可就不妙了！”

“反正他今晚一定会来的。喂！你看你看！”暴风的声音变小，我不禁吃了一惊。一个头儿戴黑帽的男人，抬头看看瓦斯灯，往黑暗的那头走去。不是他。正当我唉声叹气的时候，柜台的钟不客气地敲了十响。我看今晚大概也没指望了。

整个街上已经安静许多了。耳边清楚地听见妓院的太鼓声。月亮从温泉町的山后探出头来。街道显得很亮。这时候，下面传来人声。我们又不能把头伸出窗外，也无法查明到底是谁，只知道人声渐渐接近了。我们听到木屐咔嘟咔嘟的拖步声。我斜眼一看，终于看到两个人影靠近了。

“已经不要紧了，我把那些碍事的家伙都赶走了。”正是马屁精的声音。“光逞勇气是成不了事的，无可奈何啰！”这个是红衬衫。“那个男的还真是东京蠢蛋！说到那个蠢蛋，他是个侠义少爷，很可爱。”“说什么不要加薪、要提辞呈的，我怎么想都觉得他神经有问题。”我真想打开窗户，从二楼跳下去，痛打他们一顿的，不过总算是忍住了。他们两个哈哈哈地边笑边穿过瓦斯灯下，走进角屋。

“喂！”

“喂！”

“来了吧！”

“终于来了。”

“总算可以安心了。”

“马屁精那个可恶的家伙！竟然说我是侠义少爷！”

“他所谓的碍事的家伙，指的是我。真是大不敬！”

我和暴风非在他们俩回去的时候当面痛击不可。可是却不知道他们什么时候出来。暴风到楼下去拜托柜台的人，说今天晚上可能有要事得出门，请他让我们随时能出去。现在想起来，旅馆的人还真配合，一般这种情形会被认为是小偷的。

等待红衬衫出现，虽然辛苦，不过，屏息等待他出来更辛苦。既不能去睡，一直从缝隙盯梢又很累，不管怎么做都不是。我还不曾有过如此痛苦的经验。我提议干脆闯进角屋，在现场制伏他们。暴风一口回绝了我的话。“要是我们两个现在闯进去，人家以为我们是去闹事，会被拦下来的。如果说明来意，要求见面的话，人家一定会说不在，然后请他们快逃，或是把我们带到别的房间。假设我们在毫无准备之下闯进去，几十间的房间，我们怎么知道是在哪一间？干等虽然很无聊，可是除此之外，别无他法了。”终于，我们熬到清晨五点了。

好像有两个人影从角屋走了出来，于是我和暴风便随即跟在后头。由于早班火车尚未行驶，因此他们必须步行回城下。离开温泉町后，有一条林木夹道的路，左右两侧都是田园。通过那里之后，有一些稻草堆，沿着田园一直走，便来到通往城下的河堤。只要离开大街，在哪里追上就都无所谓了。最好是在没有人家的杉木道上擒拿他们，就这样，我们一路躲躲藏藏地跟来。离开大街后，我们开始用跑的，像疾风似的赶上。等到他们吓一跳，回头查看的时候，我们便一把抓住他们的肩膀。由于马屁精一脸狼狈地想逃，我便绕到他前面挡住了他的去路。

“身为一名教务主任，你为什么跑到角屋去过夜呢？”暴风立刻逼问道。

“有规定教务主任就不能去角屋过夜吗？”红衬衫依然客气地说。脸色略显苍白。

“因为有碍规定。连荞麦面店、麻薯店都不准别人进去，如此严谨行事的人为什么和艺妓一起在旅馆过夜呢？”这时候马屁精趁机想逃，我又站到他面前挡住，“什么东京蠢蛋少爷？”我怒斥他。“不，我不是说你，我完全没有。”他还嘴硬辩驳。我这时候才发现，我的双手抓着自己的袖子。因为跟踪的时候，袖子里的鸡蛋甩来甩去的很不方便，所以我是一路抓着袖子跑来的。我立刻拿出两个鸡蛋，喊了一声：“呀！”便朝马屁精脸上掷去。鸡蛋破得碎烂，蛋黄从他的鼻子滴滴答答地流了下来。马屁精似乎非常惊慌，哇地跌坐在地上喊救命。我买蛋是拿来吃的，并不是为了拿来丢人才放进袖子里的。只是因为一时气愤，才会拿来打人的。但当我看到马屁精一屁股跌坐在地上时，我才意识到我赢了。于是我边喊：“你这个坏蛋！这个坏蛋！”然后把剩下的六个鸡蛋全部胡乱地掷过去，马屁精整张脸都变成黄色的。

当我在丢掷鸡蛋的时候，暴风和红衬衫的谈判还如火如荼地进行着。

“你有证据证明我带着艺妓到角屋过夜吗？”

“傍晚的时候，我看到你心爱的艺妓走进角屋里去。你还想装蒜？”

“我没必要装蒜。我是和吉川一起去过夜的。我可不知道艺妓傍晚时到底有没有进去。”

“闭嘴！”暴风给他一记拳头。

红衬衫摇晃着身体说：“这是暴力！野蛮哪！不分青红皂白，就诉诸武力，简直是蛮横无理！”

“蛮横无理，我受够了！”暴风又砰地一拳下去。“像你这种老奸，不揍是不会回答的！”暴风噼里啪啦地揍他。同时我也丢得马屁精落花流水的。最后，他们俩都蹲踞在杉木根旁，不知道是动不了，还是眼冒金星，连逃都不想逃了。

“够了没？如果还不够的话，我再打！”暴风又砰砰地打了他们两个。

“够了。”红衬衫说。他问马屁精：“你也够了吗？”

“当然够了。”他答。

“因为你们是老奸，所以加诸你们这样的天惩。受过惩罚后，可要收敛才好。如果再巧言辩解，正义是不会原谅你们的。”暴风说道，他们俩静默不语。也许是因为连说都不想说了吧？

“我不会逃也不躲。今天傍晚五点我会在海边的港屋旅馆。如果有事的话，要叫警察什么的就叫来吧！”暴风这么说，于是我也说：“我也不逃避不躲藏，我会和堀田在同一个地方等的，要去告警察就随你去告吧！”说完，我们两个就急急忙忙地走了。

我在七点以前回到家。我一进房间便开始打包行李。婆婆看到了吓一跳，问我发生了什么事。“婆婆，我是要回东京去把老婆带过来的呢！”付完房租后，我马上就搭火车到海边，来到港屋。暴风在二楼睡着。我立刻着手写辞呈，可是却不知该如何下笔。“由于个人因素使然，必须辞职返回东京，希请允准。此上。”我如此写道，然后邮寄给校长。

汽船六点起航。暴风和我都累得睡着了，醒来时已是下午两点。我问女侍有没有警察来过，她回答我说没有。“红衬衫和马屁精都没去报警呢！”我们俩笑翻了。

那一夜，我和暴风离开了这个不净之地。随着船渐驶离岸，我的心情愈来愈好。从神户到东京搭的是直达车，当我抵达新桥时，总算才觉得是回到了人间。我和暴风道别后，从此就没有机会再见面了。

差点儿忘记交代阿清的事了，我回到东京后，还没去找下榻的租屋，就拎着行李冲去找阿清。“哎呀！少爷，您怎么这么快就回来呀！”她潸潸泪下地对我说。我因为太高兴了，所以对她说：“我再也不去乡下了，我要在东京和阿清一起生活。”

后来，我在某人的介绍下，成了路面电车的技士。月薪二十五元，房租六元。虽然没能住进有气派玄关的房子，不过阿清还是非常满足。可怜的是，今年二月她罹患肺炎过世了。她过世的前一天，把我唤过去，请求我说："少爷，求求您，我死后，请把我埋到少爷家的佛寺里，阿清会在坟墓里开心地等待您进来的。"因此，阿清的墓也安置在小日向的养源寺里。

夏目漱石小说集

心

陈苑瑜　译

1910 年，夏目漱石因胃溃疡病手术而一度吐血不止，甚至陷入深度昏迷。走过生死线的钢索，一个人的内心似乎能够感应到灵魂深处的召唤。夏目漱石的笔锋瞬间收敛起花样繁多的各式皴法，天悬一柱，中锋凌空，对准日本近代知识分子中利己主义者的内心世界，一改戏谑的创作风格，端端正正地从中锋入笔，写下“人心”二字。虽然没有以往的乖张奇特，但沉郁遒劲的笔势，更能够直击人心最深处的痛点，令人为之一振。

发表于 1914 年 4 月 20 日的长篇小说《心》，是夏目漱石后期作品中最有分量和影响力的一部。自发表以来，一直深受读者喜爱，就连日本中学生都爱不释手，再版次数达到 110 次。2014 年，为了纪念出版 100 年，《心》同样在 4 月 20 日进行再版发行。

《心》表面上是在讲述一个爱情悬疑故事，实际上却是对错综复杂的人心的探究。主人公“我”意外结识了老师，渐渐与他和师母熟悉起来，发现老师明明很有才华，但却不入世，更奇怪的是，他有一个莫名其妙的扫墓习惯。故事就此变得扑朔迷离，悬念重重。终于，在老师寄给“我”的绝笔信中，一切揭晓了。原来，老师年轻时与落魄的好友 K 都爱上了房东家的小姐，然而，老师由于曾经被最信赖的叔叔欺诈过而对他人心存芥蒂，不敢向任何人表露心迹。可是，K 却主动向老师吐露了自己的心事。

这时，一股忌妒的业火冲上心头，老师一边指责 K 不思进取，一边偷偷地向房东太太提亲。最后，K 无法面对挚友的背叛和失去爱人的痛苦，在绝望中自杀了。这就是老师在婚后一直封闭自己，以及最终同样走向自杀的原因。

“我”的眼睛是整部小说的视角线索，在审视的思考中层层剥茧，极具艺术感染力。行文中，作者把社会学、心理学相结合，在心理描写中将社会、宗教、伦理和道德等问题进行穿插，从深层次挖掘当时知识分子的内心世界，将他们的谨慎、敏感、多疑、纠结、狡诈等内心活动多维度地呈现出来，借此抛出一个社会问题：近代知识分子在传统道德伦理约束下，普遍具有同情大于友情的伪善心理。这个问题看似具有鲜明的时代色彩，但是在百年间，甚至百年后的今天，仍然值得人们思索。

小说的另一个亮点，就是精妙的暗示手法。明治天皇的死，乃木大将的死，父亲的死，都暗示着明治社会的结束，明治精神的瓦解。明治精神是特定时代的产物，夏目漱石的后期作品也多针对其中的自由独立的个人主义精神进行深入思考。文明开化是否意味着对传统的崇公抑私精神的放弃？舍人还是舍己，究竟要如何思考？作者以《心》中老师的死暗示在明治精神影响下的一代知识分子的苦闷与悲哀，并借此为明治精神殉葬。私欲的罪恶寄望于身死而救赎，这与夏目漱石晚年提出的“则天去私”思想——旨在寻找更高的精神信仰而洗礼人性之恶——相当契合。

上篇　老师与我

一

我一向称呼那个人老师。

所以在此只写老师而不提本名。与其说担忧世间的飞短流长，不如说我认为这样做最自然。每当想起那个人，就忍不住想唤一声“老师”。即便执笔的这一刻，也是相同的心情。冰冷的英文缩写[①]之类的用法是我很不愿意用的。

我是在镰仓认识老师的。

当时我还是年轻的学生，因为收到暑假去海边游泳的朋友叫我一定要过去的明信片，所以筹了些钱决定去一趟。我花了两三天的时间筹钱，结果抵达镰仓不到三天，叫我过来的朋友就接到要他立即返乡的电报。电报上告知他母亲病了，可是朋友不信。因为朋友老早就被家乡的双亲逼着结--门不情

① 指用英文大写字母代替人名。

愿的亲事。以现代的观点来看，他结婚的年纪委实太轻，再说重要的是他也不中意那个对象。因此应该在暑假回去的他故意逃避，留在东京附近游玩儿。他给我看那份电报，和我商量说该怎么办？老实说我也不知道怎么办才好。不过倘若母亲真的病了，他理应回去探望。最后，他总算决定回乡，孤零零地留下特地跑来的我。

由于距离学校开学尚有一段时日，留在镰仓也行，回家也可以的我，有了暂住原处的打算。虽然朋友是中国[①]地方某企业家之子，金钱方面不受限制，不过毕竟在上学，年纪也相仿，生活程度同我并无差别。所以变成独自一人的我，完全没有须另寻落脚处的麻烦。

租处[②]虽在镰仓却地处偏僻。想打台球或买个冰激凌之类的时髦玩意儿，不越过一条长长的田埂是无法办到的。就算坐车也得给二十钱。不过这里附近私人别墅倒是盖了好几栋，而且租处距离海边非常近，想到海边玩儿也占尽地利之便。

我每天都会到海边。

走过一间间老旧的稻草屋，一到海滨就看到前来避暑的男女正在沙滩上活动，教人怀疑这些都市人是否就住在这里，有时海里万头攒动有如公共澡堂。不认识任何人的我也沉浸在这片热闹的景色中，时而躺在沙滩上，任波浪拍打膝头，在那一带来回奔跑，十分痛快。

事实上我是在杂沓人潮中发现老师的。当时海岸边有两间茶馆。我一时兴起走进其中一家。和那些住在长谷边[③]大别墅的人不同，我们没有专用更衣间，因此对避暑客而言，由茶馆提供公共更衣间之类的服务是很必要的。人们在此饮茶、休息外，还在这里换泳装、盥洗身体，或将帽子与伞寄放在此。我虽然没带泳衣，还是会担心带来的物品被偷，所以每次去海边，就会把所有的东西寄放在这间茶馆。

---

① 这里指日本的中国地区。包括冈山、广岛、山口、鸟根、鸟取五县。

② 泛指在外住宿的地方，这里指旅馆。

③ 镰仓町之南。

二

我在这间茶馆看见老师的时候，他刚好脱下衣物准备下水；我则相反，刚从水里上来，海风吹着我湿漉漉的身躯。两人之间隔着万头攒动的人群。如果不是因为特别的事，我也许不会注意到老师也说不定。海滩上如此混乱，我更是懒散地走着，之所以会注意到老师，全是因为他身边带着一位洋人。

那洋人有着特别白皙的肤色，他一进茶馆就引起了我的注意。穿着传统日本浴衣的他，将浴衣一股脑儿地扔在折叠椅上，抱着胳臂，面海站立。他身上除了一般人穿的丁字裤之外，一丝不挂。我感到匪夷所思。两天前我曾去由井海滨，蹲在沙滩上观察洋人下水的情形良久。我坐在微高的小丘上，那里紧邻着旅社后门。在我观察的那段期间，虽有许多男人来海边游泳，但不曾有人露出胸腹、手臂及大腿。女人更是刻意地遮掩肌肤，头上戴着泳帽，绛紫、深蓝与青色在海浪间浮沉着。才看到那种情景不久，就瞧见一位仅穿着丁字裤站在众人面前的洋人，觉得他真的太怪了。

不久他转过身，对正弯着腰的日本人说了几句话。那个日本人正要拾起掉落在沙滩上的小毛巾，一拿起来就包裹着头，往海边走去。那个人正是老师。

基于好奇心，我凝望着两人并肩走下海滩的背影。他们踏着浪花，就这样穿过浅滩熙熙攘攘的人群，来到比较宽阔处，便开始游泳。他们往海上游去直到头变得很小，然后再折返，直直游回海边。回到茶馆后也不用井水冲淋，立刻擦拭身体穿上衣物，很快地离开了。

他们离去后，我依然坐在原来的椅子抽着烟，发呆似的想着老师的事。总觉得好像在哪里曾见过这张脸。不过，怎样都想不起他是我在何时何地曾见过的人。

当时的我，说是无忧无虑不如说是太无聊。所以翌日估算了一下可能再见到老师的时间，便特意又来到茶馆。但洋人没来，只有老师一人戴着草帽前来，他摘下眼镜放在台架上，用小毛巾包住头，快步地走下海滩。老师像昨日一样穿过喧闹的泳客们，独自开始游泳，我急着想跟上去，便从水浅处跑到能没过头部的深水处，从那里开始以老师为目标，狗爬式地游过去。老师的游法与昨日不同，是划着一条弧线，从奇怪的角度游回岸边的，因此我没能追上他。待我走上陆地，甩着滴水的手走进茶馆之际，老师已穿好和服，与我擦肩而去了。

三

我在隔天的同一时间前往海边，又看到了老师。再隔天又重复了相同的事。然而两人并没有交谈的机会,也没有寒暄的情形。而且老师并不热衷交际。在一定的时间里，他超然而来又翩然离去。无论周遭多热闹欢腾，几乎不曾见他注意过。最初一起来的洋人，后来也不见踪影。老师总是独自一人。

有一次,老师像往常一样迅速地从海里出来,走到老地方正想穿上浴衣时,不知为何，那浴衣沾满了沙子。为了抖落沙子，老师转身向后，把浴衣抖甩了两三次，然而放在和服下的眼镜却从木板间的隙缝掉了下去。老师穿上藏青花纹的浴衣并用腰带系妥后，才发现眼镜不见了，急忙在附近找寻。我立刻拉长脖子，把手伸进椅子下捡起眼镜。老师说了声“谢谢”，就从我手中接过去了。

隔天我跟在老师身后，一起奔向大海。就这样与老师以相同的角度游去。大约游出两町[①]，老师转头对我说了话。我们漂浮在广阔的蔚蓝海面上，别无旁人。炽烈的阳光照耀在触目所及的山水间。我伸展着充满了自由和欢喜的肌肉，在海中狂舞。老师突然停下手脚的舞动，仰身浮在海面，我仿效他。蔚蓝的天色有如晶莹的目光般，狠狠地投射在我的脸上。

“好快活呀！”我大声地叫嚷。

隔了半晌，老师像从海中起身似的改变了姿势，催促地问：“不回去吗？”体力很好的我还想待在海中。不过当老师再开口时，我立刻爽快地说：“好哇，

① 日本的街道、段巷划分单位，1 町相当于 109 米。

回去吧!”于是两人循着原路游回岸边。

从此以后我与老师成了好友，但还是不晓得老师住在哪里。

隔了两天，我记得应该是第三天下午吧，又在茶馆遇到老师时，他突然问我："你打算在这里待很久吗?"

从来没想过这个问题的我，毫无准备地说："不晓得。"看到老师嗤笑的表情，突然觉得有些尴尬。我不得不反问他："老师呢?"这是我首次开口称呼他老师。

那晚我拜访了老师的租处。虽是租的地方，却不同于一般的旅馆，而是宽阔的寺院内一幢类似别墅的建筑，后来才知道住在那里的人并非老师的家人。

我总是“老师、老师”地叫他，老师只是苦笑，我辩称这是我对长辈的习惯尊称。当我试问起前些日子看见的那位洋人，老师便提起那洋人特立独行、已离开镰仓等琐事，还说自己连和日本人都很少来往，竟能和外国人那么亲近，也是奇怪。最后我对老师说，好像曾在哪里见过他，却记不得了。当时年轻的我，疑惑地期待着对方也有相同的回应，内心预设了答案。然而老师想了一会儿却说："真的不记得曾见过你，会不会是认错人了?"这话给了我一种若有所失之感。

四

月底我返回东京，而老师离开避暑地的时间比我更早。与老师道别时，我问：

“以后常去贵府拜访的话，方便吗?”

“欸，欢迎。”老师只是简单地回答。

那时的我，自认与老师已相当熟识了，很期盼老师能说些热切的话。因此，这种略显生疏的回答，稍稍刺伤了我的心。

由于这个因素，我对老师深感失望。老师似乎注意到了，却又像不知情。

尽管我又尝到失望的滋味，却从没想过要离开老师，反而每当不安时，就更想接近他。我想只要再前进一点儿，内心所期盼的，总有一天会如愿以偿地出现眼前吧！我年轻，但不认为年轻的血液会对所有人都天真热烈。为何只对老师一人呢？我不明白。

直到老师亡故的今日，我才第一次体会到，老师并非一开始就厌恶我。对我冷淡的回应和看似冷淡的举动，并不是为了疏远我所表现出来的不愉快。可怜的老师只是想对欲亲近他的人们，传递出“自己不值得亲近”的警告。不愿回应他人关心的老师，似乎在轻蔑人们之前，先轻蔑了自己。

当然，我是带着会再次造访老师的决心回东京的。回来后，距离开学还有两周，本想趁这段时间去一趟，可是回来过了两三天，待在镰仓时的感动已渐渐淡了，加上大都市多姿多彩的气氛伴随着记忆苏醒的强烈刺激，深深浸染了我的心。每逢在街道上看到学生的容颜，就会升起一股对新学年的希望与紧张。这种情绪使我暂时忘了老师的事。

开始才上课一个月，我又开始懈怠了。我一脸不满地在街上游荡。好像想抓住什么似的环顾自己房间，老师的脸庞再次浮现脑海，我想再见到老师！

第一次拜访老师家时，他不在。第二次前往，记得是在隔周的星期日。那是一个风和日丽的日子，晴朗的天空仿佛沁入人心，但那天老师又不在。在镰仓时，听老师提过自己大部分时间都在家，也听说他不爱外出的话。可是两次造访都见不到人，又想起他曾说过的话，不由得愤愤然。我没有马上离开玄关，望着女佣的脸，站在原处踌躇了一会儿。先前曾为我转交过名片的女佣请我稍候一下，便转身进屋。接着一个看似师母的人走出来，那是一位美丽的夫人。

她详细地告知我老师的去处。听说老师每月的这一天习惯去杂司谷墓地祭拜某人。

夫人带点儿歉意地说：“他刚刚才走，约莫十分钟，没那么快回来。”

我谢过后离开。当我朝热闹的街町方向走了一町左右，突然觉得，散步去杂司谷看看也不错。于是，带着能否见到老师的好奇心，我立刻调头前往。

五

我从墓地旁的稻田左侧进入，走过两旁种植枫树的大道往里面前进。一旁的茶店忽然走出一位很像老师的人，我走了过去，看到那人的眼镜框映着耀眼的阳光。我抢先大叫一声："老师。"老师停下脚步，讶然地望着我。

"怎么……怎么……"老师重复了两遍相同的话。

带着异样氛围的话语在寂静的昼间反复响起。一时之间，我完全无法反应。

"你跟在我后面吗？为什么……"

老师的态度非常冷静，声音无比沉着，然而他的神情中却有一种说不清的抑郁。

我将自己如何来此的经过告诉了老师。

"吾妻有说要祭拜某人？有说是谁吗？"

"没有，她什么也没提。"

"是吗？啊，不可能说呀，跟初次见面的你，没有必要说呀！"

老师一副恍然大悟的样子，但是我不明白其中的意思。老师和我穿过墓园往外面的街道走去。在写着"伊莎贝尔·某某"的坟墓以及"神仆[1]洛金之墓"的旁边，立着塔形木牌之类的东西[2]，写着"一切生悉有佛生"，有的墓上则写着"全权公使某某"。我站在刻着"安德烈"的小墓前询问老师：

"这个用外文要怎么念？"

"不就念成'Andrea'吗？"老师苦笑地说。

老师似乎不认同我轻浮地评论着这里的墓碑所呈现的各式各样的人。我

---

① 神的仆人，许多宗教的信徒用它来做称号。

② 这里指塔婆，佛教信徒将一块长方形的木板竖立在死者坟墓的后面，木板上面写着佛经语句，上端呈尖形，很像塔。

指着圆形墓石、细长花岗岩的墓碑，频频地说长道短，起初老师只是默默地聆听，最后他忍不住说：

“你还没有认真思考过死亡这回事吧！”

我默然，老师也不再多说。

墓地的区块旁，耸立着一棵大到遮天的大银杏树。来到树下，老师仰望着树梢说：

“再不久就会很美了。树叶全部变黄，这里地上将会落满金色的落叶。”老师每个月必定走过这树下。

对面有个男人正将凹凸的地面推平，想做新墓地，他停下手中的铲子看着我们。我们从他身旁向左走去，很快到了街道上。

漫无目的的我，只好跟着老师走。老师比平时更沉默，我也不觉得有什么拘束，就这样随着他一起溜达。

“要直接回家吗？”

“嗯，没别的地方可去了。”

两人又默默地走下南边的坡道。

“老师家人的墓地在那里吗？”我再次开口。

“不是。”

“那是谁的墓呢？是亲戚的墓吗？”

“不是。”

除此之外，老师没作别的回答，我也就此打住。接着走了一条街左右，老师突然又转回原来的话题。

“那里有我朋友的墓。”

“您每个月都会去朋友的坟前致意吗？”

“是的。”

那天老师没再多说什么了。

六

在那之后，我经常去拜访老师。每次去老师都在。随着见到老师的次数增加，我就更常去老师家走动。

即使在初识的寒暄阶段或日渐熟识之后，老师对我的态度始终没变——总是安静的，有时安静得近似寂寞。一开始我就觉得老师有一种难以亲近的神祕感，尽管如此，内心却强烈地涌起无论如何都要接近他的欲望。或许在许多人当中，只有我对老师怀有这种感觉。然而只有那样的我，才能在事后证实这股直觉是有事实根据的，就算被讥讽年轻，被人耻笑愚蠢，我都相信也自喜于拥有这样的直觉。能够去爱的人，不能不爱的人，无法张开双臂紧紧拥抱爱的人——这就是老师的写照。

诚如我所说的，老师始终很安静，沉着而稳重。不过，有时会有一抹奇怪的阴郁闪过那张面庞，像黑色的鸟影掠过窗前般。以为是影子，却又瞬间消失无踪。第一次发现老师眉宇间的那抹阴郁，是在杂司谷墓地突然唤他的时候。在那异样的瞬间，先前快速流动的心脏脉流突然阻塞不通，不过那只是一时停滞罢了，不到五分钟，我的心又恢复原来的弹性，后来也忘了那一抹晦暗的阴影。偶然间再度想起，已是十月小阳春末了的某个夜晚了。

正和老师说话的我，眼前突然浮现他特别在意那株大银杏树下的景象。算算日子，发现距离老师每月例行上坟的日子，正巧还有三天。那天也是我的愉快日子，因为中午就没课了。我对老师说：

“老师，杂司谷的银杏已经落叶了吧？”

“还没落光吧！”老师边回答边注视我的脸良久。

“下次要上坟，我可以陪您一起去吗？我想和老师一道去那里散步。”

“我是去上坟，不是去散步。”

“可是，顺便散步不也很好吗？”

老师沉默了一会儿，隔了半晌才道：“我真的只是去上坟。”

他很刻意地要将上坟与散步区分。我以为这是他不愿意我陪他去的理由，觉得当时的老师像个孩子一样别扭，因此更激得我想去。

“上坟也无妨，请带我一道去吧！我也想上坟。”

事实上，我认为区分上坟与散步没有什么意义。老师眉间一沉，露出异样的眼神。不知是为难、嫌恶还是恐惧不安。我猛然忆起在杂司谷出声叫他“老师”时的画面。两种表情完全一样。

“我……”老师说，“我有不能告诉你的理由，我不愿意和别人一道去那里上坟，连吾妻也不曾带去过。”

七

当时觉得难以想象，不过我并不是为了研究老师的心理才接近他的，完全是顺其自然。如今想来，当时我的态度在生活中算是值得珍视的。之所以能够与老师温馨交往，完全是基于那个缘故。倘若我的好奇心太过，对老师的心拼命探究的话，想必维系两人间的同情线，就会毫不留情地被老师切断吧！当时年轻的我，不自觉自己的态度，也许正因如此，方显得弥足珍贵；话说回来，万一不慎误闯，会有什么结果报应在两人的感情上呢？一想到这儿，就不寒而栗。尽管老师什么也没做，但我相信他也一直恐惧被人冷眼剖析。

每个月我一定会去老师家两三次，后来走动的次数也愈来愈频繁。某日，老师突然问我：

“你为什么常来我家？”

“为什么？其实也没有特别的目的。……是不是打扰您了？”

“说不上打扰啦！”

的确，我看不出老师有感到困扰的样子。我知道老师交际的范围很狭隘，也知道当时与老师同辈的人在东京只有两三位。有时老师会与同乡的学生们同坐在客厅里，但他们熟稔的程度却不如我和老师。

“我是寂寞的人，”老师说，“很高兴有你来访，才想问你为什么常来？”

“这又是为什么？”

当我这样反问时，老师什么也没回答，只是盯着我的脸问："你几岁？"

这样的对话，对我而言实在摸不着边，但我当时没有特别寻思就回去了。不到四天，我又来拜访老师了。老师一出客厅就笑起来。

"又来了。"他说。

"唉，我又来了。"自己也笑了。

如果别人如此调侃，我一定会很生气。但是老师说这话的时候，我的感觉却完全相反，不但不生气，还很愉快。

"我是个寂寞的人，"当晚老师又重复先前的话，"我是寂寞的人，可能你也是个寂寞的人吧！虽然我寂寞，却也上了年纪了，动不了；可是你是年轻人，总不能这样吧？能够出去活动的话，就尽量活动啊！出去活动才能遇到机会呀……"

"我一点儿也不寂寞。"

"没有什么比年轻时代更寂寞的了，不然你为何常来我家？"老师又重复先前的话。

"就算见到我，心里还是觉得寂寞吧？因为我连帮你将那寂寞连根拔起的力量都没有。不久的将来，你就会展开双臂迎向外面，不再往我家跑了。"老师说着，寂寞地笑了。

八

幸好老师的预言没有实现。当时毫无经验的我，无法了解预言之中隐含的确实意义，还是照样去找老师。在那段期间里，不知不觉已和老师在同一张餐桌上吃饭，自然而然地和师母说话。

一般而言，我对女性并不冷淡。然而，若从年轻的我先前的经历来看，几乎不曾与女性有过类似交往的经验。是不是因为这样我不清楚，我的兴趣大多只专注在街上擦肩而过的陌生女性身上。对于师母，上次在玄关见面时已留下美丽的印象。后来每回见面，也都维持着相同的印象。除此之外，我也不晓得可以用什么来形容师母。

与其说师母没有特色，不如说她没有机会展现特色来得恰当。我总是抱着她是附属于老师的心态来对待她，师母也似乎以接待学生的心情热情地款待我。一旦挪开居中的老师，两人就毫无联系了。除了美丽，对初识时的师母我实在没有其他感觉。

有一回我在老师家喝酒，师母坐在旁边斟酒；老师看起来比平常愉快地对师母说：

“你也来一杯。”然后将自己的杯子递过去。

“我……”师母推辞一番后，为难地接过杯子。师母蹙着美丽的眉，将我为她斟了半满的酒杯贴近唇边。师母与老师之间，也展开了以下的对话。

“真难得，你很少叫我喝的。”

“因为你不喜欢哪！不过，偶尔喝喝也不错，心情会变得很愉快。”

“才不呢，太苦了。可是，看你好像很开心的样子，尤其喝了一点儿酒之后。”

“有时候真的很快活，不过，也不是每一次都这样。”

“今晚觉得如何？”

“今晚心情很好哇！”

“那以后每天晚上都喝一点儿吧！”

“那不行。”

“喝吧！那样就不会那么寂寞了。”

老师家只有夫妻两人和女佣，每次去都是寂静无声，不曾听过开怀大笑之类的声响。有时甚至觉得待在家中的只有老师与我似的。

“如果有个孩子就好了！”师母对我说。

“是呀！”我答道，心中却没半点儿同感。当时没有孩子的我，认为孩子只是个吵闹的东西。

“要领养一个吗？”老师问。

“领养孩子嘛，嘿，就你吧！”师母又看向我这边。

“我们永远都不会有孩子啦！”老师说。

师母沉默着。

“为什么？”我问。

“报应啊！”老师说完，放声大笑。

九

我所知道的老师与师母是一对恩爱的夫妻。

虽然我不曾以家庭成员的身份与他们生活，内幕情况自然不清楚，但老师和我坐在客厅时，常常有事都是叫师母处理，而不叫女佣。老师总是转头对着隔门叫唤着："喂，静！"（师母的名字叫静）。那一种叫法在我听来感觉很温柔，而应声走出来的师母，模样也是温婉自然。

偶尔老师留我吃饭，师母也同桌用餐时，两人间的这份关系便被烘托得更加明显。老师时常带师母去欣赏音乐会或戏剧之类的表演。就我记忆所及，夫妻曾经参加为期一周的旅行就有两三次；而且我还留着他们从箱根[①]寄来的明信片，去日光[②]的时候也寄过一封夹着枫叶的信。在当时我的眼里，老师与师母的感情就是这样。不过，只有一次例外。

某天，我照例从老师家的玄关走进去，想请人通报的时候，听见客厅里有人说话的声音。仔细一听，并非寻常的谈话，像是在争吵。老师家的玄关后面紧挨着的就是客厅，所以站在门槛前面的我听得见争吵的大致情形。

从不时高亢的男声可知其中一人是老师。至于对方的声音，比老师低切，听不清楚是谁，总觉得很像师母，好像在哭泣的样子。我在玄关前犹豫着该如何是好，但很快就决定回宿舍去。

焦躁不安的情绪向我扑袭而来，看不进书去。大约一个小时后，老师来到窗下唤我的名，我吃惊地打开窗户，老师说想散步，站在下面邀我同去。我掏起刚才塞在腰带间[③]的手表一看，已经八点多了。身上还穿着外出的和服

① 位于神奈川西南部，是有名的风景区。
② 日本关东地区的重要旅游城市，自然风光和历史名胜都很著名。
③ 穿和服需在腰间系腰带，腰带里可以放东西。

裤裙[①]，于是就这样直接出门。

那晚，我和老师一块儿喝着啤酒。老师的酒量原本就不大，是那种喝到某个程度就适可而止，不会冒险喝到醉的人。

“今天真是糟透了。”老师苦笑地说。

“不开心吗？”我深表同情地问。

我心里始终惦记着刚才的事，就像鱼刺哽在喉咙一样教人难过；想明确地问清楚，又觉得别提比较好，不安的情绪让我看起来格外地心神不宁。

“你今晚怎么了？”老师开口说，“其实我也有一点儿不对劲，你晓得吗？”我无言以对。

“事实上，刚才我和你师母有一些争执，争执得让无聊的神经变得很兴奋。”老师又说。

“为什么……”我没将“争吵”的字眼说出口。

“你师母误会我，我告诉她那是误会，她不信，所以我就生气了。”

“她怎么误会您了？”老师并没有回答我这个问题。

“如果我是她所认为的那一种人，就不会这么痛苦了。”

老师有多痛苦呢？这是我无法想象的问题。

十

在回家的路上，两人沉默地走了一两条街之远。老师突然开口说：

“是我不好，刚刚气冲冲地跑出来，你师母一定很担心我！想来女人实在可怜，你师母除了我之外，完全没有别的依靠。”

老师说到这儿，停顿了一下，也没有期待我回应的样子，接着继续说下去。

“说起做丈夫者可以让人很安心的这个说法，实在有点儿滑稽。你说，我在你眼中是怎样的人呢？像个坚强的人，还是懦弱的人？”

“介于中间。”我答道。

老师似乎对这个回答有点儿意外。他沉默无言地往前走去。回老师家途

① 这是日本和服的一件礼节性服饰，回家后可以脱掉。

中会经过我宿舍附近，算是顺路。我走到转角处向老师道别的时候，有些过意不去地说："我陪您走回府上吧？"

老师立刻用手阻拦我。

"已经很晚了，早点儿回去吧！我也要早点儿回家，为了吾妻。"

老师最后加上"为了吾妻"这句话，格外温暖了我当时的心。也因为这句话，我回去后才能安心入睡。之后有很长一段时间我一直忘不了"为了吾妻"这句话。

也因此可以得知老师与师母之间的波澜应该不碍事。后来经常出入老师家的我，大致推断出他们应该很少争吵，老师有时也会向我透露这样的讯息。

"世上我认识的女人只有一位，除了吾妻，其他女人对我而言都不算女人。我想吾妻也是这么认为的，天地之间只有我一个男人。照这样看来，我们应该是世间最幸福的一对儿。"

我已经忘了当时前后发生的事情，无法清楚地解释老师当时为何会向我吐露这样的心声。

不过老师那种认真的态度和诚恳的语气，至今还残留在我的记忆中。"应该是世间最幸福的一对儿"，当时这句话在我耳边异样地回荡着。老师为何不肯定地说，而要说"应该是"呢？对这一点独独感到怀疑，老师语气中带有一种难以捉摸的氛围。老师真的幸福吗？还是应该幸福却没有那么幸福呢？我的内心不得不感到疑惑，然而这样的疑惑只是一瞬间，随即又被埋葬到某处了。

不久后，老师因事出门，我也有了与师母两人面对面交谈的机会。那天老师送友人至新桥，因为友人即将从横滨起航远赴国外。以当时的习惯来说，要到横滨起航的人，都会坐早上八点半的汽车从新桥出发。

我则因为觉得一本书的内容有讨论的必要，事先与老师约了九点过去拜访。老师的新桥之行，是基于对前日专程上门辞别的友人的一种礼貌，当天才决定。老师临走时交代师母说他马上回来，要我稍候一下。于是我进到客厅，在等候老师的空档与师母聊了起来。

十一

那时我已是大学生。比起初到老师家看来，现在感觉已像个成年人了。

与师母已经相当熟识，面对师母不会有什么不自在，我们面对面聊了许多，不过谈话很平淡，没什么重点，现在也忘了。其中只有一段话引起我的兴趣。不过提起那件事之前，我想先做一点儿交代。

老师是东京帝国大学毕业的。这是一开始我就知道的。然而老师无所事事，却是我回东京后不久才得知的。当时在想的是他怎么会无所事事呢?

老师在社会上默默无闻，对于他的学问及思想，除了有着密切关系的我之外，应该没有人怀有敬意。对此我常慨叹可惜。老师却道："要我这种人到社会上大放厥词，实在难为情。"说完就不再理会我。听在耳里，觉得那样的回答未免太谦逊，反而像是在讥讽世间。事实上，老师时常谈论着如今已是名人的昔日同学，并且毫不留情地严厉批评。我露骨地举出他的矛盾之处，与其说我的思绪带着叛逆意味，不如说是对老师毫不在意世间的漠视而深表遗憾。

"总之，我是一个没有资格到社会上获得工作的男人，无可救药了。"当时老师以沉重的语气如此说道，脸上清清楚楚刻着一种凝重的表情。虽然我不明白那是失望、不平还是悲哀，但他强烈的语气教我震惊，也因此失去了再多说什么的勇气。

在与师母交谈的那段时间，话题自然落到老师身上。

"为什么老师会这样宁愿在家思考、读书，也不出去工作呢?"

"他呀，没办法噢，他厌恶那些俗事。"

"换句话说，老师顿悟了那些其实是毫无意义的事吗?"

"什么顿不顿悟……我是女人，不懂这些，不过，恐怕不是那种意思噢!他也是很想有所作为吧?可是一事无成，可怜哪!"

“可是从健康方面来看，老师好像也很健康，不是吗？”

“他很健康啊，没什么毛病。”

“既然如此，为什么不愿意出去活动呢？”

“我不清楚。如果我知道那是怎么回事，就不会这么担心了。就是因为不知道，才觉得他很可怜。”师母的语气带有相当的同情，即使如此，嘴角仍带着笑意。若从外表来看，我的表情一定太认真，一脸严肃地沉默着，然后师母忽然想起什么似的开口说：“年轻的时候，他不是那样的人噢。现在的他和年轻时候完全不一样，整个人都变了。”

“年轻的时候，是指什么时候？”我问。

“学生时代呀！”

“您从学生时代就认识老师吗？”霎时，师母脸上泛起一阵红晕。

十二

师母是东京人。我之所以知道，是因为曾听老师说起，也听师母本人提过。

“老实说，我是‘混血儿’。”师母说。师母的父亲确实是来自鸟取或者别的某个地方的人，其母亲则是出生于东京——当时还称为江户——的市谷地方的人，所以师母总是那样开玩笑似的说。不过老师却是毫无地缘关系的新潟县人。因此，如果师母知道老师的学生时代，很明显他们不是源自乡里关系。然而面色微红的师母好像不愿再多说什么，所以我也没有深入追问。

从认识老师到他过世的那段日子里，因各式各样的问题而认识了老师的思想与情操，不过关于他的婚姻状况却几乎不曾听闻。有时我善意地自我解释，可能是因老师年长，对于将旖旎的恋史告诉年轻人一事，会特别谨慎吧！有时又会恶意地认为，不仅老师一人，还有师母，比起我来，两人都是在上一代因袭保守的社会中成长的成年人，因此遇到风花雪月的话题，大概没有坦率解放自己的勇气吧！然而，无论是哪一种都只是推测而已，无论推测的真相如何，我认为他们两人的婚姻深处，必定存在着美丽的罗曼史。

我的假设果真无误，只不过我用想象力描绘了爱情的表面而已。老师美丽的爱情背后存在着惊人的悲剧。那悲剧对老师而言是多么凄怆的事，就连朝夕相处的师母也全然不知。师母到现在依旧不知情，老师隐瞒师母至死。老师在摧毁师母的幸福之前，先摧毁了自己的生命。

关于这出悲剧，我现在也无可奉告。两人的恋情可以说是为了那出悲剧而生的，关于这点，诚如我刚才说过的，他们几乎不曾对我说过什么。师母因为含蓄，老师则是因为更深层的理由。

我还记得一件事。有一回花季，我与老师一道去上野[①]，在那里见到一对俊美的男女，他们相依于花下漫步。不过毕竟是公共场合，很多人关注他们多过赏花。

“好像是新婚夫妻。”老师道。

“看起来很恩爱呢！”我回答说。

老师面无表情朝另一个方向走去，视线撇开那对男女。然后问我：

“你谈过恋爱吗？”我回答“没有”。

“想不想谈恋爱呢？”我没有回答。

“不会不想吧！”

“嗯……”

“你看那对男女有点儿嘲弄的意味。那样的嘲弄中，掺杂着你追求爱情却得不到的不满……”

“听得出来吗？”

“听得出来。品尝过爱情滋味的人就会说出更温馨的话语。可是……可是你呀，爱情是罪恶的，你知道吗？”我猛然一惊，说不出话来。

① 日本每年三四月是樱花盛开的日子，日本人习惯外出郊游、赏花，上野地区的樱花久负盛名，历来是人们成群结队赏花的胜地，更是年轻男女相识的“鹊桥”。1873 年，上野公园正式成立，成为人们争相赏花的地方。

十三

我们在人群之中，每个人的神情都看似欣喜。穿过那里，直到来到看不见花也看不见赏花人群的森林前，那个问题一直悬着，没有开口的机会。

“爱情是罪恶的吗？”当时我突然问起。

“是罪恶的，真是如此。”老师回答时的语气跟先前一样强烈。

“为什么？”

“不久之后你就会明白。啊！不是不久之后，而是你应该已经明白了。你的心不是老早就已被爱情所打动了吗？”我在心坎里约略审视一遍，然而却意外地空虚，什么也搜寻不着。

“我的内心没有您说的这一种东西，也不打算对老师隐瞒什么。”

“正因为没有东西所以才想追寻，有的话就会想定下来了吧？”

“我并没有您说的那样想追寻什么呀！”

“你不就是因为不得满足，才来我这里追寻的吗？”

“也许吧！不过那与爱情不能相提并论。”

“你正踩在爱情的阶梯上。在拥抱异性之前，首先会到同性的我这边追寻。”

“我认为两者是性质迥异的。”

“不，是一样的。身为男性的我，终究不能够带给你满足的，以后若有特别的事情更不可能满足于你。事实上我觉得很遗憾。将来你离开我到别处追寻也是没办法的事，可是我宁愿那样，不过……”

我感到异常地悲伤。

“如果您以为我会离开，那也没办法，但我从来没有过那样的念头。”

老师并未倾听我所说的话。

“不过，你不小心一点儿是不行的。因为爱情是罪恶的。在我这边得不到满足，倒也不至于发生危险，然而……你知道被乌黑秀发纠缠着的心情吗？”

我可以想象，却不晓得实际情形究竟如何。总之老师所说的罪恶扑朔迷离得匪夷所思。对此我感到有一点儿不快。

"老师，请您将罪恶的意思解释清楚好吗？否则，就暂停这个话题。直到我彻底明白罪恶的意思为止。"

"完了！本想告诉你事实，结果反而让你焦虑困惑，我搞砸了！"

我与老师以一种安静的步伐自博物馆①后方朝莺谷方向走去。从篱笆的缝隙可以瞧见宽广庭院的角落种植着茂盛而幽邃的山白竹。

"你知道我为什么每个月都到杂司谷墓地为友人上坟吗？"老师问得很突兀。他也很清楚我根本无法回答这个问题。我一时语塞。老师又恍然大悟地说："我又说错话了。让你焦虑是我不好，可是想解释又担心那样的说明会让你更焦虑。实在难为呀！这个问题还是算了吧！总之爱情是罪恶的、污秽的，但也是神圣的。"

我益发不明白老师的话，老师也绝口不再提爱情了。

十四

年轻的我很执着，至少在老师眼中似乎如此。我一直认为与老师谈话比在学校受业更有益，老师的思想也比教授的意见更宝贵。归根究底而言，比起站在讲坛上指导我的那些功成名就的人，孤独而寡言的老师似乎显得更了不起。

"你不该被冲昏了头。"老师说。

"我觉得这是在清醒意识下得出的结论。"我相当自信地答道。老师却不认同那份自信。

"那是因为你正在兴头上，一旦热度退了就厌了。你现在这样看我，让我很痛苦。当我试想你未来可能发生的变化，就觉得更痛苦了。"

"您认为我是那么肤浅的人吗？那么不值得信任吗？"

① 上野公园内设有博物馆，例如东京国立博物馆（1872年建成）、国立科学博物馆（1877年设立）等。

"我只是替你觉得可怜。"

"您是说，我值得可怜却无法被信任吗？"

老师为难地看向庭院。前些时候，庭院里开着一朵朵红艳艳的山茶花，如今已不复见。老师向来有从客厅欣赏那些山茶花的习惯。

"说到不信任，我并非对你特别不信任，而是不相信所有人。"

那时，树篱对面传来像是卖金鱼的叫嚷声。除此之外一片静谧。这里是距离大街约两条巷子的深巷，格外地僻静。家中如同往常一般寂静。我知道师母在隔壁房间，也知道默默做着针线活儿之类琐事的师母听得见我们说话的声音。而此刻，我却完全忘了那些。

"这么说，您也不信任师母喽？"我问老师。

老师的神情微露不安，避重就轻地回答：

"我连自己都不信任。无法信任自己，所以也无法信任别人。除了诅咒自己，别无他法。"

"如果您想得这么复杂，世上不就没有人值得相信了吗？"

"我不只这样想，还身体力行了；力行后却更让我吃惊。结果是那么可怕呀！"

我想针对这个问题深入追究，却见师母在纸门后面唤了两声：

"老公、老公……"

"什么事？"老师在第二声的时候回答。

"有一点儿事。"师母叫老师到隔壁房间去。

我不清楚两人有什么重要的事情需要解决。不过还未来得及思索，老师就已回到客厅来了。

"总之，你不能太相信我。因为将来你会后悔的。你会为自己受骗而对我残酷地复仇。"

"这是什么意思？"

"因为曾经跪在某个人膝前的记忆，会使你下次想把脚踩在那个人的头上。为了不受到将来的侮辱，我宁可舍弃今日的尊敬。我宁愿忍受现在的寂寞，也不愿忍受比现在更寂寞的未来。我们生在充满自由、独立、利己的现在[①]，代价就是都必须品尝这一种寂寞吧！"

面对老师的这番觉悟，我不知应该说些什么。

---

① 指明治三十八九年间，即 1905 年或 1906 年。

十五

此后每回见到师母都觉得很尴尬。老师对师母始终是这一种态度吗？若真是如此，师母会对此满意吗？

我无法认定师母是否满意。因为首先，我不大有接近师母的机会；其次，即便有机会，每次师母见到我都神色自若；最后，老师若不在家，我与师母就更难碰面了。

我的疑惑还有很多。老师的这番体悟是从何而来的呢？只是冷眼旁观地反省自己抑或观察现代社会，就能得到这一种结果吗？本质上，老师是一位坐着思考的人。不过，这番觉悟靠坐着思考就能自然而然被激发出来吗？我不认为全然如此。老师的觉悟似乎是活生生的体验，完全不同于火烧后冷却的毫无生命力的石屋轮廓。在我眼中，老师的确是一位思想家，但是思想家的归纳主义背后似乎交织着强烈的事实。那不是与己无关的事实，像是自己切身体验过的；这个事实犹如沸腾的热血足以使脉动停止，潜藏在他的心灵深处。

这不是我内心凭空的推测，老师本人也承认了。只是他的承认有如夏季的积云，在我头上笼罩着不知真相为何的惊人事件。我不清楚为什么觉得骇然，总之他的承认震撼了我的神经。

我假设老师的人生观是缘于某个激烈的爱情事件（当然发生在老师与师母之间）。对照着老师曾说过爱情是罪恶的话时，多少有些线索。不过他也说过现在是爱着师母的。所以这一种几近厌世的觉悟应该不是来自两人的爱情。

“因为曾经跪在某个人膝前的记忆，会使你下次想把脚踩在那个人的头上。”老师这番话应该是针对另一个人，似乎不适合套用在老师与师母之间。

葬在杂司谷的不知是何人——那墓也时常在我的记忆里跳动。我知道那座墓与老师有深厚的渊源。企图接近老师的生活却迟迟没有进展的我，自然也将那座墓化身为老师生命片断之姿融入了我的记忆。不过对我而言，那座墓是完全死去的东西，不会成为开启两人生命之扉的锁钥，反而是卡在两人中间妨碍自由往来的魔障。

这段日子里，我又有机会与师母面对面说话了。那时正值白天愈来愈短的忙碌秋季，也是人们感到寒意的季节。老师的住处附近接连三四天遭窃，都发生在傍晚时分。虽然没什么贵重的物品被偷，但小偷闯进门总会拿走些什么。师母很害怕，却偏偏碰上老师有事必须在晚上出门。老师向我解释，因为一位任职地方医院的同乡朋友来到东京，他必须偕同两三名友人择地请同乡的朋友吃饭。所以拜托我在他回去前帮他看家。我立刻应允。

十六

我去的时候，是华灯将点的薄暮时分。一丝不苟的老师已经出门了。

“他担心迟到，刚刚就出去了。”师母领着我走向老师的书房。

书房除了书桌和椅子外，还排着许多精美的书籍，灯光通过玻璃照射其上。师母让我坐在火盆前的坐垫上：“你可以在这里看看书。”她交代之后，转身离去。我感觉自己好像是在等待主人归来的客人似的不自在。我拘谨地抽着烟，听见师母正在饭厅与女佣说话。书房位于饭厅走廊尽头的转角处；从房间的位置来看，可以知道这里比客厅安静。一会儿，师母说话的声音没了，一片静寂。我像是在等候小偷的心情，凝神专注的留意四周。

三十分钟左右，师母又从书房门口探头出来。“哎呀！”她微露诧异的眼神望着我。仿佛觉得板着面孔坐着的我看来很可笑。

“不自在是吧？”

“不，没什么不自在。”

“可是，很无聊吧？”

“不，我在担心小偷是否会来，不无聊。”师母端着红茶的茶碗，笑脸迎人地站在那里。

“这里是角落，不容易防备呀！”我说。

“是我失礼了。不如到比较中间的位置吧！我想你可能觉得无聊，所以泡了茶来，不介意的话，就到饭厅用吧！”

我尾随师母走出书房。饭厅里有只铁壶正在长火盆上呜呜地鸣叫着。我在那里享用茶与点心。师母担心晚上睡不着，所以没喝茶。

“老师常常参加这类的聚会吗？”

“他很少参加，最近愈来愈讨厌见人了。”看不出师母有对此感到特别困扰的神情，于是我大胆地再问：“那么，只有对师母是例外的吧？”

“不，我也是被厌恶的其中一个。”

“那是谎言！”我说，“师母明知是谎言还这样说，我说得对吧？”

“怎么说？”

“要我说的话，我觉得老师是因为喜欢师母才厌恶世间一切的。”

“你做学问的技巧很了不起嘛，能够灵活运用空泛的理论。为何不说他是因为厌恶世间，所以连我也一起厌恶了？道理是一样的。”

“虽说我们各有说法，不过这一次我是正确的。”

“我不喜欢和别人争论噢！男人经常在争论，觉得很有趣。就像拿着空杯还不厌其烦地到处敬酒。”师母的话有点儿无情。

虽然听来刺耳，却不算激烈。师母还没有进步到想让对方认同自己脑袋里的东西，并且发掘她值得骄傲的地方，她似乎比较重视内蕴的心思。

十七

我本来还想再说点儿什么。不过若被师母误会我是那一种喜欢挑衅的男人，恐怕很困扰，于是作罢。我默默地盯着已经饮干的红茶杯底。

“再来一杯吧？”师母问。我立刻将茶碗交到师母手上。

“几颗？一颗？两颗？”

师母以奇怪的工具将方糖夹起，然后看着我，问我想放几颗糖到茶碗里。师母的态度不至流于谄媚，仿佛想尽力化解刚刚在言语上的冲突而有点儿殷勤。

我安静地喝着茶。喝完了也不发一语。

“你好安静啊！”师母说。

“不管我说了什么或争论什么，似乎都会被驳斥。”我答。

“怎么会呢？”师母说。

两人以此为开端，又交谈了起来。接着话题又绕回两人都感兴趣的老师身上。

“师母，请让我针对刚才的事情再多说一点儿好吗？也许在您听来都是空泛的理论，但我可不是随便说说而已。”

“那你就说吧！”

“万一师母突然不在了，老师还能像现在这样活下去吗？”

“这我就不知道啦！你呀，那种事情应该去问老师不是吗？这不是该我回答的问题呀！”

“师母，我是认真的。请您别逃避，坦白告诉我。”

“我很坦白呀！老实说我真的不知道。”

“那么师母您有多爱老师呢？关于这个问题，我想与其问老师不如问您比较好。”

“别突然这么严肃地问那种事情，好吗？”

“您的意思是，不用正式地问也明白是不是？”

“嗯，可以这么说。”

“如果忠实的您突然不在了，老师会变成怎么样呢？对世间的一切都不感兴趣的老师，在您不在的情况下会变成怎样呢？别以老师的角度，而是以您的角度来看。您说说看，老师会变得幸福，还是不幸？”

“要我看的话，我只晓得一件事——也许老师并不那样认为——假使老师离开了我，他只会变得不幸，或者无法活下去也说不定。这样说似乎有点儿自以为是，但我相信此时此刻的自己，是很用心地想让老师获得人类该有的幸福，我深信，任何人都无法像我一样能让老师幸福，才会这么笃定地说。”

“我想老师应该清楚这一点吧！”

“那又是另外一回事。”

“您还是觉得自己被老师嫌弃吗？”

“我不觉得自己被嫌弃了，因为没有被嫌弃的道理。但老师厌恶世间吧？最近变得厌恶人们更甚于世间吧？所以身在其中的我，照理讲也不可能被他所喜爱，不是吗？”

师母认为自己被嫌弃的意思，我总算领会了。

十八

我佩服师母的理解力。师母的态度不像旧式日本女人，这也给了我一种刺激。尤其师母几乎没有用当时开始流行的新语言。

我是不曾与女性深入交往过的憨直青年。身为男性基于对异性的本能，我经常幻想着憧憬的偶像。然而那种心情类似眺望着思慕的春天云彩，像梦般地虚幻朦胧。一旦真实的女人在面前，我的感情常常就变了。时常以一种奇怪的抗拒力取代其吸引力。但是在师母面前的我完全没有那种感受，也没有一点儿横亘在饮食男女间暗潮汹涌的情愫。我几乎已经忘了师母是女性，纯粹以一种诚实的批评者即同情者的身份，来看待师母。

"师母，之前我曾问过老师为何不愿意工作。您听了之后好像说他原本不是那样的人。"

"嗯，我是说过。其实他不是那种人。"

"那老师是怎么样的人呢？"

"他是值得信赖的人，如你所想也如我所愿的那种人。"

"那为什么突然变了？"

"不是突然而是慢慢变成那样啊！"

"那段期间，师母始终和老师在一起吧？"

"当然，夫妻嘛！"

"这么说，您应该很清楚老师会变成这样的原因吧！"

"就是因为这样，我才伤脑筋哪！被你这么一说，真的很难过，我怎么也想不透哇！我不知道求过他多少遍，要他说清楚了。"

"那老师有说过什么吗？"

"他只说没事，没什么好担心的，说他本来就是这种个性之类的话搪塞我。"

我默然，师母也没再说下去。待在佣人房的女佣也寂静无声。我完全忘了窃贼的事。

师母突然问："你觉得我有责任吗？"我回道："不是的。"

"请不要再隐瞒，直说吧！被人这么认为，简直比身受刀刑还要痛苦。"师母又说，"尽管如此，我还是会为他尽一切力量。"

"其实老师也承认那是他自己的问题，没事的。请您放心，我保证。"

师母拨弄着火盆里的灰烬，然后将水瓶的水注入铁壶中，立刻压下铁壶发出的鸣声。

"我曾经忍不住问他，如果我有不好的地方尽管直说，能改的缺点我一定改。可是他却说：'你没有缺点，如果有的话也是我的缺点。'听他这么说，我真的觉得很悲哀，泪不可抑地流下，可还是想逼问他我究竟哪里不好。"这时师母已噙满了泪水。

十九

起初我认为师母是位宽厚体贴的女性。在我们交谈的过程中，师母渐渐变了。她不再与我斗智说理，开始打动我的心。她觉得明明与丈夫之间没有任何隔阂，却又好像存在些什么芥蒂。她睁大眼睛想捕捉些什么，却毫无所获。我想这就是师母痛苦的关键。

一开始师母就说，老师看待世间的目光是厌恶的，连带着自己也跟着被嫌弃了。虽然她如此肯定，却不甘心承认。当我们摊开一切，师母反而逆向思考了。她推测老师是因为嫌弃自己，因此连整个世间也一起厌恶了。但不管师母多么努力，都无法证实这个推测就是事实。老师的态度完全像个良人[①]，亲切而温柔；师母则以日复一日的温情爱意将疑惑的种子裹住，悄悄地藏在心底，却在当晚在我面前打开了那道心结。

"你认为呢？"她问，"是我把他变成这样的吗？还是你说的人生观或是什么把他变成这样的？别瞒我，告诉我吧！"

我完全没有隐瞒的意思。不过，若有我不知情的纠葛存在的话，无论我

① 古代夫妻互称良人，后多用于妻子对丈夫的称呼。这里指好丈夫。

的回答是什么，都不可能令师母满意。而且我相信其中一定存在着不为人知的事实。

“我不知道。”

瞬间涌现师母那期待落空时的哀戚神情。我又立刻补充说：

“可是我敢保证，老师决不是嫌弃师母。我只想将从老师那边听来的话，传达给师母知道。他不是个会说谎的人吧！”

师母无语。片刻之后却说：“事实上我想到了一件事……”

“老师之所以会变成这样的原因吗？”

“嗯，如果是因为那件事，就不是我的责任了，我也能松一口气……”

“什么事？”

师母难以启齿地直盯着自己放在膝上的手。

“我说了之后，你帮我判断一下。”

“当然，要是我可以判断的话……”

“大家都不敢提呀。因为说了会被骂，只能偷偷说。”

我紧张得直吞口水。

“老师还在念大学的时候，有位感情很好的朋友，却在即将毕业时去世了，而且死得很突然。”师母在我耳畔悄声地说。

“其实是死于非命。”她的说法教人忍不住想问死因。

“我能说的只有这些。那件事发生后不久，老师的个性就渐渐变了。至于那个人为何而死，我不知道。恐怕老师也不晓得吧！不过，他的转变是在发生那件事之后，这使我不得不怀疑。”

“那个人的墓呢？在杂司谷吗？”

“那也是说不得的事，所以不能告诉你。我想，若是死了一位至交，任谁都会改变吧！我很想知道这一点是否正确，希望你能帮我判断一下。”

我的判断却是倾向否定。

二十

我只好尽己所能地，用可以接受的事实来安慰师母。师母似乎也尽可能地接受我的安慰。所以两人一直谈论着相同的问题，然而我无法掌握事情的根源。事实上师母的不安，也从薄云浮涌般的疑惑中流露出来。至于事情的真相，师母本人知道得也不是很多，就算知道也不肯全透露。因此安慰她的我和被安慰的师母，仿佛携手在起伏的海浪中摇晃。我们一面摇晃着，师母一面紧紧揪住我那靠不住的判断。

十点左右，玄关响起老师的脚步声，师母像是突然间要把眼前的一切全部忘掉似的，撇下坐在面前的我站起身来，正巧迎上打开门的老师。我也跟着师母出迎，只有女佣似乎已经睡着了，始终没有出来。

老师心情很好，不过师母的心情更好。犹记得刚刚在师母美丽眼眸里打转的泪光和那对黛黑秀眉蹙成八字的模样，我仔细地注意她的变化。假若眼前所见不假——其实我不认为那是虚假的——那么刚刚师母的倾诉只是带着感伤，为了好玩儿而特意把我当作对象，作为这样一场淘气的女性游戏也不无可能。不过，当时的我无意用那一种批判的眼神看待师母。看见师母瞬间充满光彩的样子，算是放心了。如此一来，我也没有为她担心的必要了。

老师笑着问我："辛苦你了，小偷有没有来呀？"接着又说，"没来，是不是很扫兴啊？"

"真是不好意思。"回去时师母向我点头示意。她的语气听起来不像是对我百忙之中抽空前来而感到过意不去的样子，倒像是对我专程前来而小偷却没来一事感到过意不去。师母说着，把刚才招待我还没吃完的西洋点心用纸包装起来，交到我手上。我把它放进袖袋里，绕过行人稀少的寒夜小巷，朝热闹的街町方向快步走去。

我之所以将那晚的事情从记忆的扉页中抽出，在此详述，是因为有必要写下；事实上，在我拿着师母给的点心回家时，并不想重温当夜的谈话。

翌日，我从学校回家吃午饭，一看见昨晚放在桌上的那包点心，马上从中拿了一块巧克力蛋糕塞进嘴里。在品尝的当儿边想着，送我点心的这对夫妇算是世间一对幸福佳偶吧！

秋末冬来，并没有什么特别的事情发生。我仍旧常去老师家，日子一久，也会顺便麻烦师母代为洗衣或缝补之类的。以前从不曾穿过汗衫的我，在衬衫上加缝一块黑领子也是从那时开始的事。膝下无子的师母表示能够照顾我反而让她排遣无聊，还是她的健康良药。

"这是手工织的噢，以前我从没缝过质料这么好的和服，不太好缝啊。针变得很不听话，还因此断了两根针哩！"即使是如此抱怨的时候，师母也没显露出嫌烦的表情。

二十一

冬季来临时，偶然间我必须返乡。因为寄来的家书中，母亲写道，父亲的病情似乎不太乐观，虽然现在还不必担心，但毕竟上了年纪，可以的话，要我有空回家一趟之类的叮咛。

我的父亲老早就患有肾脏病。像一般中年以上的人一样，父亲的病是慢性的。自己与家人也深信，只要用心照料不至于突然恶化。现在，多亏父亲养生有道，只要客人一来，便吹嘘自己经历无数的忍耐才能活到今天。母亲在家书上提到，前些日子父亲在庭院里做事时突然晕倒在地。家里的人误以为轻微脑溢血，立刻进行治疗。后来经医师诊断，完全不是那么一回事，还是老毛病所致，这才第一次将昏倒与肾脏病联想在一起。

距寒假尚有一段时间，我想就算等学期结束再回去也无妨，于是又逗留了一两天。然而，父亲卧病的模样与母亲忧心的神情不时浮现眼前。不断饱受良心的谴责下，我终于决定返乡。为节省寄送旅费的波折与时间，借辞别之便前往老师住处，希望他能暂时垫付所需金钱。

那天老师好像有点儿感冒，懒得走到客厅，要我到他的书房去。入冬以来罕见的和煦阳光，透过书房的玻璃窗洒落在桌巾上。老师将大火盆放到这日照绝佳的房间里，因为摆在三脚火架上的铁盆所冒出的蒸气，可以预防呼吸困难。

“大病倒好,小感冒之类的毛病反而烦人哪！”老师说,苦笑地盯着我的脸。

老师是一个没生过什么大病的人。听见老师这么说，我也觉得好笑。

“感冒等小病我还能忍受，大病就敬谢不敏了。老师也一样吧？试一下或许就知道了。”

“是吗？若是生病，我想干脆来个绝症吧！”当时我并没有特别留意老师的说辞。随即提起家母的来信，表达我想借钱之意。

“很烦恼吗？你要的数目我手边应该还有，就拿去用吧！”

于是老师将师母唤来，请她拿给我所需金额。师母从后面的食器橱子之类的抽屉里取出钱，并郑重地垫在白纸上说：“很担心吧？”

“晕倒过很多次吗？”老师问。

“信上什么也没提，那种病会昏倒很多次吗？”

“唉。”这时我才晓得，师母的母亲就是患上与我父亲相同的病而过世的。

“总之，很难医治吧！”我说。

“是呀！如果当时我能替她受罪就好了。——有恶心的症状吗？”

“您是问情况怎样吗？信上什么也没写，大概没有吧！”

“只要没有恶心的症状就不要紧了。”师母说。

当晚我坐上火车，离开了东京。

二十二

父亲的病并不如想象中的严重。当我抵达时，他还盘腿坐在床上：“害大家担心成这样，只好一直躺着。其实我已经可以下床啦！”

翌日就不听母亲劝阻，还是下了床。母亲不情愿地叠着被褥说：“你父亲是因为你回家，才突然逞强起来的。”但我倒不觉得父亲的举动像在虚张声势。

我哥哥因为工作关系远在九州。在工作上也是身不由己，除非家人病危，否则无法轻易见到父母；至于妹妹，嫁到他乡，也是不到紧要关头就能呼之则来的人。兄妹三人中，最方便的还是仍在学的我。这样的我，遵从母亲的吩咐抛下学校课业在放假前回来，父亲对这点感到很欣慰。

“为了我这种老毛病向学校请假，对你真过意不去。你母亲不该写那么夸张的信。”

父亲这么说着。不但如此，还从刚刚铺好的床上下来，展现他一如平日的精神。

“一不小心会再犯的，别下床啊！”我的关心让父亲很开心，不过他只听进去其中一点。

“不要紧，只要像平常一样小心点儿就好了。”

其实父亲好像没什么问题。在家里自由地走动，没有呼吸急促，也没感觉晕眩。唯独脸色比一般人差很多，然而这并非现在才有的症状，所以我们也没有特别注意。

我写信给老师，感谢他预借旅费给我，并告知他我会在正月回东京时归还，请他静候。又写道，家父的病情不如想象中险恶，这个部分暂可放心，也没有恶心晕眩等症状云云。最后加上一句问候老师感冒的话。事实上我忽略了老师的感冒。寄出那封信时，完全没期待老师会回信。寄出后，与父母亲提及老师的事，并想象着远方老师的那间书房。

“回东京时，带点儿香菇给老师吧！”

“嘿，可是不晓得老师吃不吃香菇。”

“虽然不怎么美味，但也没有人会嫌弃吧！”感觉把香菇与老师摆在一起很奇怪。

收到老师的回信，我有点儿吃惊。尤其晓得内容没什么特别的事情时更是惊讶。我想老师只是出自亲切而回信的。这么一想，尽管那是一张言简意赅的纸，却让我非常高兴，因为这是我收到老师寄来的第一封信。

第一封信！针对这一点我想稍做声明一下，因为听起来可能会以为我与老师之间书信往返很频繁，其实不然。老师生前我只收过两封信。其中一封就像现在说的这么简单，另外一封却是老师死前特意写给我的，那封信非常非常地长。

以父亲生病的体质而言，他必须小心活动，就算下了床，也几乎足不出户。有一回，他在天气很好的某日下午走去院子，当时的我担心有什么万一，紧紧跟在他左右。我非常担心，要他把手搭在我肩上，父亲却笑着拒绝了。

二十三

无聊的父亲常找我下将棋[1]。因为两人都懒，索性贴着暖炉桌，把棋盘放在木框罩子上，要走棋时才把手从盖被下伸出来。常常因此丢了棋子，直到分出胜负前双方都不知情。所以曾发生过母亲从灰烬中发现棋子，而用火筷子夹起的趣事。

“围棋的棋盘太高，而且有脚，无法在暖炉桌上下棋，可是这里放将棋盘刚刚好哇，下起来很轻松，最适合懒人不过了。再下一盘吧！”

父亲赢的时候一定会说：“再下一盘吧！”不过输的时候也会说：“再下一盘吧！”重点是他是个无论输赢都想坐在暖炉桌前下棋的男人。刚开始觉得稀奇，这一种很有隐居气氛的娱乐引起我相当大的兴趣；但时日一久，那一种程度的刺激已无法满足年轻的我。当我把握着“金”与“香车”[2]的拳头举到头上时，常常忍不住打起呵欠。

我想念东京。不时听见热血奔腾的内心深处，持续传来要我离开的鼓噪声。不可思议的是，那个鼓噪声来自某种微妙的意识，仿佛因老师的力量强化了。

我暗自比较着父亲与老师。从世俗的角度看来，两者都是沉静寡言到分不清死活的老实人。若从世人认同的这点来看，两者都是零。话说回来，爱下将棋的父亲即使单纯作为娱乐的对象，也无法满足我。我不曾记得与老师一同出游的我，两人的交情反而比游乐的交际关系更亲密，他的思想不知不觉影响了我的脑部，脑部的说法太过冰冷，我想改为心。就算说老师的力量已占据我的肉体，嵌在我的血流中，当时的我一点儿也不觉得夸张。父亲是亲生父亲，而老师是完全的外人，我试着将这个再清楚不过的事实故意摆在

① 又称日本象棋，一说是中国唐朝时期的象棋传入日本而演变成的。
② 日本将棋的棋子名称。

眼前，就像第一次发现某个大道理般地惊讶。

在我伸着懒腰觉得无聊闷得发慌之际，先前在父母眼中是稀客的我，已渐渐变得陈腐而普通了。这就像所有暑假返乡的人都曾感受过的相同心情吧！刚回去的一周左右，他们仿佛舍不得放下似的，给予热烈的娇宠款待；按照往例，过了那个巅峰之后，家人的热情就逐渐冷却，最后变成在不在都无所谓地随便应付。我滞留在家的日子也过了那个巅峰期了，再加上每回返归我都会带回一些父母所不知的怪癖。就像以前的说法，把天主教的气味带进儒者之家似的，带回与父母不同调的习性。当然我会隐藏着。不过毕竟是附在身上的习性，就算不想表现出来，不知不觉中还是看进父母眼里。终于，我开始觉得索然无趣，有提早回东京的冲动。

幸而父亲的病仍旧维持现状，看不出有一点儿恶化的迹象。为了慎重起见，我专程老远地请来医师，仔细为父亲诊察，还是没发现什么异状。于是我决定在寒假结束前离乡。人说也奇怪，当我离乡的话一出，父母都表示反对。

“要回去了吗？还早不是吗？”母亲说。

“再留个四五天，也来得及吧？”父亲说。可我还是不愿改变决定出发的日子。

二十四

回到东京时，松饰[①]不知何时已换下了。街上寒风吹拂，一眼望去没有正月应有的春节气氛。

我立刻奔赴老师家还钱，也顺道带着香菇。只是拿出来的时候觉得有点儿奇怪，所以特别声明这是母亲要我送来的，然后放在师母面前。香菇装在新的点心盒里，师母客气地谢过后，走到隔壁房间时，试着拿起那盒子，可能觉得比想象中轻了许多，吃惊地问：“这是哪一种点心哪？”和师母熟识之后，有时候她会让我看见她略带孩子气的一面。

夫妇俩不断询问父亲病情的忧心之处，老师说：“听你这么说，令尊的病

① 日本新年的装饰，将松枝挂在门前。

情似乎还谈不上恶化，不过病到底是病，不注意是不行的。”关于肾脏病，老师知道许多我不知道的事。

“自己生病却不注意，依旧平静度日，正是那种病的特色。我认识某位士官，最后就是这样去世了，那种死法听起来好像在胡扯。毕竟连睡在身旁的妻子都没怎么费神照顾，只是半夜他把妻子摇醒，说有点儿难受，然后隔天早上就死了。而他的妻子还一直以为丈夫是睡着了。”先前想法乐观的我，突然感到不安。

“家父也会变成那样吗？谁也不敢保证是吗！”

“医生怎么说？”

“医生说应该是治不好了，不过也说目前不必太担心。”

“这就好，既然医生那样说的话。我刚才提到的情形是不曾多加注意的人，而且那还是一个非常粗鲁的军人。”我稍微放心了。老师端详我的神情变化后又补了一句：

“话说回来，人无论健康也好、生病也罢，都是处于脆弱的状况啊！不晓得什么时候会因何种事情而死。”

“老师也会思考这种事呀？”

“即便我再怎么健康，也是会想到这种事。”依稀看得到老师嘴角微笑的影子。

“有人很轻易就会死不是吗？这是自然死亡。也有人突然间死去，是因不自然的暴力。”

“何谓不自然的暴力？”

“关于这个，我也不清楚，不过每个自杀者都是利用一种不自然的暴力吧！”

“这么说，被杀也是源自不自然的暴力吧？”

“被杀的方面？我完全没想过。是呀，说起来合乎逻辑。”

后来我回去了。回去后，不再为父亲的病感到那么烦恼了。至于老师说的自然死亡，还有不自然的暴力导致死亡的说法，那时只留下浅浅的印象，事后也不曾在脑中停驻。我想起以前数度想着手又老是力不从心的毕业论文，是该开始认真写的时候了。

二十五

理当在那年六月毕业的我，按照成规，无论如何都必须在四月底前完成这份论文。我屈指一数二、三、四地确认剩余的天数，有点儿怀疑自己的能力。举目四望，别人老早就开始搜集资料，累积笔记，一副很忙碌的样子，只有我尚未着手，只是下定决心在过年后再努力进行。但我只有那个决心成形，却无从着手。目前为止我只空描一个大题目，有个粗略的架构而已，不由得抱头烦恼起来。于是我将论文的题目缩小。为了节省思想系统化的过程，决定把书中的资料陈列出来，并添加一点儿适当的结论。

我选择的题目与老师专攻的相近。曾就这个选择，请教过老师的意见，当时老师也觉得适合我。现在狼狈不堪的我，飞快赶往老师住处，询问一些必读的参考书籍。老师很干脆地把他所知传授给我，还借两三本必要的书籍给我。不过老师却不愿担负指导我的责任。

“我最近不太读书，不晓得一些新的事情啊！还是请教学校的教授比较好吧！”

当时的我，突然想起从师母那里听说过，老师曾经是一位非常爱阅读的人，后来不知为何，不再像从前那样对这方面感兴趣了。我暂且搁下论文，忍不住开口问道：

“老师为什么不像从前那样对书感兴趣呢？”

“不为什么……只是觉得读再多书也不会变得多伟大，而且……”

“而且？还有什么原因吗？”

“也不算是原因，只是以前哪，在人前出入或被人问到却茫然无知的时候，就觉得羞耻而难为情，可是最近就算有什么不晓得，也没有那种羞耻的感觉，于是变得不太有精神勉强自己去看书了。唉！说直接一点儿，就是老了。”

老师的话十分平静。正因未带一丝离群索居者的苦味，所以无法激起我的同感。我不认为老师老了，相对地也不觉得他伟大，最后我回家去了。

从那天之后的我，如同几乎被论文附身的精神患者般眼睛通红，痛苦极了。我试着向一位一年前毕业的友人探询各种状况。其中一位表示他是在截止日当天搭车飞奔至办公室才好不容易赶上收件；另一位则说因收件时限是五点，他迟了十五分钟才送去，正当校方要拒收时，幸亏主任教授的通融才受理。我感到不安的同时，也蕴藏着勇气。每日在书桌前发愤图强地努力着。要不就是钻进微暗的书库内，在高高的书架之间四处搜寻。我的眼睛就像狂热者在挖掘古董之类的物品时，拼命地搜寻着封皮上的烫金文字。

随着梅花绽放，寒风也渐向南吹。经过一段时间，耳畔开始传入樱花飘落的碎碎私语。即便如此，我仍像拉车的马，只朝着正前方，承受着论文的鞭策。直到四月下旬来临，总算按照进度将论文交出，这段期间不曾踏进老师的幽居一步。

二十六

我重获自由之际，正是八重樱[①]散落殆尽的枝丫上，开始长出如雾般朦胧绿叶的初夏季节。我像只飞出樊笼的鸟儿，瞭望着宽阔的天地，自由地展翅翱翔。我立刻前往老师家。一路上枸橘的篱笆在已泛黑的枝干上，冒出刚萌生的嫩芽，光泽油亮的茶褐色叶子从石榴枯干上长出，映着柔和的阳光，吸引着我的目光。记得当时就像生平第一次看见那样的风景般，感到无比新奇。

老师看着我欢喜的表情说："论文已经完成了吗？太好了。"

"托您的福，总算完成了。"我说。

事实上，当时的我已完成自己应该完成的工作，心情开朗极了，就算铆足了劲儿玩乐也无妨。我对自己交上去的论文怀有十足的自信与满意。在老师面前频频针对论文内容喋喋不休。"原来如此！""是吗？"老师则以一贯的语气应和着，未加任何批评。与其说我觉得不满，不如说有点儿扫兴。尽管如此，那天的我活力充沛，好像要尝试着突破老师看似保守的态度。我鼓吹

① 日本特有的樱花的一种，又叫丹樱、奈良八重樱带草，三四月间开花。

老师到绿意即将苏醒的大自然中散步。

“老师，去外面散步吧！出外踏青会让人心情很愉快。”

“上哪儿？”

哪里都不要紧，我只想带老师到郊外去。

一个小时后，老师与我如愿离开市区，在分不清村或町的静谧之处，漫无目的地走着。

我从扇骨木树篱上摘下一片柔嫩的叶子，当叶笛吹。这是我从一位鹿儿岛的朋友身上，自然而然学会的，吹起叶笛很得心应手。当我得意扬扬地吹着时，老师却若无其事地朝旁边走去。

不久，沿着一条小径出现一所微高的宅院，像被茂密的嫩叶层层封锁般。门柱上钉的门牌上写着“某某园”，由此可知，这并非私人宅邸。徐缓走上坡后老师望着入口说：“进去看看？”

“是园艺馆嘛！”我说。

我们在树丛中蜿蜒地向内上坡，左侧有栋房子。开着的拉门内，空荡荡不见人影。只有放在屋檐下的大水缸内的金鱼正在游动着。

“好安静啊，没有事先告知就进入不要紧吗？”

“不要紧吧！”两人再往里面前进，却依然不见人影。

杜鹃花燃烧似的盛开着。老师指着其中丈高的桦木色花丛说：“这是雾岛杜鹃吧！”

芍药也种了一片十多坪[①]的面积，但因季节尚未来临之故，一株也没开花。老师呈“大”字形地躺在芍药旁一张类似旧长凳的椅子上。我坐在空着的一端抽着烟。老师望着蔚蓝清澈的天空。我则被围住的嫩叶色泽夺去了心神，仔细凝视那嫩叶的颜色，每一片都不一样。就算同一株枫树也没有完全相同的叶色长在枝丫上。老师丢掷在细小杉苗顶上的帽子被风吹落了。

① 面积单位，主要应用于日本、中国台湾、朝鲜半岛。1 坪约为 3.3 平方米。

二十七

我立刻拾起帽子。一面用指甲弹掉沾了到处都是的红泥巴，一面唤着老师。

“老师帽子掉了。”

“谢谢。”

老师半起身接过，维持着半坐半躺的姿势，问了我奇怪的问题。

“说起来有点儿冒昧，你家的财产很丰厚吗？”

“不算丰厚。”

“嗯，到底有多少呢？恕我失礼。”

“多少哇，只有山上一些田地，钱的话大概没有吧！”

老师问起我家经济状况的问题，这还是头一遭。我也不曾问过老师关于生计的问题。与老师初识时，便曾怀疑过老师，为何能够无所事事。之后，这股疑虑仍在我心中挥之不去。不过要把那种露骨的问题在老师面前提起，觉得很无礼，因此总是压抑着。

让嫩叶的颜色舒缓了疲惫的眼睛，我的心偶然触及那股疑虑。

“老师呢？您拥有多少财产呢？”

“我看起来像有钱人吗？”

平常穿的都是朴素衣服的老师。家中人口少，住宅也不算大。不过生活物质方面却相当丰足是事实，就连身为外人的我也看得一清二楚。重要的是，老师的生活称不上奢华，却也不是十分吝啬节省到毫无弹性的地步。

“应该是吧！”我说。

“是有那么一点儿钱，可是绝非有钱人。我若是有钱人，会盖更大的房子。”

这时老师已经起身，在长凳上盘腿而坐，此语说完，就用竹杖的前端开始在地面上画圆似的画着。画完了，便将手杖拄地般，直挺挺地站起。

“其实我原本也是有钱人哪！”

老师的话半似自言自语。没有立即随他前行的我，默不作声。

“其实我原本也是有钱人，你晓得吗？”再度重提的老师，望着我微笑。我没有搭腔。不如说我无法以笨拙的方式回答吧！于是老师又将话题转开。

“令尊的病后来怎样了？”

关于父亲的病情，在正月回到东京后就一无所知了。每个月家乡连同汇票寄来的简单信函，一如以往是父亲的笔迹，可是字里行间不曾提及病情。加上他的字体稳健明确，一点儿也没有那种病人特有的潦草微颤的运笔迹象。

“什么也没说，应该没事吧！”

“没事就好，——不过病到底是病啊！”

“还是不乐观吗？可是眼前算稳定未再恶化下去吧。所以才什么也没说。”

“是吗？”

老师询问我家的财产，探询父亲的病情，我以为是一般的谈话——是那一种突然涌现脑海而脱口问起的普通闲聊。然而，老师话语的深处却隐含着结合两者的重大意义。不曾有过老师亲身体验的我，当然不可能留意到。

二十八

“如果你家有财产，我认为不趁现在妥善处理是不行的，虽然我这是多管闲事。不过，趁着令尊身体健壮，将该拿的都好好地拿到手如何？因为将来如果有个万一，最会引起纠纷的就是财产问题。”

“噢！”我没有特别留意老师的话。

我相信在我家没有人会担心，不仅我不会，就连父母亲也没有人会。此外老师说的话，以老师的个性而言，未免过于实际得令我略感吃惊。可是，对长辈该有的敬意也使我沉默不语。

“现在就预想令尊亡故的措辞，如果让你不舒服的话，请原谅我。不过人毕竟会死呀！再怎么健康的人都不知道何时会死呀！”

老师的口气带着罕见的苦涩。

“我一点儿也不在乎那种事。”我辩解道。

“你有几个兄弟姐妹呢？”老师问。

接下来老师又问了我家庭的人数，亲戚的有无，叔父叔母的情况，等等。最后却这么说：

“大家都是好人吗？”

“似乎没有特别坏的人，大抵都是乡下人。”

“难道乡下人就不坏吗？”

我对此词穷。可是老师没有给我思考答案的时间。

“乡下人反而比都市人更恶劣。而且你说你的亲戚中，似乎没有值得注意的坏人吧？然而，你是认为世上有一种所谓坏人的人？世界上本来就没有那种定型刻画出来的坏人哪！平常大家都是善人，至少每个都是普通人。不过到了紧要关头的时候，恐怕会突然变成坏人了。所以不能不小心。”

老师的话并没有要中断的意思。我正想说点儿什么的时候，后方却突然传来狗吠声。老师和我惊诧地回头。

从长凳子旁边到后面种着的杉树苗旁，山白竹仿佛掩去了三坪左右的地面般茂密地生长着。狗的脸和背出现在山白竹丛里，拼命地吠叫着。正好一个十来岁的孩子跑来，把狗斥退。孩子戴着镶着徽章的黑帽子，绕到老师面前行礼。

“叔叔进来时，家里没人吗？”他问。

“没有人哪！”

“姐姐和母亲明明都在厨房的嘛！”

“是吗？有人在呀？”

“啊，叔叔，您打声招呼再进来不就好了嘛。”

老师苦笑着。从怀中取出蛙嘴钱包，拿出五钱铜板①给孩子。

“帮我跟妈妈说一声，让我在这里休息一下子。”

孩子机灵的眼眸满是笑意地点点头。

“我现在是侦察队长噢！”孩子说着，便往杜鹃花丛里跑下去。

狗儿也卷着高高的尾巴随孩子向后头奔去。不久，两三名约同年龄的稚童，也跟在侦察队长下去的方向跑去。

---

① 日本铜币，面值五钱。

二十九

因为狗与孩子的打断，使得我与老师的谈话无法进行到结束，因此我也始终摸不着头绪。老师对财产分配的种种挂念，对当时的我而言毫无所感。以我的个性和经历来看，当时的我完全没有烦恼那种利害关系的余裕。想来，可能是因为我还未出社会，尚未实际面对那种场面吧？尤其年轻的我总觉得金钱的问题似乎离我很遥远。

但在老师的话题里，只有一事我想追根究底的是——到了紧要关头的时候，谁都会变成坏人这句话的意义。若是单纯的一句话，我并没有不明白之处。不过我想对这句话知道得更多。

狗儿和孩子离去后，宽阔的嫩叶花园再度恢复平静。我们像被沉默封锁似的，片刻未动。那时，美丽的天色已渐渐失去光彩。眼前的树大多是枫树，但犹似滴落枝头般的翠绿嫩芽，感觉也渐渐暗淡了。

我听见远处街上拉货车行走时响着的辘辘声。我把那想象成某个庄稼汉载着盆栽或什么之类的东西，赶着去市集。老师听见那声音时，突然像从冥想中苏醒的人一样，站了起来。

“差不多该回去了吧！白昼虽长，但再这样安闲地待着，不知不觉就黄昏了呀！”

老师背上满是适才仰躺在长凳上的灰尘。我用两手帮他把灰尘拂落。

“谢谢。有没有树脂粘在上头？”

“都弄干净了。”

“这短外褂才刚做不久哇。如果随便弄脏了，可会被你师母责怪呀，谢谢。”

两人又来到缓坡中间的房子前。进来时没看见任何人在廊边，现在倒是看见老板娘和十五六岁的女儿正在那里缠丝线。

“打扰了。”我们从那大金鱼缸旁向她们打招呼。

“哪里哪里。”老板娘客气地回道，并为刚才给孩子铜板一事道谢。

走出大门约两三条街时，我终于向老师开口问道：

“适才老师说过，到了紧要关头的时候任何人都会变成坏人这句话，那是什么意思呢？”

“也没有很深的含意。——这是事实噢，不是什么理论。”

“事实也无妨，我想请教的是，所谓的紧要关头，是指什么？究竟指的是什么时候呢？”

老师笑了出来。过了适当时机的现在，看来已失去热切解释的兴致。

“是钱，你知道吗？见了钱，什么样的君子都变成小人哪！”

对我来说，老师的答案太过于平凡无聊。老师似乎不想继续说下去，我也感到有些泄气。我若无其事地迈步前行，不知不觉地将老师抛之在后。

“喂，喂！”老师在后面叫着。

“你看你。”

“什么？”

“你的情绪因我的一句回答，马上就变了，不是吗？”老师望着停下脚步驻足等他的我，如此说道。

三十

当时心里有点儿气老师。两人并肩走的时候，我故意不提其实很想问的问题。然而老师那边不知是否注意到，看不出被我的态度影响的样子，还是像往常一样以不失沉稳的步调，沉默地走着，使我变得有些恼怒。不禁想教训老师一番。

“老师。”

“怎么了？”

“刚才在那个园艺馆庭院休息的时候，您有点儿激动哩。我很少看到老师激动的样子，今天倒是亲睹了您鲜为人知的一面。”老师没有立即回答。我以为那就是他的反应，却有点儿出乎预料。我不知所措，也不再多说。老师冷不防地往路旁走去，然后在修剪美观的树篱下，撩起下摆就地小解。在那当儿，我始终傻傻地站在那儿。

“啊，失敬。”老师说着，再度迈开步伐。

我终于放弃驳倒老师的念头。我们走的街道渐渐变得热闹。先前零零星星看见的宽广的旱田斜坡与平地已完全看不到了，左右两旁净是栉比鳞次的人家。尽管如此，四处的宅院角落，仍看得到豌豆藤缠绕着竹子、鸡被铁丝网圈养着等闲静景致。从市中心归来的驮货的马车，陆陆续续与我们擦肩而过。总是容易被这类事物所吸引的我，刚才梗在心头上的问题早已不知拂落到哪里去了。老师突然将话题拉回时，其实我已经忘得一干二净了。

“我刚才看起来很激动吗？”

“也不是那么激动，只是有一点儿……”

“不，就算看见也无所谓，我真的很激动，因为一提到财产的事情我必定激动。我不知道你是怎样看我的。但我是一个非常固执的男人。别人带给我的屈辱与伤害，就算经过十年、二十年也不会忘记。”

老师的话比原先更激动。可是我惊讶的不是这个，而是老师话中含有向我倾诉的意味。从老师口中听见这种自白，我感到非常意外。以老师的性格特征来说，我从来不曾想象过他会这样地执着。我深信老师应该是更软弱的人。我依恋的根源，就是存在于那种软弱却高贵的矛盾之处。原本因为一时的情绪而想反抗老师的我，在这番话前的我，气势顿时矮了半截。老师这样说：

“我受人欺凌，而且是被有血缘关系的亲戚欺凌。我绝对不会忘记。在我父亲面前像是善人的他们，在我父亲去世后立刻摇身变成不可原谅的不义之人。他们所给的屈辱和伤害从孩提时期至今为止，我始终不曾忘却，这样一直背负到死吧！因为至死都无法忘记呀！可是我并未复仇。仔细一想，我现在正在做超出对个人复仇的事。我不仅憎恨他们，甚至憎恨他们所代表的人。我觉得这样就够了。”

我连一句安慰的话都说不出口。

三十一

那天的谈话就此打住，未再发展下去。不如说我对老师的态度感到畏缩，无意深入探究。

我们两人从市郊搭乘电车，在车内几乎都没开口。下了电车，不久就需道别，道别时老师态度又变了，以异常开朗的语气说道："从现在起到六月是最轻松快活的时候哇！说不定这是我人生中最轻松的时刻！尽情玩儿吧！"我笑着摘下帽子。那时我凝视着老师的脸，疑惑着老师的内心某处是否真的憎恨着一般人。那眼睛，那嘴巴，怎么看都看不到厌世的影子。

我要坦诚的是，在思想上确实自老师那里受益良多，但我也必须承认，也有想获益却无法获得的时候，有时老师的谈话毫无重点即宣告结束。那天发生在两人之间在郊外的对谈，正是毫无重点的实例，残留我心。肆无忌惮的我，有时会把这件事在老师面前明说，老师听后笑了起来。我表示："我不在乎自己迟钝不得要领，可是您明明知道却不肯明说，真教人伤脑筋。"

"我毫无隐瞒哪！"

"您在隐瞒。"

"你把我的思想或意见之类的东西，和我的过去随便牵扯在一起不是吗？虽然我是贫乏的思想家，却不会将自己脑中整理妥当的思想动辄隐瞒。因为没有隐瞒的必要。可是必须在你面前将我的过去全盘托出，又是另外的问题了。"

"我不认为这是另外的问题，因为思想来自老师的过去。我的重点是在此。若将两者分离，对我而言几乎是毫无价值的东西。正因为您给的是没有灵魂的人偶，所以我无法获得满足。"

老师透着诧异的眼神盯着我，拿着雪茄的手微微颤抖着。

"你很大胆。"

"只是认真罢了。希望认真地接受人生的教训。"

"所以不惜挖掘我的过去吗？"

"挖掘"的字眼突然带着可怖的声响，敲在我的耳畔。我感觉现在坐在眼前的是一个罪人，而非我平日尊敬的老师。老师面色铁青。

"你确实是认真的吗？"老师叮咛地说，"过去的因果，使我对人存疑。事实上我也怀疑过你。可是就只有你，是我不愿怀疑的。你似乎单纯得无法令人起疑。就算一个人也好，我想在死前有个能让我相信他的人。你会是那个人吗？你可以成为那个人吗？你是打从心底认真的吗？"

"如果我的生命是认真的，那我今日所言也是认真的。"我的声音在颤抖。

"很好。"老师说，"我愿意说。把我的过去毫无保留地对你说。相对的……不，那已经没关系了。不过，我的过去也许对你并非有益，也许不听比较好也不一定啊。话说回来——现在还不能说，请给我时间，因为时机未到不能说。"

回到宿舍后，我依然承受着一股压迫感。

三十二

我的论文在教授眼中看来似乎不如我所预期的，但仍按照原定计划过关了。毕业典礼那天，我把带着霉味的旧冬装从行李拿出来穿。到会场列队时，每个人都是一副热极了的表情。我也受不了自己被密不通风的厚呢绒包住的身体。才站了片刻，拿在手上的手帕已经湿答答了。

典礼结束后，我立即回家，然后裸着身子。我打开宿舍二楼的窗户，把毕业证书卷成像望远镜般地朝外看，了望着极目所及的世间风景。接着便将那张毕业证书扔在桌上，呈"大"字形地躺在房间正中央，回顾着过去，也想象未来。觉得将过去与未来区分开来的这张毕业证书，像是一张有意义又似无意义般奇怪的纸。

那晚我赴老师家接受款待。那是我们先前就约定好的，如果毕业了，当天的晚餐不在别处吃而是在老师的餐桌上。

一如约定，餐桌放在客厅近走廊之处。上了厚浆的织花硬桌布在灯光的反射下，看起来美丽又纯洁。在老师家吃饭，一定会有这一种在西餐厅才看得到的白色亚麻布，桌布上放置着筷子与茶碗，而且一定是洗得雪白的桌布。

“就像领子和衬衫袖口。如果不干净，不如一开始就用有颜色的。所以要白就一定要完全纯白。”听他这么一说，才晓得老师有洁癖。事实上他的书房等处都整理得一尘不染。漫不经心的我，也留意到老师的这项特征。

当我对师母说“老师很神经质呀”，师母答道：“不过衣物方面似乎就不那么在意了。”

“说真的，我是精神性神经质。而且始终为此所恼。想来我的个性实在无聊透顶。”在旁听见的老师说着也笑了。

所谓精神性神经质的意思，是俗话说的神经质，还是道德上的洁癖呢？我不明白。师母也不能完全了解。

那晚，我与老师面对面坐在一如往昔的白色桌布前。师母则一个人坐在正前方，面向庭院的位子上。

“恭喜。”老师说着并向我举杯。

我对这杯酒并没有欢愉的感觉。当然本身像是对这句话感到反弹似的，没有雀跃的欢喜也是原因之一。不过老师的说辞也未带有一丝唤起我欢愉的语气。老师笑着举杯。我虽不认为那笑容里有一丝不怀好意的讥刺，但同时也无法体会到“恭喜”的真情流露。老师的笑容像是在对我表示“世间上遇到这种场合，通常都会说声恭喜的。”

“太好了！想必令尊令堂一定很开心吧！”师母对我说。

我突然想起病中父亲的事。心想着早点儿拿毕业证书回去让他瞧瞧吧！

“老师的毕业证书呢？”我问。

“这个嘛……不晓得收到什么地方去了呀。”老师问师母。

“嘿，应该是收起来了嘛。”

两人都不知道毕业证书收到哪儿去了。

三十三

用餐时，师母叫坐在旁边的女佣到隔壁房间去，自己担任服侍的工作。这似乎是老师家对待非应酬性客人的常规。起初一两回我也感到不自在，随着次数增加，就算把饭碗直接放在师母面前，也觉得不足挂齿。

“喝茶？用饭？你好会吃呀！”

师母偶尔也会贸然说出无所顾忌的话。可是因为气候的关系，就连以前被嘲弄的食欲也随之不振 。

“糟糕，你最近食量很小哇！”

“不是食量小，是天气热吃不下。”

师母叫来女佣，要她将餐桌收拾干净，换上冰激凌和水果。

“这是我在家里自己做的噢。”

没事的师母，似乎只有将自制的冰激凌呈现给客人。我连吃了两杯。

“你终于毕业了，将来打算做什么？”老师问。老师将座位挪成半朝着檐廊，把背靠在门槛边的拉门上。

我只是自觉到毕业了，对未来要做什么并没有目标。看我犹豫不决时，师母开口问道：“当老师怎么样？”我没有回答，她又问：“公务员吗？”我和老师都笑了出来。

“说真的，我还没有想到要做什么。事实上我完全不曾想过关于职业这一种事。首先，哪个好哪个坏，我没试过也不知道，所以难以选择。”

“说得也是。不过你毕竟是因为有财产的人，才能说出这一种无忧无虑的话呀！瞧瞧那些为此困扰的人，是无法像你一样如此镇定。”

我的朋友当中，有人在未毕业前就已在寻觅中学教师的工作了。我在内心承认师母说的是实情，可是我却说：“我受了老师一些影响吧！”

“我可没给你什么不好的影响啊！”老师苦笑。

“受影响也无所谓，可我还是先前那句话，请你趁令尊还活着的时候，得到你应得的财产，如果不肯，也绝对不能大意。”

我想起那个杜鹃花开的五月初，与老师一道在郊外园艺馆大庭院内的谈话。那时在归途上，老师以激动的语气对我说的激烈言论，再次回荡在耳底。激烈不足以形容，应该说是凄厉。可是对不明白事实真相的我而言，同时也是不够彻底的谈话。

“师母，贵府有相当多的财产吗？”

“怎么搞的，问起那种事情来？”

“因为我问老师，他却不肯告诉我。”师母一面笑，一面看着老师的脸。

“因为没有多到能告诉你的程度。”

“但我想知道有多少财产才能像老师一样，当作回乡后与父亲谈的参考，请您告诉我。”

老师面向庭院那边静静地抽烟。自然，我询问对象必须转向师母。

“你问多少，其实也没多少！嘿，无论有多少，都只是够过日子而已噢。你呀……怎样都好，真的不能从今以后就无所事事下去噢。像老师这样老是到处闲晃可不行……”

“我可没有老是到处闲晃啊！”

老师稍微回过头，否定师母的话。

三十四

那一夜我十点过后才离开老师家。由于两三日内应该就会回乡，在告辞之前我向老师略微辞别。

“暂时无法见您了。”

“九月时会来吧！”

因为我已经毕业了，九月没有一定会来的必要。不过我也不想在炎热的八月来到东京。因为我没有所谓谋求职位的宝贵时间。

“嗯，大概九月吧！”

“那就诚挚地祝福你啰！我们这个夏季也许会到别处去，因为这里好像很热。我们去了之后会寄风景明信片给你的。”

“什么样的计划呢？如果您要去的话……”老师对这样的问答，扑哧一笑又道，“还没有决定去还是不去。”

正准备起身离座时，老师突然拦住我，“这阵子令尊的病怎样了？”

我几乎不晓得父亲的健康情形。只觉得家书上没说什么，应该是未恶化吧！

“那可是不能掉以轻心的病啊，万一并发尿毒症就没救了。”

我不明白尿毒症这个名词和意思。在寒假时与医师见面，我也全然不曾听过这个专业术语。

“真的要好好地照顾噢！”师母也说，“一旦毒性侵入脑部就完了。你呀，这可不是开玩笑的呀！”没有经验的我听得有点儿发毛，却还是笑笑的。

“到底是无药可救的病，所以再担心也无济于事。”

“你能如此坦然倒好，只是……”

不知是否想起了自己母亲死于相同病症的事，师母以沉重的语气说着，随即低下了头。我也为我父亲的命运感到难过。

接着老师突然对着师母说：“静，你会比我先死吧？”

“为什么？”

“没为什么，只是想问问。还是我会比你先走吧？世俗大多认为丈夫会先辞世，留下妻子是理所当然的事呀！”

“也没有一定的道理呀。不过话说回来，大概是因为丈夫都比较年长吧！”

“所以才有所谓先死的道理呀！我可能必须比你先到那个世界去。”

“你是特例。”

“是吗？”

“因为你很健康又没什么恼人的病，所以我会比你先离开人世呀！”

“你会比我先死去吗？”

“嘿，我一定会比你先死的。”

老师看着我。我笑了。

“不过，要是我比你先走的话，那你会怎样？”

“什么怎样？……”

说到这里，师母便结巴了。似乎正想象着老师死后的情形，哀伤微微涌入她心。但当她再度回神后，情绪已丕变。

“什么怎样，那也是没办法的呀，亲爱的。人各有命嘛！”师母故意看着我，像在开玩笑似的说。

三十五

我已站起的身子，又再度落座，成了老师夫妇俩的询问对象，直到谈话告一段落。

“你认为呢？”老师问。

老师先死还是师母先亡，这本来就不是我能够评断的问题。我只是笑。

“我不懂寿命啊！”

“正因如此，才是寿命的真意呀！出生时就带着命定的年数而来，也是无可奈何的呀！老师的父母几乎是同时去世的。亲爱的，他们死的时候是……”

“过世的日期吗？”

“虽然不是同一天，但也所差无几。因为是接连过世的。”

对我而言，这个消息很新鲜，我感到不可思议。

“为何会接连过世呢？”

师母正想回答我时，老师打断她。

“到此为止吧！实在太无聊了。”

老师故意把拿在手里的团扇，啪嗒啪嗒地扇着。然后又回头望着师母。

“静，如果我死了，这栋房子就给你吧！”

师母笑了出来，说：“那就顺便连地也给我啦！”

“地是别人的，没办法给你。可是，我有的全部都留给你。”

“感谢万分。可是拿了那些外文书也没用啊！”

“卖给旧书店嘛！”

“卖了能值多少呢？”

老师没说多少。但老师不肯轻易离开自己亡故这个还很遥远的话题。而且他是假设自己会比师母先死。起初师母似乎故意答得很轻松。可是不知不觉间，那颗伤感的女人心就郁闷了起来。

“‘如果我死了’，‘如果我死了’，你要说多少次呀！我求求你适可而止，别再提‘如果我死了’这种话，别再说那么不吉利的话嘛！要是你死了，我会完全照你的意思处理，这样行了吧？”

老师望向庭院微笑着，没再说让师母讨厌的话题了。我因为也逗留许久了，于是便起身告辞。老师与师母送我到玄关。

“记得要小心照料病人。”师母说。

“九月见！”老师说。

道别后，我走出门外。玄关与门之间有一株蓊郁的桂花树，仿佛遮住我的去路般，在黑夜里伸展着枝叶。我走了两三步，回望着被如墨的叶子覆住的树梢，想起即将绽放的秋花与香气。

从前，我就将老师家与这株桂花树无法分开地，一起记忆在心底。当我站在树前，任凭想象奔驰在下一个秋天再度跨越这个家的玄关时，先前照亮门棂之间的玄关电灯突然熄灭。老师夫妇似乎走进里面了。我一个人走向黑暗的外面。

我没有马上返回宿舍。在回乡前有必须购买的东西，加上也有让饱餐的胃稍微消化的必要，于是往热闹的街道走去。街道才刚开始热络，悠闲的男女在熙攘的人群中穿梭，我在当中巧遇今天同我一起毕业的某某。

他硬拉着我去某个酒吧。我在那里听着他说些如同啤酒泡沫般的高谈阔论。回到宿舍时已过了十二点。

三十六

翌日，我冒着酷暑，四处将受托的物品买齐。在信上接受托购觉得没什么，但实际着手进行就备感麻烦。在电车里边拭汗边埋怨着那些不会对浪费他人时间与心力感到过意不去的乡下人。

我不想虚度这个夏天。所以事先做了一份类似回乡后的行事历，为了实践那份计划，我必须去买所需的书籍。我打算在丸善书店二楼消磨半天。站在与自己所学关系密切的书架前，从头到尾一本本地检视。

购物时，最令我困扰的是女人的和服衬领。我请店员把所有价位的都拿出来，不过该选哪个，总是犹豫不决。加上价钱没个准头，比方说，我觉得应该很便宜的东西，问了才晓得竟然非常昂贵；觉得应该很贵而不敢问的东西反而很便宜。有时试着比较，却看不出到底是由于哪里不同而造成价格上的差别。弄得我精疲力竭，心里直后悔没请师母帮忙。

我买了只皮箱。虽然是日制的劣等货，上头却有亮晶晶的金属饰品，用来糊弄乡下人应已足够。之所以买这只皮箱是应母亲要求,她特别在信上写道，要是毕业了就买个新皮箱，将所有礼物装箱带回。我读到那句话时笑了出来。与其说我不明白母亲的想法，不如说我认为那像是玩笑式的要求。

一如当初向老师夫妇辞行所说，我搭着第三天的火车离开东京返乡了。这个冬季以来，从老师那里陆续得知必须对父亲的病情更加注意的我，照理说应该很担心，可是不知怎么，并不觉得痛苦。反而为父亲亡故后母亲的心情，感到难过。由此可知，我心底已有父亲即将辞世的觉悟，这是毋庸置疑的。我在给九州大哥的信上写着，料想父亲已无法复原至健康之身了。甚至写道，若是职务上方便的话，尽量在这个夏天安排时间回来见他一面吧！况且两位老人家待在乡下想必会担心，身为子女的我们也觉得过意不去云云，我连这么感伤的句子都用上了。我是将心中浮现的想法真实地写下，不过写完后的情绪与下笔时却不同了。

在火车上我思索着这一种矛盾。思索的过程中，感觉到自己是个情绪易变的善变者。人也变得焦躁起来。我想起老师夫妇的事，尤其想起两三天前受邀晚餐时的谈话。

“谁先死呢？”

我反复低吟着，关于那晚老师与师母间产生的疑问，那种问题谁都没有自信能够回答。如果能够清楚知道谁会先死的话，老师会如何呢？师母又会如何呢？我想老师和师母除了以现在的态度面对之外，也别无选择吧！（如同我面对故乡即将接近死亡的父亲，所感到的无奈一样。）对于人的无奈以及与生俱来的善变，我顿悟到人生是无常的。

中篇　双亲与我

一

回家后，意外地发现父亲的健康情形比起先前并无太大的改变。

“啊，回来了吗？能毕业真是太好了。等一下，我去洗把脸。”

父亲不知在庭院里做些什么，旧草帽后头飘荡着一条遮阳用的微脏帕巾。只见他绕向有井的后院走去。我认为从学校毕业是理所当然的，却在异常欢喜的父亲面前，感到诚惶诚恐。

“能毕业真的是太好了。”父亲这句话说了好几遍。

我在心中暗自比较父亲的欢喜模样与毕业当晚在老师家餐桌上老师道“恭喜”时的神情。觉得嘴里祝贺但内心贬抑的老师，反而比如获至宝般喜悦的父亲看起来高尚。

最后，我竟对父亲的无知所衍生的土味儿开始感到不悦。

“才大学毕业没什么好了不起的。毕业生每年就有好几百人。”

我终于这样脱口而出，父亲马上脸色一变。

“我并不是说能够毕业很好。能够毕业当然很好，不过我话中还有别的意思，要是你明白的话……”我想听父亲继续说下去。父亲似乎不想再谈，但最后还是说了。

“也就是说，是我觉得太好了。你也晓得我那个病啊！去年冬天见你的时候，我以为大概只能活到三四月吧！也不知道是怎样的运气，让我能够活到今天，还能日常作息没什么大碍地生活着。而且看到你毕业了，所以我很开心哪！如果那么努力用功的儿子在我死后才毕业，倒不如趁我健在时从学校毕业，让做父母的我更来得高兴不是吗？也许胸有大志的你，会觉得充其量不过是大学毕业，就说什么太好了的话很没意思；但站在我的立场看来却有点儿不同啊！‘能够毕业真是太好了’的话，与其是对你说，不如说是对我说来得贴切，你懂吗？”

我一言不发。为自己的错感到内疚与惶恐，不由得低下头。父亲似乎已对自己将死有了心理准备，还似乎认定会在我毕业前过世。不曾考虑过毕业一事会多么撼动父亲心灵的我，简直是个蠢蛋。我从皮箱中取出毕业证书，将它郑重地交给父母亲过目。证书被压得原形尽失。父亲小心翼翼地将其抚平。

“这样的东西要卷好拿在手里。”

“中间放个芯不就好了嘛。”旁边的母亲也抱怨一声。

父亲凝视片刻，起身走向壁龛①，把证书放在任何人都能一眼所及的迎面处。换作平常的我，一定会马上发表意见，不过那时的我与平常完全不同，没有丝毫忤逆父母亲的意思。我沉默地任由父亲处置。卷曲了的鸟子纸②证书，怎么样都不顺父亲的意。放在适当的位置没多久，又顺势倒下了。

---

① 日式客厅的一部分，地板略高，摆花、挂轴等装饰品。

② 一种蛋黄色的上等日本纸。

二

我把母亲叫到暗处，询问父亲的病情。

“父亲在庭院里做一些劳力的工作，那样好吗？”

“已经没关系了，大致上都复原了。”

母亲出乎意料地放心。对母亲这种远离都市的乡女佣子来说，对这样的疾病根本毫无所知。尽管先前父亲昏倒时曾那样惊愕、担忧，如今在我心中却泛起一股孤独的奇特感觉。

“可是，医生那时宣告过很难治了不是吗？”

“所以啊，我认为没有什么比人的身体更不可思议的。曾经被医生严重警告过的人，如今却健壮地活着。我一开始也很忧心，要他尽量别动啊。可你父亲就是那个脾气嘛，虽然人在养病还是爱逞强。只要他觉得可以，不管我怎样苦口婆心劝他，他都当作耳边风。”

我想起上次回家时，父亲勉强从床上起身刮胡子的模样与态度。

“已经不要紧了，是你母亲太紧张，才说不行。”细想他那时说的话，就不会想责怪母亲。

我想如此传达，“可是，不注意他一点儿也不行啊！”但最后还是有所顾忌而未提及。

我只是针对父亲病症的性质，将我所知的教导似的说给母亲听。但大部分只是从老师和师母那里得来的资料罢了。看不到母亲有所动容的样子。

“咦？原来是一样的病啊！好可怜。多大年岁过世的，还是仍然健在？”她问。

没办法，只好放弃母亲那边，直接告诉父亲。父亲比母亲更认真地倾听我的叮咛。“没错。和你说的一样。不过身体毕竟是我的，关于我身体的养生法，根据多年经验的累积确实有相当的心得呀！”他说。

听了这话的母亲苦笑着说："你看看！"

"话说回来，父亲你早有心理准备了不是吗？这次我毕业返乡，你那么高兴，不也是因为这个缘故。本以为不能活着看到我毕业，如今却能健康地亲眼瞧见我拿着证书回来，甚至因此非常高兴，父亲你不是这样说过吗？"

"那是……你呀，那是我嘴里说说呀！其实我心里觉得自己很健康。"

"是吗？"

"我想我还可以多活十年、二十年哪！可是，也常常会对自己说些心虚的话。这回我恐怕活不久了呀！我死了的话，你怎么办？一个人留在这个家吗？"

我试想象父亲突然不在，留下母亲一人的时候，这偌大的乡下老家会是何种情景。这个家，在父亲走了之后，还能回复原貌吗？大哥怎么办？母亲如何是好？我能够再度离开这块土地，在东京惬意度日吗？望着眼前的母亲，偶然想起老师的嘱咐——趁父亲还硬朗时，把应该分家的财产拿到手的提醒。

"什么嘛，自己嚷着会死会死的人，通常死都不会放心吧！你父亲老是嚷着死呀死的，不晓得还能活个多少年哪！反倒那些安安静静、健健康康的人比较危险噢。"

不晓得那是出自何种道理或统计，我默然地听着母亲陈腔滥调的说辞。

三

父母正在讨论为我做红豆饭宴客的事。打从回家那日起，我心底暗自担心会有这种事发生。得知后我立刻拒绝。

"千万别这么夸耀。"

我厌恶乡下的客人。以吃喝为最终目的前来的他们，全是爱凑热闹的人。小时候起，就对服侍他们感到坐立难安。试想象他们是为自己而来的场面，我的痛苦似乎更激烈了。然而，我在父母亲面前很难明言不要邀请那一种粗鄙的人过来喧闹。然而我只是一味主张，那样太夸耀了。

"说什么夸不夸耀的，一点儿也不夸耀哇！因为一辈子不会有第二次嘛，请客是理所当然的。别顾忌那么多。"母亲仿佛将我的大学毕业看作与娶媳妇同等重要。

"不请他们来也行，可是他们又会闲言闲语的。"

这是父亲的话。父亲介意别人背地里的批评。事实上，他们是那一种事情未照预期进行，就会嚼舌根的人。

"这里与东京不一样，乡下嘴杂！"父亲又说。

"再说你父亲也是有头有脸的人。"母亲又加了一句。

我无法固执己见。开始想着，如果他们时间允许的话就任由他们吧！

"总之若是为了我，那就不要请了。若是为了不让他们在背地里批评，那就另当别论。为了你们，我除了勉强做这一种没好处的事情也别无选择了。"

"你这样说，我很为难！"父亲苦着脸。

"虽然你父亲没说是为了你的缘故，但你至少要懂一点儿人情世故。"母亲这时又说了前后矛盾之词。相对的，以说话的数量而言，父亲与我加起来都敌不过她。

"让你求学问，但也不能凡事都要讲求原则道理呀！"父亲只说了这句话。

但从这样简单的一句话中，我才惊觉原来父亲平日就对我有所不满。当时并未发现自己用词的生硬无情，只是认为父亲的不满毫无道理。

当天晚上，父亲改变主意，问我何时方便宴客。方不方便倒是其次，问我这个在老宅院里生活起居、成天闲晃的人这一种问题，等于是父亲做了让步。在镇定沉着的父亲面前，我毫无反抗地妥协了。我和父亲商量，择定了宴客的日子。

那个日子尚未来临前，发生了一件大事，就是明治天皇卧病的噩耗。这消息一经报纸披露，立刻传遍全日本，也使一个乡下人家经过万般折腾、好不容易才汇整歧见的毕业贺宴一事告吹。

"嗯，还是顾忌点儿比较好吧！"戴着眼镜看报纸的父亲说。

父亲沉默似乎也在思索自己生病的事。我想起前阵子陛下一如往年莅临我们大学毕业典礼的情景。

四

偌大的老宅院因人烟稀少而一片静谧，我解开行李，开始翻阅书籍。不知何故无法静下心来。反倒是在那教人眼花缭乱的东京宿舍二楼，边听着远方疾驶的火车声，边一页页翻动书本，似乎比较能集中精神，自在念书。

我动不动就靠在桌边假寐。有时还特地拿出枕头，正大光明贪个午觉睡。一张开眼就听见蝉鸣。仿佛从现实中就持续着那个声音，突然间喧闹似的在耳畔骚乱。我凝神聆听那声音，偶尔胸中会涌起一股悲伤的情绪。

我提笔给朋友写些简短的明信片或长信。那些朋友有的留在东京，有的返回遥远故乡。有的回了信，有的音讯全无。我当然不会忘记老师。我用小楷在稿纸上写了三张，以回乡后的自己为题，撰文寄了过去。封好信封时，我怀疑老师是否还待在东京。

如照往例，若老师同师母都不在家，总有位不知哪儿来的五十岁左右留着齐肩短发的女人帮他们看家。曾向老师问起那人，老师却反问我看起来像谁。我误以为是老师的亲戚。老师却答道："我没有亲戚。"老师向来不与故里那些有血缘关系的人们互通音信。

我疑惑的那位看家的女人，原来与老师没有血缘关系，而是师母那方的亲戚。我寄信给老师时，忽然想起那人身后结着一条松懒的窄幅细腰带的背影。倘若老师夫妇去了某处避暑后，这封信才寄到，我想那位留着齐肩短发的婆婆，应该会有立即为我转寄目的地的机智与善意吧！尽管我非常清楚那封信上并未写了什么重要的事情。只因我寂寞，而且期盼老师的回信。然而望穿秋水却始终没有回复。

父亲不像先前那个冬天回来时那么爱下将棋了。棋盘满是灰尘地被收拾在壁龛一隅。尤其在陛下卧病后，父亲似乎总是凝神沉思着。每日等候报纸送来，自己抢着阅读。然后把看完的报纸专程拿到我的房间。

“喂，你看，今天也详细刊载了天子的事。”父亲习惯称呼陛下为天子。

“说来有点儿惶恐，天子的病状与我很相似呀！”父亲说着，脸上蒙上一层深刻忧虑的阴霾。

听了这句话的我，不知父亲何时再病倒的担忧也在心中一闪。

“不要紧吧！像我这种不值得一提的小人物也是撑过来了。”父亲给了自己健康的保证，却也像预感即将降临己身的危险。

“父亲真的很怕这个病。就像您说的，怕失去了再活十年、二十年的精力呀！”

母亲听了，一脸困惑。

“你就劝劝他下下将棋什么的嘛！”

我从壁龛间将将棋盘取出，拂去上面尘埃。

五

父亲的精神愈来愈差了。曾教我吃惊的那顶挂着帕巾的旧草帽，被闲置在一旁。每当看见挂在熏黑的书架上的那顶帽子，就为父亲感到难过。以前父亲还能毫不费力地活动时，总是担心他，要他多加留意。现在父亲经常静静端坐不动，这才发现原本的样子才是健康的象征。我常与母亲讨论父亲的健康情形。

“是心理作用啦！”母亲说。

母亲将陛下的病与父亲的病联想在一起，我不认为有这么简单。

“问题不在心理方面，真的是身体不好哇。健康方面似乎比他的情绪更恶化了。”内心思索着，是否再从远方找一位高明的医师帮他诊治。

“这个夏天你很无聊吧！好不容易毕了业，却没为你庆祝，你父亲的身体又那个样子，加上天子的贵体违和——应该一回来就马上宴客的呀！”

我是在七月的五六日归乡的。父母亲提起庆贺毕业宴客一事，是在之后的一周。后来好不容易择定日期，又再往后挪了一周之余。回到悠然的乡间不受时间束缚的我，也是多亏这事件才能从不愉快的宴客计划中得救，不过不了解我的母亲却丝毫没有察觉。

天皇驾崩的消息传来时，父亲拿着报纸呻吟着："啊啊！啊啊！"

"啊啊！啊啊！天子还是驾崩了。我也……"父亲没再多说一句。

我上街买黑色薄棉布。用黑布包住旗杆的球头，在旗杆前端绑上三寸宽的布条，将旗杆插在门扉旁斜斜地朝向街道。国旗与黑色的布条在无风的空气中慵懒无力地垂着。老家的屋顶是以稻草铺修而成的，经过风雨摧残后，稻草的原色早已变色，不但带着淡淡的灰，而且到处看得到凹凸不平。我独自走出门外，眺望着黑色布条与染着红日的白色美丽奴毛呢旗帜，也眺望着相映下那屋顶上微脏的稻草。"你家的建筑是什么样式？一定与我故乡的房子有极大的差异吧！"我想起老师曾这样问过。我想让老师瞧瞧我出生的这间老宅，又觉得耻于让老师看见。

我又独自走回屋内。来到书桌的某处，看着报纸想象着遥远的东京景象。我的想象集中在如何在日本第一大都市的黑暗中活动的画面。我身处在不得不活动的黑暗都会中，在不安骚动的时候，看见老师家宛若一盏灯火。我并未发现这盏灯火已自然而然被卷进了无声旋涡中。也一直不曾察觉，那盏灯火会突然消失的命运就在眼前。

我想就这次事件写信给老师，于是提笔振书。但才写十行就搁笔了。我将写好的部分撕成碎片扔进字纸篓里。（就算把那些事情告诉老师，他也无计可施吧，加上有前例可循，是收不到回信了。）寂寞不断侵蚀着我，于是我提笔写信，心想有回音就好了。

六

八月中旬，我接到一位朋友的来信。信上写着某处有个中学教员的职缺，问我愿不愿意去。这位朋友是一位迫于经济需要而凭本事找到工作的男人。这份职缺原本是他找来的，但因找到更好的工作，有意将空出的职缺让给我，所以特地通知我。我立即回信婉拒了。认识的朋友当中也有费尽心思，想找份教职的人，若是转给他们会更好！我在信上如此写道。

我把信寄出去后，才将此事告知父母。他们似乎对我的婉拒没有异议。

"即使不去那种地方，也还有更好的工作吧！"

我从他们话中读出两人对我抱持着过分的期待。想法简单的父母亲仿佛期待毕业的我拥有悬殊的地位与收入。

"说起好工作，最近好工作真的很不好找。尤其是大哥与我专攻的领域不同，时代也不一样了，如果硬把两人放在一起比较，我觉得有点儿困扰。"

"可是毕业后至少必须学着独立，不然我们也会很困扰。你想想人家问起'您二少爷大学毕业了，目前在哪里高'就却无法回答时，可是很没面子的。"父亲苦着一张脸。

父亲的想法无法跳脱这个家乡。当某某乡亲问起大学毕业一个月可以领多少薪水或夸张地猜测应该有百元左右的话题时，父亲为了保住面子，只好拼命想着如何安置已毕业的我。我想到大都市求发展，但在父母眼中，这简直和用脚朝天走路的异类没两样。事实上我也常怀有这一种异想天开的想法。我想坦白说出自己意见，不过在想法上很悬殊的父母面前，我选择了沉默。

"可以拜托那位你常常叫他老师的先生不是吗？特别在这种时候。"

除此之外，母亲无法解释老师的事。其实老师是劝我回乡后趁父亲健在时，提早将财产分到手的人，而非毕业后能为我推荐职务的人。

"那位老师在做什么？"父亲问。

"什么也没做。"我老早就把老师无业的事情告诉父母亲。父亲应该对此还有记忆。

"所谓什么也没做是什么意思呀？你那么尊敬的人应该会做点儿什么吧！"父亲这么说，像是在讽刺我。父亲的观念里，有用的人都是在社会上拥有相当的职业与地位，似乎最终的结论是只有流氓才会无所事事。

"像我这种人虽然没领薪水，却也不是整天无所事事。"父亲又道。我依然沉默以对。

"要是他有你说的那么了不起，一定可以帮你找到工作呀！去拜托他一下嘛！"母亲问。

"不行。"我答道。

"那就没办法了，为什么不拜托他呢？寄信也可以。"

"噢。"我含糊其词地离开座位。

七

父亲对自己的病情明显感到恐惧。不过他也不是那种每次医师来访就啰唆地问东问西，让对方困扰的个性。医师也似乎有所顾忌地什么也不肯说。

父亲仿佛在思考自己的后事，至少像在试想着自己去世后我们家的情况。

“让孩子读书也是有好有坏呀！让他们去受教育的结果是孩子绝对不回乡了。好像让他们读书是为了疏离亲子间的关系似的。”

受教育的结果是大哥如今远在他乡，而我则是坚定了住在东京的念头。养育这种孩子的父亲会发牢骚，也是不无道理的。父亲想象着母亲可能被孤零零地抛下，长年住在老旧的乡下宅院中寂寞度日。

父亲坚持老家绝对不能改变，在母亲有生之年绝不做改变。他对自己死后，孤独的母亲可能独自留在空荡荡的宅院里，深感不安。尽管如此，父亲仍想强迫我在东京谋得好职位，他的想法其实很矛盾。不过，我对他的矛盾感到奇怪的同时，却又因为这个矛盾才能再次前往东京而暗自庆幸。

我不得不在父母面前装出一副很尽心、不断努力求职的样子。我写信给老师，详述家中的情形。假使有我能做的，什么都可以，拜托他为我周旋。我想老师不会理会这一种请托，就算他愿意帮忙，我想交游不很广阔的老师也力不从心，但我还是写了这封信，因为认为这样应该会收到老师的回信。

我在封信准备寄出的时候对母亲说：“我已经写信给老师了。完全照您说的做了，要不要过目一下？”如我所料，母亲没有看信。

“是吗？那就早点儿寄。这种事就算没人提醒也要快点儿去做。”

母亲仍当我是个孩子。事实上我也觉得自己还像个孩子。

“但是光是写信不够，再怎么说九月我都必须到东京一趟。”

“说得也对，可能有什么好的工作机会，还是快点儿拜托他比较妥当。”

“嗯，总之先等回信再说吧！”我相信自恃严谨的老师会回信，满心期盼着老师的来信，然而期盼还是落空了。过了一周还是杳无音信。

“大概到什么地方避暑了吧！”

我不得不向母亲说些解释。这不仅是对母亲的解释，也是对自己内心的辩解之词。若不强迫自己假设某种情况，为老师的态度辩解的话，我会感到惶恐不安。

我时常忘记父亲的病，想着早日前往东京。而父亲也常忘了自己的病，担心着未来却又对未来无所安排。我终究错过了听从老师的忠告，向父亲提出财产分配的机会。

八

九月初，我很想前往东京。一如以往要求父亲给我生活费。

“因为我待在这里是无法获得您所希望的职位。”

我表示自己是为了实现父亲的愿望，才去东京之类的话。

“当然这样的资助直到找到工作为止。”我又说。

心想那样的职位终究不会落到我头上来。不过，不明就里的父亲仍相信着相反的那一面。

“假如时间短，一切由你啦！可是长期可不行啊！你必须追求相当的职位，逐步独立才行。本来一毕业，出了学校的隔天起就没道理再依赖别人了。现在的年轻人，只懂得花钱，完全不会想该怎么赚钱哪！”此外父亲还训诫了许多事。像是“以前的父母是受子女所奉养，现在的父母则是奉养子女”之类的话。关于这些牢骚我都只是静静地听着。

等他教训得差不多了，正准备静静离席时，父亲突然问我要何时出发，我则说愈快愈好。

“让你母亲帮你看个日子吧！”

“就依您的意思了！”

当时我在父亲面前表现得出奇地老实。我希望尽量在不忤逆父亲的情况下，离开乡间。接着父亲又叫住我。

“你一去东京，家里又变得冷清，只剩我与你母亲哪。倘若我身体很硬朗倒好，可我现在这个样子，很难说有什么万一。”

我尽可能安慰父亲，回到自己书桌前。我坐在散乱的书堆中，反复思索着父亲担忧的态度与言语。那时又闻蝉鸣声。那蝉鸣与先前听到的不同，是寒蝉的叫声。我在夏天回乡，静静地坐在喧嚣的蝉鸣声中，不自觉地悲伤起来。感觉到我的哀愁和这激烈的蝉鸣，一起沁入心底。那时的我经常一动也不动地，独自凝视着自己。

在这个夏天归乡后，我的哀愁渐渐地变了调。如同由蝉鸣声变成寒蝉鸣声般，在我周围的人们，其命运也在大轮回中缓慢转动着。我反复思索着父亲寂寞似的态度与言语，又想起一直毫无音信的老师。站在老师与父亲给我全然不同的印象这一点上，无论比较也好，联想也罢，很容易都浮现在我的脑海中。

我几乎明了父亲的一切。假使离开父亲，感情上只会留下父子之情；但是对于老师，我仍有很多不明白之处，虽然约定好要透露过去，却还没有机会倾听。总之，对我而言，老师是晦暗混沌的。若我不能穿过那片晦暗的世界到达明亮处，就觉得放心不下。与老师断绝的关系，对我来说是莫大的痛苦。于是我请母亲择日，决定了前往东京的日子。

九

正当我即将起程之际，（确实时间是在起程前两天的傍晚）父亲突然再度昏厥。当时我正在打包书籍与衣物的行李，父亲则刚进浴室。要去帮父亲洗背的母亲忽然大声呼唤我。我看见父亲被裸身的母亲从后抱住，但当我们搀扶他回到客厅之际，父亲却说他没事了。慎重起见，我坐在他枕边，用湿的小毛巾为父亲冷敷额头，直至九点过后才好不容易能吃完那徒具形式的消夜。

翌日，父亲的精神比我所想的还要好，也不听劝阻就自行前往厕所。

“已经没关系了。”

父亲又重复去年年底晕倒时对我说过的同样的话。当时确实如他所言真的无碍。我想这次说不定也像上次一样。医师只是交代我们要小心留意，却未叮嘱详细情形。因为心里不安，出发日子来临了却无意前往东京。

“再观察一阵子看看吧！”我与母亲商量。

“就再缓一缓！”母亲央求着。

先前父亲到院子或到后门去都一副硬朗的模样，母亲以为无碍了，但经过这件事之后，她却过于担心。

“你今天不是应该去东京了吗？”父亲问。

“噢，延期一阵子。”我答。

“为了我吗？”父亲回问。

我踌躇了一下。若说是，等于证实父亲病重。我不愿父亲过于敏感，父亲却似乎看穿了我的心意。朝庭院那边望去，并道了声：“可惜呀！”

我回到自己房间，凝视着一旁的行李。行李像是随时可拎走似的，被牢牢地捆绑着。我发愣地站在行李前，思索着是否要将绳子解开。

就这样，我在忐忑不安、无法平静的情绪下煎熬了三四天。父亲又再昏厥了。这回医师交代绝对要卧床静养。

“这是怎么回事呀？”母亲以父亲听不见的低语问我，她的神情十分忧心。

我准备打电报给大哥与妹妹。不过睡在一旁的父亲并无丝毫的痛苦。他说话时的神情和感冒时完全一样，而且食欲也比平常好。就算旁人要他注意，也不易听进去。

“反正早晚都会死，不吃点儿好吃的东西怎么行！”

父亲那句“好吃的东西”，我听来既觉得滑稽又感到鼻酸。因为父亲不是在吃得到好吃东西的都市，只能在入夜咯吱咯吱地吃着烤年糕之类的东西。

“为什么会这么饥渴呢？也许是他坚强的求生意志吧！”

虽然母亲在丧气中，却又对好的方面抱持着希望。才会将只用在生病时那句饥渴的古语，当成什么都想吃的意思。

伯父前来探望时，父亲一直挽留他，不让他回去。可能是因为寂寞，希望他再多留一会儿，不过想抱怨母亲与我不让他吃想吃的东西，也是目的之一。

十

父亲的病以同样的状态持续超过了一周。在那段时间里我写了一封长信给在九州的大哥。妹妹的信则由母亲提笔。心想这恐怕是写给他们关于父亲健康情形的最后消息了吧！因此我们在信上都写着“病危时，收到电报务必速回”的语句。

大哥事业忙碌，妹妹怀孕中。所以父亲若没有迫在眉睫的危险，无法呼之即来。又担心万一他们好不容易可以回来，却已来不及而造成遗憾。

我对发电报的时机，深感一股不为人知的责任与压力。

“确切时机我也无可奉告。不过可能随时病危，请有心理准备。”镇上的医师这么对我说。

我与母亲商量着，透过那位医师的介绍，聘请一位来自镇上医院的护士。当父亲瞧见来到枕边向他打招呼的白衣护士时，神情一变。

虽然父亲知道自己罹患了不治之症，却未发现迫在眉睫的死亡阴影。

“有一天病好了，我要去东京一游哟！人不晓得自己什么时候会死，想做什么事情就要趁活着时去做。”

“到时候也要带我一起去哟！”母亲无奈的附和他。

有时候又非常落寞地说：“要是我死了，要好好照顾母亲哪！”

我对那句“要是我死了”这句话存有一种记忆。就是离开东京时，在我毕业日当晚，老师对师母反复说了无数次那句话。我想起带着笑意的老师的容颜，以及嚷着“不吉利”而捂耳拒听的师母的模样。那时的“要是我死了”，是一句单纯的假设。现在听来却是不知何时会发生的事实。我无法学师母对老师的态度，不过嘴上却必须想办法安慰父亲。

“不可以说那种丧气话。要是哪天病好了，不是要去东京玩儿吗？和母亲一起去呀！这次去的话，您一定会很惊讶，东京变了很多，光是电车的新路线就增加了不少哇！电车经过的地方，街景自然也变得不同，加上市区重新规划，东京可以说是一整天都没有静止不动的时候。”我无奈得连可以不说的事情都说了，父亲满足地听着。

由于家里有病人，出入的访客自然也变多了。住在附近的亲友们，以平均两天一人的频率轮番前来探望。其中也有关系较远，平时疏于来往的人。

有些表示“还以为很严重，看样子不要紧嘛！说话也流畅，重要的是脸没有消瘦的迹象”之类的话就回去了。我回乡时那个过于寂静的家，因这件事渐渐人声鼎沸起来了。

这段时间父亲毫无进展的病情只是愈来愈不乐观了。我与母亲、伯父讨论，最后决定打电报给大哥及妹妹。大哥回信说立刻起程。妹夫也告知我们即将前来的消息。因为妹妹上次怀孕时流产，为免情况再度发生，妹夫可能打算代替妹妹前来。

十一

在这段惶恐不定的期间，我还有安坐下来的余裕。有时偶尔会翻开书本，读个十来页。一度扎实捆绑的行李，不知不觉也已经解开了，视需要从中取出各种物品。我回顾离开东京时决定要在这个夏天完成的功课，结果完成的还不及三分之一。以前也有过多少次这种不顺遂，却少有像这个夏天这样事事不如意。心想这或许是人之常情吧！可是我又按捺不住这种厌烦的情绪。

沉浸在这不愉快之中，想着父亲的病情，想象父亲亡故后的事；同时又想起老师的事。在这一种不快的情绪两端，思索着在地位、教育、性格上全然迥异的两人。

我离开父亲枕畔，独自抱着胳膊坐在散乱的书堆中思索，这时母亲探头进来。

“睡个午觉吧，想必你也累了！”母亲不明白我的心情，我也不是期待母亲了解的孩子。我简单地道了谢。母亲依旧站在房间门口。

“父亲呢？”我问。

“睡得正熟呢！”母亲突然走过来，坐在我身边。

“还没有老师的消息吗？”她问。

母亲相信了我当初说的话。那时我向母亲保证老师一定会有回音的。然而那时的我，完全不期待老师会捎来如父母所期望的回音。我心里早有准备，会走到欺瞒母亲的地步。

“再写一封看看哪！”母亲说。

如果写几封无用的书信就能安慰母亲，我是不会觉得麻烦的。可是逼老师看这一种信教我痛苦万分。遭父亲责怪，让母亲不高兴，都远不如被老师瞧不起更令我恐惧。我的请托至今毫无音讯，使我猜疑着说不定是因为这一个缘故。

“写信不是问题，但这一种事情靠邮寄很难有结果的。我还是非得到东京当面请托不可。”

“不过你父亲那个样子，不晓得什么时候才能去东京？”

“所以我暂时不去呀！在不确定他到底能不能稳定时，我不会去的。”

“这个我也懂啊！哪有把眼前的重症病人丢下不管，任性地跑到东京去的道理。”

我第一次在心中同情着一无所知的母亲。可是无法理解母亲为何在这样紧急之际提出这个问题。如同我暂且放下父亲的病情，找出安静坐着或看书之类的余裕，我怀疑母亲也忘了眼前的病人，内心是否还有空白的地方思考其他事情。

“其实呀……”母亲开口说，“其实我是想，如果趁你父亲在世时工作有了着落，想必能让他放心吧！虽然看样子也许来不及了，不过如果那样做能把工作确定下来，也好振奋精神，让他在有生之年欢喜度过，这也是孝道的表现哪！”

可怜的我陷入无法克尽孝道的窘境，终究未寄给老师只字片语。

十二

大哥归来时，父亲正躺着看报。父亲平时就有凡事可以置之不理，唯有看报习惯不能省。不过自从卧病在床后，因为无聊而变得更爱看报纸了。母亲和我也不反对，尽量顺着病人的意思。

“这么有精神哪，我还以为情况很糟，看起来不错嘛！”大哥和父亲这样聊着。那一种过于乐观的语气在我听来有一点儿不协调。可是离开父亲跟前，面对我的时候大哥却语气沉重地说：

“能够不让他看报吗？”

“我也这样想，但他不同意也没办法。”大哥默默听着我的说明，然后说：“看得懂吗？”大哥似乎在观察父亲的理解力是否因生病而比平日鲁钝。

“他看得懂。刚刚试着坐在枕边和他聊了二十分钟，言语上没有不对劲的地方。也许还能再保持下去。”

随后抵达的妹夫，意见比我们来得乐观。父亲向他问起妹妹许多事。

“身体毕竟要紧，不要随便搭火车摇摇晃晃比较好。如果勉强跑来探望反而教我担心。有一天病好了，为了要看宝宝，很久没去的我们自己过去也无妨。”

乃木大将[①]去世时，父亲最先从报上得知。

“不得了，不得了！”他说。

不明就里的我们被突如其来的话吓了一跳。

“当时我以为他的脑筋终于不清楚了，冷不防地打了寒战。”事后大哥对我说。“老实说，我也吃了一惊。”妹夫也说了类似同感的话。

当时报纸登的尽是乡下人每天引颈盼望的报道。我坐在父亲枕边仔细读

① 即乃木希典（1849—1912），日本陆军大将，因在日俄战争中攻克旅顺口而成名，他是对外侵略的忠实推进者。然而，他的武功在日本史学界褒贬不一，大多数现代学者对其持否定态度。

报。若没时间读报，就会悄悄带回自己房间，仔细看过。很长一段时间，我的眼底都无法忘记穿着军服的乃木大将和穿着类似宫女服饰的乃木夫人身影。悲伤的情绪吹遍乡间角落，草木同悲。突然我接到老师打来的一通电报——在那种狗一看见穿西装的人就猛吠的地方，连电报都成了一件大事。收到电报的母亲着实吓了一跳，特地把我叫到无人之处。

“怎么回事？”她问，然后站在我旁边，等我打开封口。

电报上只是简单写着“有事与君一晤，能否前来”。我歪着脑袋思量着。

“一定是你托他找工作的事噢。”母亲帮我推断。

我想说不定真是如此，却又觉得有点儿奇怪。总之，把大哥和妹夫叫来的我，总不能把生病的父亲留给家里，自顾前往东京。我与母亲商量，决定回电报说我无法前往。虽然尽可能以简略的语句表示吾父危笃，后来还是觉得过意不去，又在当天以信函详述事情的始末邮寄出去。母亲一直深信那是关于请托工作的事：“真的是时候不对，无可奈何呀！”她一脸遗憾地说着。

十三

我写的信非常长。母亲和我都认为下次老师一定会回信说些什么。结果信寄出去第二天又来了一通给我的电报。内容只有“不来也无妨”几个字。我拿给母亲看。

“大概会再写信详述些什么吧！”

母亲老是将那封电报解释成老师为我周旋着工作的事。我在想不无可能，不过从老师平日作风看来，似乎又觉得不合情理。老师帮我找工作，对我来说这是不可能的事。

“我的信应该还未送到那边，这通电报一定是在那之前寄的。”

老师打这通电报是在看过我的信之前，我也晓得除了这样解释外，再也没有其他理由可说。我向母亲解释这一个显而易见的道理。母亲似乎也一本正经思索着道：“说得也是。”

那天正好主治医师带着镇上的院长前来看诊，因此母亲跟我没有机会针对此事再作交谈。两位医师会诊后，为病人做了灌肠之类的处理后就回去了。

自从医师嘱咐父亲要卧床静养以来，大小便都躺着让别人清理。在最初那段期间，有洁癖的父亲对此极为厌恶，不过因为行动不便，不得已只好躺在床上。不知是否因为生病的缘故使反应变得迟钝，随着时日一久，渐渐演变成无法控制排泄。偶尔弄脏了棉被及床垫，旁人都皱紧了眉头，他自己反倒若无其事。不过就病症的特征而言，他的尿量实在太少，医师也为此苦恼。父亲的食欲日渐衰退，就算偶尔想吃些什么，也只是舌头浅尝，只有极少部分吞进去。连拿他喜欢看的报纸的力气也渐渐丧失，枕边的老花眼镜总是收在黑色眼镜盒里。父亲儿时的好友，如今住在相隔一里外的阿作先生前来探望时，父亲说："啊啊，是阿作呀？"混浊的眼珠望向阿作先生的方向。

"阿作你来了真好。阿作你还那么硬朗真教人羡慕哇！我已经不行啦！"

"哪里的话呀！你两个儿子都大学毕业了，生点儿小病没什么大不了。看看我，死了老婆又没孩子，只是这样苟活着。就算健康也活得没趣！"

父亲灌肠是在阿作先生来过后两三天的事。父亲欢喜地说，多亏医师照顾才能如此舒服。情绪上似乎对自己的寿命又燃起了些微的信心。在一旁的母亲可能受到这一种气氛的感染，抑或是为了帮病人打气，竟将老师打电报来的事情，说成我在东京有一份恰如父亲所期望的工作职位云云。站在一旁的我，虽然心头刺痒难挨却不能打断母亲的话，只能静默听着。父亲一脸欢喜。

"那太好了。"妹夫也说。

"还不晓得是什么工作吗？"大哥问。

我已经失去否认的勇气。虚应着连自己也不明就里的话，特意离开了座位。

十四

父亲的病似乎正在等待最后一击的关头徘徊。家人每夜都抱持着"命运的宣告是今天吗"的心情，忐忑地就寝。

父亲并未带给旁人煎熬般的痛苦。从这一点来看，照料父亲还算是轻松的差事。为了小心起见，每个人轮流照顾，其他人则在各自的房间休息。有一次，因为莫名情绪无法成眠，我误以为听见父亲微弱的呻吟声，于是半夜离开床铺，担心地跑到父亲的枕边看个究竟。是夜正好轮到母亲看护，不过母亲曲肱当枕睡在父亲旁；父亲也像处于深度睡眠般安静无声。我蹑手蹑脚地又回去自己的睡榻。

我与大哥一起睡在蚊帐里。只有妹夫受到客人般的对待，一个人去起居室休息。

“对小关也真不好意思。这样拖了好几天都无法回去。”小关是指妹夫，妹夫姓关。

“小关应该不是很忙，才能这样住在这里吧！大哥您应该比较麻烦吧！要待这么久。”

“再困扰也是没办法，这是非同小可的事呀！”

我与大哥在床上并肩聊着枕边私语。我们都认为父亲应该是没救了，也有了万一没救的打算。我们就像等待父亲死亡的子女，然而身为子女的我们却忌讳着将这事诉诸言语。不过彼此都能充分理解对方的想法。

“父亲好像还认为自己会康复哇！”大哥对我说。

事实上并不是没有大哥所说的情形。例如附近邻居前来探病时，父亲未必要见，一旦见面又会为无法庆祝我毕业而宴客一事大表遗憾，甚至常说等自己病好了就能如何如何之类的话。

“取消你的毕业贺宴也好，我记得在我的贺宴上你的酒量差得很哪！”大哥挑着我的记忆。

记起当时大口灌酒的混乱情景，我苦笑着。

父亲到处勉强别人喝酒吃菜的态度，映入眼帘显得无比讨厌。

我们兄弟的感情不是很好。儿时经常吵架，年纪小的我老是被弄哭。进了学校以后，所学的科目分歧也是由于迥异的个性。大学时代的我，特别接近老师的我，从远处观察大哥，总认为他很动物性。由于许久不曾见到他，加上两人相隔遥远，无论时空上、距离上，大哥与我始终不亲近。话虽如此，久未谋面的此刻，兄弟间那份温情却自然涌现。时机毕竟是最大的原因。我们在共同的父亲面前，也就是即将往生的父亲枕边，大哥与我握手言和。

“你今后打算怎样？”大哥问。而我却反问大哥一个意料之外的问题。

“到底家中有多少财产？”

“我不清楚，父亲什么也没说。不过说到财产，在金钱上应该有限吧！”

这时母亲又在烦恼老师是否回信的事。“还没寄信来吗？”她责怪我。

十五

“老师、老师地称呼着，他究竟是何方神圣呢？”大哥问。

“以前不是说过了嘛！”我答。大哥的疑问让我不悦，明明问过的事却马上忘记。

“听是听过，可是……”大哥说，他虽然听过却还是不明白。依我看没必要勉强大哥去了解老师。不过我很生气，觉得他又摆起大哥的架子来了。

大哥认为被我叫着老师、老师而无比尊敬的人，必定是一位有名人士。推测着至少也是大学教授之流的人物吧！无名小卒又无所事事的人，在哪方面才有存在的价值呢？关于这一点，大哥的想法与父亲完全一致。父亲是立刻断定，什么都不行的人才会四处游荡，相较之下，大哥则是一副虽有做事能力却甘愿游手好闲者是无用之人的口吻。

“不能自私自利呀！想无所事事地活着是个狡猾的念头，人必须尽可能活用自己所具备的才能。”我想反问大哥，他是否清楚自己所谓“自私自利”的意思。

“话说回来，假使托那人的福能找到工作也好。父亲也会高兴！”大哥随后又这样说。

在老师尚未回信之前，我无法相信这样的结果，也没有说出口的勇气。如今在母亲自作主张地吹嘘给众人听的情况下，我已不能贸然否定这样的说法。用不着母亲催促，我也一心期盼老师的来信。祈祷着信上若能写着如众人所期望的工作一事就好了。在濒死边缘的父亲面前、在不断祈祷能让父亲多少放心离去的母亲面前、在认为不工作就不是人的大哥面前，以及诸如妹夫、伯父、叔母等人的面前，我不得不为那件自己一点儿也不在意的事情伤透了脑筋。

父亲吐出怪异的黄色呕吐物时，我想起老师及师母曾说过的危险征兆。

“大概躺在床上太久，连胃也搞坏了呀。”看着毫不知情的母亲，我含泪以对。

大哥和我在饭厅碰面时，大哥问：“听说了吗？”他是指是否听到医师在离开前对大哥说的事。即便不等他说明，我也非常清楚那个意思。

“你愿意回到这里照顾家里的事吗？”大哥盯着我问。我什么也没回答。

“母亲一个人总是不行啊！”大哥又说。看来就算我嗅着泥土味而腐朽发烂，大哥似乎都无惋惜之意。

“如果只是读书的话，待在乡间就够了，而且也不需要找工作，不是正合你意吗？”

“大哥回来才合乎常理吧！”我说。

“我哪做得来这种事？”大哥一口回绝。他心中充满着未来要成就大事的抱负。

“如果你不愿意，只好拜托伯父照顾，不过母亲还是必须跟着我们其中一人。”

“母亲愿不愿意离开这里，都还是个大问题呀！”

兄弟在父亲尚未往生之前，就针对父亲死后的事做了这样的讨论。

十六

父亲经常发出呓语了。

“我对不起乃木大将。其实我没脸见您。不，我随后就来。”

偶尔父亲会说出这样的话。母亲觉得害怕，希望大家尽量聚在他身边。这似乎也是寂寞的病人在清醒时所希望的。尤其当他环顾屋内见不到母亲身影时，必定会问：“阿光呢？”

就算不问，也会用眼神诉说他的想法。我经常起身去唤母亲过来。

“什么事呀？”母亲放下手边的工作来到病房时，有时父亲只是凝望着母亲，什么也没说；有时想起什么却又说起一些不相干的事；有时候也会突然说出“多谢阿光你的照顾”之类温柔的话。母亲听了必会噙着泪水，回想昔日身体尚硬朗的父亲，与现在做对照。

“瞧他说得那么悲哀呀，以前他可是很残酷无情的噢！”

母亲提及曾被父亲以扫帚轻打背部的往事。我与大哥以前曾听过无数遍了，然而此刻这番话却是用不同于以往的心情诉说，听在耳里仿佛像母亲在纪念父亲似的。

虽然父亲将死亡的阴影已迫在眉睫，却仍未说出类似遗言的话。

“有没有必要趁现在问些什么事情呢？”大哥看着我。

“说得也是！”我答。

我认为由我们主动提出这件事对病人有好有坏。兄弟俩难以决定，于是找伯父商量。伯父也觉得很伤脑筋。

“如果想交代的事，都没说就过去了，也很遗憾；不过由你们催促的话，可能也不太好。”

事情就这样磨蹭不出结果了。此时父亲已陷入昏迷状态。毫无所知的母亲，还误以为他只是在睡觉，高兴地说：“他睡得那么舒服，旁边的人也乐得轻松。”

父亲常常睁开眼，突然问起某某人怎么了之类的话。那个某某人仅限于刚才坐在枕边的人。父亲的意识时而清醒时而混沌，但那样的清醒犹若缝补黑暗的白线一般，隔着某种距离断断续续的。因此母亲会将昏迷状态误以为是平常的睡眠，也不无道理。

在那段时间里，父亲的舌头渐渐不听使唤，就算说了些什么，结束的话尾也不清不楚，大多抓不到重点。尽管如此，开口说话时却又强而有力完全不像病笃之人。我们必须以高于平常音量的声音，靠近他耳朵旁讲话。

“冰敷额头舒服些吧？”

“嗯。”

我要护士换掉父亲的水枕，然后再将加了新冰块的冰袋敷在他的额头上。我将冰袋内碎碎的冰块弄平后，轻轻地放在父亲光秃的前额。这时大哥沿着走廊进来，默默地递了一份邮件给我。我伸出左手，接过那份邮件，立刻满腹疑惑。

那是一封比一般信件厚重的书信。不是装在普通的信封里，那种分量也装不进普通的信封，而是用半纸[1]包裹，仔细以糨糊粘妥封口的邮件。

从大哥手中接过时，我立即发现那是一封挂号信。翻到背面一看，那里

---

① 日本纸的一种。长约 24 厘米，宽约 32.5 厘米。

有排端端正正的字写着老师的名字。分身乏术的我无法马上拆阅，只好暂时揣进怀中。

十七

那天病人的状况特别不好。我正想离座上厕所时，在走廊上遇见大哥。

“去哪里？”他以一种类似哨兵的口气盘问我。

“状况不太一样了，最好尽量待在他身边。”他叮嘱着。

我也有同感。怀里的信原封不动地随我回到病房。

父亲睁开眼，向母亲询问站在身旁的人的名字。母亲逐一说明那是谁、这是谁，父亲一一点头。没点头的时候，母亲就会拉高音量提醒他，这是某某人，知道吗？

“承蒙您的诸多照顾。”父亲说完接着又陷入昏迷状态。

围绕在枕边的人默默凝视着病人。一会儿其中一人起身到隔壁房间，接着另一位离开。我是第三位离席的。终于回到自己的房间，想将适才塞进怀里的邮件打开来看。这事也可以在病人枕边做。不过由于书写的分量太多，无法一口气读完。所以我只好偷点儿时间来做这件事。

我撕开纤维强韧的包装纸。里面像是稿纸的纸张写着工整的笔迹。为了封装方便而将信纸折成四等分。我把折过的信纸反折摊平以方便阅读。

我惊讶地心想，用这么多的纸张和墨水到底要告诉我什么呢？同时又牵挂着病房里的事。我有预感，开始尚未读完此信之际，父亲一定会有状况发生，不是大哥或母亲，就是伯父也会来叫我。我无法平心静气地阅读老师的手稿，心神不定的读起最初一页。那页的内容如下：

“当时还没有勇气回答你所要探问的过去，现在的我却深信自己已获得在你面前坦白一切的自由了。那个自由，不过是在等候你上东京的期间又再度失去的自由罢了。所以，如果不在可以利用时加以利用，那么将永远失去把自己过去当作间接经验教导给你的机会。这样一来，当时坚定的约定简直就成了谎言般，因此我不得不将应该口述的事以笔代之。”

读到这里，我才明白这长信是为何而写的。

老师不会为了我工作之类的事写信过来，这是我一开始就明了的事了。但向来不爱提笔的老师为何要写如此的长信呢？为何不等我到东京后再说呢？

“我是因为自由来临了才说。可是那自由又将永远失去了。”

我心中反复思索着，却苦于不明其意。突然我感到不安，正想继续读下去时，病房那头传来大哥呼唤我的声音。我吓得站起身，奔过走廊，朝大家所在之处跑去，觉悟到父亲最后一刻终将来临了。

十八

不知何时，医师已经来到病房。他建议灌肠，让病人尽量舒服一点儿。护士则因昨夜的疲惫正在其他房间睡觉。做不惯这些事的大哥在一旁手足无措，一见到我就说：“你来帮忙一下。”然后径自坐在一旁。我代替大哥将油纸垫在父亲臀下。

父亲看似舒服些了，在枕边坐了三十分钟左右的医师确认过灌肠的结果后，交代说会再过来后，便回去了。临走前还特别交代，要是有什么事可以随时叫他过来。

我走出似乎随时会有变化的病房，想再回房看老师的信。不过我丝毫没有松懈之感，生怕又被大哥呼唤，也许下次的呼唤会是“最后”的恐惧，我双手颤抖不停。我无意识地翻动纸页，看着信纸方格里端正严谨的字。但我没有余裕读它，连跳着看的余裕也没有，顺势翻到最后一页，正想再将它按照原样叠好放在桌上时，结尾的一句话却跃入眼里。

“这封信送到你手中时，我大概已不在人世了。已经死了吧！”

我大吃一惊。先前还鼓动着的胸口仿佛突然冻结了。我将信倒着看回去，在这瞬间，我试着以眼睛穿透每个恍惚纷乱的文字，企图搜寻我必须知道的事。当时我急于要知道老师平安与否。至于老师的过去，老师承诺过要告诉我的晦暗过去，对我而言毫不重要。我倒翻着稿纸，焦躁地翻叠着那份无法立刻给我答案的长信。

我再走到病房门口探视父亲的情况。病人的枕边格外安静。一脸疲倦不堪的母亲坐在那里，我朝她招手问：“情况怎样了？”

“现在好像稳定多了。”母亲答道。

我把头探到父亲面前。“怎么样？灌肠后舒服多了吗？”我问。

父亲点了点头。“谢谢！”父亲清楚说道。他的神智还很清楚。

于是我又走出病房，回到自己房间。看着时钟并核查着火车时刻表。倏地站起来重新绑好腰带，把老师的信扔进和服袖袋，从厨房门口跑出去。我发狂似的直奔医师家，想找医师问清楚父亲的状况能否再维持两三天。不管注射或用什么方法都好，要他务必帮我撑下去。不料医师正巧不在，我也没有时间等他回来，心中忐忑不安。

我立即驱车赶往火车站。

我将纸片贴着火车站的墙上，用铅笔给母亲与大哥写信。虽然上头写得很简单，但总比不告而别来得好。我急忙拜托车夫帮我送回家里，接着不顾一切地去搭乘前往东京的火车。

在呜呜叫着的三等车厢中，我又将老师的信从和服袖袋中取出，这回总算可以从头至尾地详读了。

下篇 老师与遗书[①]

一

这个夏天我从你那里收到两三封的信。

我记得收到第二封信时，信上写着拜托我帮你在东京找个相称的职位的事。我在读信时就想要做点儿什么，至少必须回封信给你。不过平心而论，我对你的请托可以说完全没有尽力。如你所述，说我交游范围狭隘，不如说我是在世上孤独度日来得贴切，根本没有为此事争取的余力。但那不是问题所在。老实说，我正烦恼着自己如何安处。是要让自己像活木乃伊般苟活，还是……那时的我，每当心中反复“还是”的字眼时，就觉得毛骨悚然。仿佛奔至悬崖边，猛然向下望着那深不见底的深渊。我胆怯了。然后和许多懦弱的人一样感到抑郁忧闷。很遗憾当时我的心中几乎完全没有你的存在，一点儿也不夸张。

再说，你的地位、工作，对我而言毫无意义，会怎么样我也不在乎。我并没有因此事受到影响。把你的信收回信封后，依然故我地抱臂沉思。

你的家里既有厚实的财产，何苦一毕业就嚷着工作、工作，汲汲于营利呢?

① 本章内容为老师写给主人公“我”的信，均为引言。为了方便阅读，本书不做引言格式处理。

我只是非常痛心地对身在远处的你投此一瞥。没回信给你，我觉得过意不去，将此事坦然告之是为了解释，并不是惩罚你而故意玩弄无礼的言辞。相信你看过以下内容后，便能充分理解我的本意。尤其在应该知会一声时却选择沉默一事，我想在你面前为这怠慢之罪谢过。

事后我发电报给你。坦白说，当时我有点儿想见你。想如你所愿将我的过去全盘托出。你回电报，告知无法前来东京，我很失望，凝视那封电报良久。看来你也觉得只发电报过意不去，随后又寄来一封长信，因此我很清楚你无法前来东京的缘故。我不认为你是失礼的人，因为没有道理要你抛下病危之父，不顾一切地离家呀！倒是忘记令尊生死的我，态度显然不合宜。事实上，我在发那封电报时早已忘记令尊的事了。虽然在东京时万般忠告，叮嘱你注意那难治之症的人，正是我。

我就是这么矛盾的人。或说我被比脑髓更沉重的过去记忆所压迫着，使我变成矛盾的人。在这一点上我承认是我的错，必须请你原谅。

你的信——看完你寄来的最后一封信后，我觉得自己做错了。我想将这个意思传达给你，但是提了笔，写不到一行就放弃了。虽然早晚要写这封信给你，但当时写的时机似乎早了些，于是决定放弃。只打了一封“不来也无妨”的简单电报，也是基于这缘故。

二

然后我开始写这封信。平日不提笔的我，对事情的来龙去脉、思维脉络等，无法按自己所想的顺利记述，令我深切地感到痛苦。有点儿想放弃对你的承诺，可是纵然想搁笔却一直无法做到。不到一个小时我又想写了。依你看来，也许会认为我的个性是非常重视承诺履行的。这一点我不否认，诚如你所知，我是个几乎与社会无涉的孤独者，即便环顾自己四周，任何角度都找不到信守承诺的机会。

出自故意抑或顺其自然，我尽可能压缩需要给予承诺的生活圈。我并不是看轻承诺才如此，反倒是因过于敏锐而失去承受刺激的精力，才会像你所见这样，消极度日。所以与你约定后，不履行就觉得心头不舒坦。为了避免因你而引起的这一种不舒坦，不得不再提笔。

再说，我也想写。姑且不提承诺，我想写自己的过去。我的过去是只有我才有的经验，说是我的东西也不过分吧！如果没有人知道就默默撒手人寰，说起来也很可惜。我多少怀着这样的心情。倘若讲述给无法领受的人听，那我宁愿将这样的经验随我生命一同埋葬。其实若没有像你这样的人存在，我的过去已经只是我的过去，不会间接成为他人的知识便宣告结束了。在数以千万计的日本人中，我只想向你一人倾诉我的过去。因为你是认真的。因为你认真地说过希望从真实人生中得到活生生的教训。

我毫不顾忌地将黑暗的人世阴影投注到你身上。你不用害怕！静静地凝视这片黑暗，从中找出值得你借鉴之处。我所谓的黑暗是指道德上的黑暗。我是生于道德、受道德抚育的人。那种道德思维模式也许与现今年轻人有很大差别。不过再怎样不同，都是我自身的东西，不是为了应付某些状况而租来的礼服。因此对于往后企图发达的你，多少能够作为参考吧！

你还记得经常针对现代思想问题与我辩论的事吧！你应该很清楚我对那所抱持的态度吧！

我虽不至于轻蔑你的意见，但也没给予尊敬的程度。你的思想没有任何背景，因为就过去经验来说，你还太年轻。我常笑，你那不满足的表情也时常出现在我眼前，最后你竟逼得我将自己的过去像卷轴般摊开在你面前。当时心中头一次对你感到敬意，因为看见你毫无忌惮地想从我内心挖掘出一种生命的决心。因为你想剖开我的心脏，啜饮那温热滚动的血潮。当时我还活着，厌恶死亡，因此承诺改约他日，暂时屏退你的要求。

如今我将剖开自己的心脏，让那血浇淋在你脸上。当我心停止跳动之时，若你心中因此有了新的生命，我也就满足了。

三

我的双亲过世时，我尚未满二十岁。

记得有一回吾妻曾对你说，我父母是因同一种病而过世的。诚如吾妻之语引起你的好奇，但两人确实几乎在同时间前后撒手人寰。老实说，家父的病是可怕的伤寒，而且将病传染给了负责看护的母亲。

我是他们唯一的儿子。由于家财万贯，我被教养得沉稳大方。回顾自己的过往，假如当时双亲没有死或至少有一人存活，我沉稳大方的性格应该依旧吧！

父母往生后留下茫然无知的我。没知识，也无经验，更不知人情世故。父亲去世之时，母亲无法在他身旁。母亲去世时，也没有人告诉她父亲已去世的消息。不知是母亲意识到了这些，还是就像旁人说的那样，相信父亲正逐步康复起来。母亲只是万事托付给叔父。

“这孩子就有劳您了！”她指着在场的我说。

在那之前我早已取得父母同意，准备前往东京，母亲似乎想多说些什么，于是说了句：“去东京……”

“没问题，你别操心！”叔父立刻把话接下去。

母亲正受高烧煎熬，叔父在我面前称赞母亲是“坚强的人”。那是否就是母亲的遗言，到现在还是不明白。母亲当然知道父亲罹患的是可怕的病，也晓得自己被传染的事实。可是她是否明了这病一定会夺命呢？到现在我还有几分怀疑。

尽管高烧时母亲的言语那么条理清晰，但说过的话在她脑中却没留下半点儿记忆。因此……不过那件事并不是问题所在。只要遇到事情就想分析研究、反复思索的习惯，我也是从那时所养成。这一点我必须先向你说明，虽然那个实例与目前的问题没有太大的关联，不过这件事可能会对你有益吧！请就站在这样的立场来阅读。这种性情也触及道德上的个人行为与举止动作，后来渐渐演变成怀疑人的道义心。请你记住，这件事确实为我的烦闷苦恼增添了莫大的压力。

脱离主题了，恐怕你会不知我所云，还是回到原先的话题吧！尽管我写了这封长信，但比起与我相同处境的人，或许我显得更平心静气些吧！万籁俱寂，连电车声响也已绝耳。雨窗外不知何时响起可怜的虫鸣，用那种教人思及露秋时节的声调，微弱低鸣着。不知情的吾妻在隔壁房间纯真地酣睡着。

我提起笔，笔尖随着书写的内容流畅地沙沙作响。我平静地面对信纸。或许因用笔不熟悉，笔势朝旁偏斜，而非因思绪烦躁，下笔狂乱。

四

总之孤独的我，除了遵循母亲所言投靠叔父之外别无选择。叔父承担一切，对我百般照顾，而且着手安排送我去东京。

到东京后，我进入一所高中就读。那时高中生比现在更加粗野，杀气腾腾。我认识的就有一位与夜间工人争执，然后用木屐将对方打伤。由于发生在酒醉后，疯狂斗殴时被对方拿走校帽。那位学生的名字正好写在帽子内里的菱形白布上，所以事情变得很棘手，不久后，警察来到学校盘问那名学生。不过多亏朋友们费尽心思，总算在事情还没闹大之前摆平了。

如果你这位在文雅学风中成长的人听到了，想必会认为这一种粗暴的行为很愚蠢吧！其实我也觉得很愚蠢，但是他们具备了现代学生没有的一种朴实的特色。当时我每个月从叔父那里拿到的钱，远比你从父亲那边拿到的学资还少。（当然物价也不一样。）但我并无不满，而且在许多同学眼中，我绝非处于羡慕别人的悲惨境遇。如今回想起来，当时我应该是让人羡慕的吧！因为我除了每个月固定的金额外，还经常向叔父拿书籍费（那时起我就很喜欢买书）及临时费用，而我也能如愿尽情地花费。

什么都不知道的我，不但相信叔父，还时常怀着感谢的心，将叔父奉为神祇般尊敬。叔父是企业家，后来当上县议员，也许因为那层关系，我记得他似乎与政党很有渊源。虽然他是吾父的亲弟弟，但个性与吾父完全不同。吾父是那一种坚守祖传家产的笃实之人，兴趣是品茗或花道、喜读诗书及古董字画等。虽然家住乡间，但相隔两里的市区——叔父住在那里——常有古董商带来挂轴、香炉之类的东西给吾父鉴赏。

简言之，吾父称得上是一位企业家吧！他是一位有高尚品味的乡绅。不过从性格上看来，吾父与海派的叔父有着极大的差异。尽管如此，两人的感情却很好。吾父时常称赞叔父，说他是一位工作能力优于自己的人；也说像他这样继承家产，因没有与世人竞争，任凭本身的资质驽钝下去。母亲听过这句话，我也听过。父亲毋宁是期盼我能领会才这么说的。

“你要牢牢地记住！”当时父亲还特意看着我说。

因此我至今未忘。如此深受吾父信任夸赞的叔父，我怎么可能怀疑他呢？对我而言，他本来就是引以为傲的叔父。父母双亡、万事托他照料的我，更觉得已非单纯引以为傲了。对我来说，他已是一位不可或缺的人。

五

初次利用暑假返乡时，叔父夫妇已经以新主人之姿，住进我双亲亡故后的老家。这是我前往东京之前的约定。因为身为孤儿的我出门在外，家里又不能没人，除此之外别无他法。

当初叔父在市区与很多公司都有关系。他曾笑言以业务上的考量而言，他们以前的房子生活起居远比迁至相隔两里之遥的吾宅便利多了。这是在我父母去世后，彼此商量如何处置宅邸、安排我去东京的时候，叔父口中透露出的话。吾宅拥有古老历史，在附近一带小有名望。我想你的故乡应该也有类似的事吧，在乡下古宅如果还有继承人却要拆毁或出售是一件大事。若是现在的我，会觉得无所谓，但当时我还是个孩子，又要去东京，房子势必就这样空着，着实懊恼不知如何处置。

叔父一副无奈地答应愿意住进吾宅。但他市区的房子会因为这样空着，他说若不能方便他两头照应也会很困扰。我本来就不可能有任何异议，认为怎样都好，只要我能前往东京。

天真的我虽然离开故乡，但内心仍依恋着故乡的老家。我以一种旅人的心情眺望着故乡，因为那里有个自己的家。就算那么向往东京而离乡的我，还是强烈坚持着只要休假一定回老家。我在东京认真读书，痛快玩乐，也经常梦见休假时就能归去的故乡老家。

我不知道自己不在家时，叔父是如何往来两边的家。每当我回家时，家族的人都聚在一个家中。上学的孩子们大概平常都住市区，放假时才回来乡间玩儿玩儿。

大家看到我都很高兴。我看见家里比双亲在世时更显得朝气蓬勃也很欣喜。我回来时，叔父会把占据我房间的长子赶至别处，让出我的房间。因为铺着榻榻米的房间很多，我推辞说住其他房间也没关系，但叔父会说“这是你家”而坚持如此。

除了偶尔想起去世双亲，并没有什么不愉快，我与叔父全家共度了那个夏天后又回东京。那个夏天仅有一事在我心中投下晦暗的阴影——就是叔父夫妇一起劝着刚进高中不久的我结婚，前后反复提了三四次之多。起初只是对事情来得突然感到惊讶，第二次提到时我则明白地拒绝，第三次我终于不得不问其理由了。他们的想法很简单，说是希望我早日娶妻回家，继承亡父遗业而已。而我则认为只要休假时回家就行了，至于继承家业以及娶妻两事，闻之即过。尤其我熟知乡间状况，心里非常明白，也不排斥那种事呀！只是对刚到东京读书的我，那些事就像用望远镜看东西一样遥不可及。

我没有允诺叔父的要求便离乡而去。

六

我完全忘记娶妻的事了。环顾四周的年轻人没有人有家眷。大家看起来都是自由的单身汉。若能深入了解那些看似轻松的人们，或许当中真的有人迫于家庭压力，不得已而娶妻，但是天真的我并未察觉。何况处于那种特别境况的人必然顾忌他人，尽量不提到那些与学习无关的家务事吧！事后回想，我已经是那个族群了，自己却没有自知之明，只是天真愉快地迈向求学之途。

学期结束后，我再度收拾行囊回到双亲坟墓所在的乡间。和去年一样，我回到父母遗留的老家，又看到叔父夫妇及其子女。我再次嗅着故乡的气息。那气息对我而言依旧如此怀念，珍贵得仿佛打破了一学期以来的单调。

然而在这份我所成长的氛围中，突然又嗅到叔父提出的结婚压力。叔父只是一再重复去年的劝告，理由也和去年一样。只是先前劝说时没有对象，今年却用心找来重要的当事人，令我更加困扰。

因为当事人是叔父的女儿，也是我的堂妹。娶了她对双方而言都是权宜之计。叔父说吾父在世时便说过这样的话，我觉得那样做是很方便，也认为父亲应该对叔父说过类似的话。不过那是我听叔父提起才得知的，之前没听他提起，完全不晓得有那一回事。所以我很惊讶。虽然惊讶却也非常明白，叔父的希望也不无道理。我是粗心的人吗？也许真是如此，但主要的原因是对堂妹无意。

儿时常常到市区的叔父家玩儿，还经常住在那里。与堂妹自幼就熟稔。你也晓得，兄妹之间没有恋爱的例子。

可能是我随便敷衍这个被公认的事实，不过我认为接触频繁且过分亲近的男女间，失去那种恋爱中刺激的新鲜感。就像闻香莫过于香气散发的瞬间；品酒莫过于喝下第一口的刹那；在时间上，恋爱的冲动也存在这样关键性的一点。一旦平静穿越而过，愈习惯就会愈熟悉，恋爱的神经也随之逐渐麻痹。任凭我再三思量，都无意娶这位堂妹为妻。

叔父说只要我同意，即使延到毕业后再结婚也行。可是他又表示，好事不宜迟，可以的话不妨现在先把喜酒喝了。我不中意的对象，无论什么条件都一样。我还是拒绝了。叔父一脸不悦。堂妹啜泣，并非为了不能许配给我而伤心，而是求婚遭拒对女人来说是相当难堪的一件事。如同我不爱堂妹一样，堂妹也不爱我，我很清楚这事实。于是我再度折返东京。

七

第三次回乡是在一年后的初夏。我如往常般等不及学期考结束，就想逃离东京。因为我仍旧依恋故乡。你也会如此吧！出生地的气氛色彩就是不同，土地的味道也与众不同，父母的记忆浓浓弥漫其间。一整年里的七八月，就像盘踞在洞内冬眠的蛇一般，对我而言比什么都温暖舒适。

单纯如我，以为与堂妹结婚的问题还没到需要伤脑筋的地步。不喜欢的事就拒绝，只要拒绝了就没什么后遗症，如是而已。尽管未如叔父之愿，但为了不扭曲自己的意志，我也理直气壮。过去一整年从未将那件事放在心上，还是如往昔般开朗回乡了。

然而回乡后，叔父的态度全变了。不再像以前那样和颜悦色地把我抱个满怀。但沉稳大方的我，回来四五日都毫无所觉。只是在某个情形下突然觉得不太对。不仅叔父如此，叔母也怪，堂妹也不对劲。就连在信上告诉我中学毕业后打算赴东京高等职校的叔父之子，也很奇怪。

以我的个性是不可能不深思。为何会变成这样呢？不，应该说为何对方会变成这样呢？我怀疑是去世的双亲为我洗净了迟钝的眼睛，突然让我看清世间一切。我仍深信着，父母虽不在世上却仍像在世般爱着我。不过当时的我绝非昧于真理之人。只是祖先留下的迷信种子，依旧强而有力地潜藏在血液中，至今仍蛰伏着吧！

我独自前往山里，跪在父母坟前。半带着哀悼之意，半带着感恩之心跪着。仿佛未来的幸福依然掌握在冰冷石头下的他们手中似的，我祈求他们守护我一生。也许你会笑。被笑也没关系。反正我就是这样的一个人。

我的世界犹如断然翻掌般剧烈改变了。对我而言这并非第一次经验。大约十六七岁时，第一次发现世间竟有如此美妙的事物时，也曾一度感到震惊。好几次质疑自己的双眼，频频拭眼，心里赞叹着多么美呀！十六七岁，正值男女的青春期。青春期的我，才开始将女性当成世间美丽的事物看待。面对以前从不在意的异性，盲目的双眼突然大开。从此之后我的天地焕然一新。

我注意到叔父的态度的感觉，与这一种反应完全相同。骤然间发现到的，没有任何预感也没有准备，就那样出其不意地袭来。一夕之间，叔父和他的家族在我眼中完全与往昔判若两人。我很震惊。这样下去，不晓得自己的将来会变成怎样……

八

我开始警觉若不将曾托付叔父的家产弄个明白，将对不起死去的父母。叔父声称自己很忙，无法每晚睡在同一处。比方说二日回家三日在市区过夜般，来往两边，一日都不得闲。于是“很忙”成了他的口头禅。在尚未起疑时，我真的相信他很忙！也可以讽刺地解释，不忙就跟不上时代。可是当我想花点儿时间与他商量财产的事时，就会觉得他这忙碌的模样，纯粹是逃避我的借口。我不易找到拦下叔父的机会。

耳闻叔父在市区纳了个妾。

传闻是从昔日中学同学那边听来的。以这位叔父的作风不足为奇，但因为在父亲生前不记得听过这一种传闻，所以还是很惊愕。友人还说了许多关于叔父的各种风声。谣传之一是曾经一度被人认为事业失败的他，近两三年突然又繁盛起来。这更加深了我的疑虑。

我终于与叔父展开谈判。说谈判也许有些失当，但从谈话的过程来看，自然而然演变成那一种情形了，没有比“谈判”这个字眼更贴切的。叔父总是把我当孩子看待，我则是一开始就以猜忌的眼光对待他。因此很难平静地解决。

遗憾的是，我急于提及日后的事而无法将那一场谈判的始末在此详述。老实说，我有比这更重要的事情迫在眉睫。我的笔恨不得早点儿提及那件事，只是勉强压抑下来。永远失去机会与你面对面平静交谈的我，除了不惯提笔，从珍惜宝贵时间的意义上看来，都必须省略一些想写的事。

你还记得吧！我曾对你说过“世上没有一定的坏人”。也提过许多好人在紧要关头就会变成坏人，大意不得。那时你留意到我很激动。你问什么时候好人会变坏人，我只回答一句“为了金钱”，你不以为然。我非常记得你那不满的神情。

如今对你坦白言之，当时我正想着叔父的事。以常人看到钱财就突然变成坏人为例，以世间不存在值得信任的人为例，我是怀着憎恶之心忆起叔父的。我的回答也许对你而言不够满意，也许听来很陈腐，却是我亲身体验过的答案。现在我还是很激动，不是吗?

我相信与其以冷静的头脑叙述新的事物，不如以烫热的舌述说平凡的故事来得生动。因为血的力量驱动着身体。言语不仅可以在空气中传导波动，还能更强而有力地驱使着更强大的事物。

九

简言之，叔父诳骗了我的财产。我在东京求学的三年间，事情顺利进行着。老实的我将一切委托给叔父，真是世界第一大笨蛋。若从超越世俗的观点来看，或许称得上世间少有的单纯男子吧！只要回顾当时那个过分憨厚的自己，就恨不得自己生得坏一点儿而悔不当初。可是，也有一丝冲动，希望能够重新回到那个最初的自己，那般憨直地活着。

请你记住，你认识的我，是已被俗世污染后的我。若说污染的年资较深可以当作前辈，那我确实是你的前辈吧！

倘若我按照叔父的希望，和叔父的女儿结婚，在物质方面应该对我很有利吧！这是毋庸置疑的事。叔父的计划是把女儿强嫁给我，并不是真的好心商策两家的权宜之计，而是他一直受着卑鄙无耻利欲熏心所支配，进而逼我面对结婚的问题。只是我不爱堂妹，虽不讨厌，但事后一想，拒绝她，对我而言多少觉得愉快些。若说受骗，无论哪一种都一样。不过对受骗者来说，不娶堂妹的选择等于不让对方诡计得逞，在这一点上至少我坚持了己见。然而这些几乎都是不成问题的枝微末节，尤其说给毫无关联的你知晓，想必会认为有些倔强的愚蠢吧！

后来我和叔父之间有其他的亲戚介入了。我完全无法信任那些亲戚，不但无法信任，甚至敌视他们。在体认到叔父欺骗我的同时，也钻牛角尖地认为其他人必定也会欺瞒我。我的论调是，连父亲赞不绝口的叔父都如此，更遑论他人呢?

尽管如此，他们还是整理出我应得的所有财产。将其换算成金额，远比我预期的少了许多。我只有两条路可选，要不默默接受，要不就与叔父对簿公堂。

我很生气又很迷惘。若决定诉讼，距离事情尘埃落定恐怕需要很长一段时间，仍是求学之身的我，面临宝贵时间将被剥夺的不利境地，对学生而言这是非常痛苦的事。我思量的结果是，委托在市区的中学旧友将我所得的财产全数换成现金。旧友劝我最好别这么做，可我不听。因为那时我已决心永远离开故乡，发誓再也不要见到叔父。

离开故乡前，我又去父母的坟上祭拜。此后不曾再到他们坟前，我想已无再见的机会了吧！

旧友依我所托打理一切。不过那是在我抵达东京一段时间之后的事了。在乡下出售田地本属不易，加上又被看穿急欲脱手的弱点遭人赖账，所以实收的金额比市价少了许多。坦白说，实际得到的财产只有若干的公债与事后友人给我的现金。双亲的遗产比原先锐减，而且都不是我故意花费掉的，所以我的情绪变得很糟。但对学生来说，这些钱够生活了。

不瞒你，我用不着这些钱利息的一半，就可以过着宽裕的学生生活了，这也将我带进一个意想不到的境遇。

十

没有经济压力的我，想搬离喧嚣的宿舍另寻新的独栋房子。可是那样的话，不但有买家具的麻烦，还需要请一位照料生活起居的老妈子，万一老妈子不老实就伤脑筋了，若是不放心，留她在家也很麻烦，因这种种理由，使我没把握付诸行动。

某天，我莫名地想出去找个房子，趁散步之便，朝本乡台西边走去，爬上小石川的坡道，直往传通院[①]方向走去。

① 也叫小石川传通院，是一座佛教净土宗寺院，1603年德川家康将其母亲的遗骨埋于此处，因此这里成为德川将军家的菩提寺。

自从那里改成电车路线后，景色完全变了，当时左边是炮兵工厂的泥墙，右边空地上长满一片绿草。我站在草丛之中，随意地眺望着对面山崖。那天的景致不错，只是西侧与先前呈现的景致截然不同。单单望向这一片无尽繁茂的绿茵，就足以放松紧绷的神经。我突然想，这附近不知有无合适的房子。立即横越绿茵，沿着小径往北前进。那里称不上是个好城镇，附近一带破烂屋子看起来污秽不堪。于是我走出小巷，弯进巷弄，四处游走。最后向糕饼店的老板娘询问这一带是否有干净的小屋要出租。

“这个嘛……”老板娘歪着头想了片刻，“出租的话，可能就……”一副完全想不出什么来的样子。我觉得希望渺茫，决定要放弃离开。

老板娘突然问：“一般寄宿的家庭旅馆行不行呢？”我有点儿动摇。

开始觉得一个人住在普通人家的房间里，反而没有家务的困扰，应该也不错吧！于是又坐下详细询问糕饼店老板娘细节。

那是个军人眷属的宅邸，或应该说是遗孀所住的宅邸来得恰当。老板娘叙述着男主人死于甲午战争或某场战役里；一年前还住在市谷的军官学校旁，宅里还有马棚等，占地极广，后来卖了那里的宅院搬到这里来，可是家中人口简单得冷清，于是拜托她介绍适合同住的人好彼此照应。从老板娘口中可以确定的是，那宅邸里只有遗孀及其女儿、女佣。我心想幽静最好。不过像我这样的人突然去造访那样的家族，可能会担心我这个来历不明的学生而立刻严拒吧！心想是不是该就此作罢。然而我虽是学生，穿着却不失体面，而且戴着大学的校帽。嘿，你大概会笑说大学的校帽又如何？但是当时的大学生不同于现在，是深受社会信任的身份。

我在这顶四角帽子上找到一种自信，于是依老板娘的指引，在没有任何介绍的情况下，前往那位军人眷属的宅邸拜访。

我见了那位遗孀，告知来意。她问了关于我的出身、学校、主修等各种问题。可能从中掌握到某种可靠的讯息吧！当场就告诉我随时可以搬来。她是一位正派的人，也很明理。我想所谓的军人之妻都是这样的人吧！我钦佩不已！虽说钦佩却也诧异，怀疑像她这样的性情应该也有落寞的时候吧！

十一

我很快地搬进那幢宅邸，租的是最初来时与那位遗孀谈话时的榻榻米房间。那是宅邸里面最好的房间。当时本乡那一带慢慢盖起了高级宿舍，而我很高兴自己以学生之身住进最好的房间。我搬进的那房间是比其他房间都气派。迁居时还是觉得身为学生这样似乎过分奢华了些。

房间有八叠榻榻米大，壁龛旁有个搁板架，走廊对侧附有壁橱。虽没有窗户，但向南的走廊上日照极佳。

迁居当天，看见房间壁龛上插了鲜花，旁边还竖着一把琴。但两者我都不喜欢。可能是自幼便在浸淫诗书焙茶的父亲身旁长大，儿时起就有爱好中国风的倾向吧，不知不觉起了蔑视俗气摆饰的毛病。

吾父生前收集的古玩之类的东西，无可幸免地被叔父任意处理掉了，不过多少还遗留一些。离乡时，我将那些寄放在中学旧友那里，仅将里面较富逸趣的四五幅画，毫无装裱地放进行李箱带来。本想一搬来就把那些取出，放在壁龛上欣赏，如今见到琴和花，突然失去了勇气。后来听说那鲜花是为了欢迎我而插的，当时我在心中苦笑；琴则是一直放在那里，因无处可放，不得不竖在壁龛旁。

提起这些时，你的脑海中自然掠过背后有位年轻女子的影子吧！对于迁居的我在尚未搬家之际，好奇心就蠢蠢欲动了。不晓得是不是这样的念头早已自然呈现，还是仍不习惯与人交际，在初次见到小姐寒暄时，竟然慌慌张张。小姐也红了脸。

先前我是根据遗孀的风采与仪态来想象这位小姐的一切。可是那种想象对小姐而言并非那么正面。我想既然军人之妻是这般模样，遗孀之女大概也承继了其母风范。然而那番推测在乍见小姐容颜的刹那间，轰地烟消云散。往昔难以想象的异性气息，清新地飘进了我的脑海里。

从此以后我不再讨厌壁龛的鲜花，竖在壁龛旁的琴也不觉得困扰了。

鲜花枯萎后总是会换上新鲜的，琴也常被弹琴的人拿去拐角的房间。我在自己房内的桌上托着腮，倾听着琴音。我不清楚她的琴艺算是高超还是差强人意。不过从不甚复杂的技法看来，应该谈不上高超吧！大概和插花的程度差不多吧！花的话我是很内行的，知道小姐绝非个中好手。

尽管如此，各式各样的花依然索然单调地装饰在我房内的壁龛前。怎么看来，插法都一样，连花瓶也不曾换过；倒是乐曲的变化比花还多。只闻铿铮铿铮地鸣弦声，听不见人声，并不是没有歌声，而是只有像悄悄话般的私语低吟，而且一被斥责就戛然而止。

我很欢喜，在凝视这差劲的花艺时，能够侧耳倾听那样的琴声。

十二

离乡时，我已经变得厌世了。世人是不能信任的观念，在当时像深入骨髓般牢不可拔。我仇视叔父叔母及其他亲戚，仿佛他们就是世人的代表。严重到连搭乘火车也不时留心邻座的举止态度。偶尔对方同我攀谈，只是更让我戒备提防。我的心是阴郁的，常像吞了铅般痛苦不堪，因此也变得过于神经质。

这也是我想到东京自己住宿的一大原因。正因没有花费上的限制，甚至兴起了买下一户独栋住宅的念头。若换成以前的我，纵然口袋多么宽裕也不爱学那些有钱人做出这类的麻烦事。

自从搬到小石川后，这种紧张的情绪并未暂时获得疏解。我提心吊胆地环顾周围的举止，连自己都觉得羞耻。但不可思议的是，运作的只有头脑与眼睛，嘴巴则完全相反地渐渐不动了。我像猫一样仔细观察自己的家，默默地坐在桌案前。我丝毫不敢大意地将注意力投注在她们身上，也常常为这一种行为对她们感到抱歉。我就像不偷东西的扒手，连自己都觉得厌恶。

想必你会觉得奇怪吧！那样的我，为什么还会有余力去喜欢小姐？为什么会有时间愉悦欣赏小姐拙劣的花艺？为什么有闲情雅致倾听她差劲的琴声？

若你这样问我，我只能说这都是事实，除告诉你这些事实之外，别无他由。

至于如何解释，我想就交给有脑袋的你吧！我只能用一句话解释，在金钱方面怀疑世人，在爱情方面却未怀疑世人。也许旁人看来觉得不可思议，我自己也觉得矛盾，但在我心中两者能和平共存着。

我总是称呼这位遗孀为夫人，以下就称夫人而不称遗孀。夫人评断我是安静成熟的男子，又夸奖我是个用功的人。可是关于我不安的眼神以及提心吊胆的模样却绝口不提。是没注意到吗，还是有所顾忌？我完全不清楚，总之她似乎不曾在意过我那些缺点。不仅如此，有一次还说我器宇非凡，口吻仿佛十分尊敬似的。当时老实的我面红耳赤地否认。

“因为你自己没发现，事实就是如此。”夫人立刻认真地解释。

当初夫人并不打算将家里租给像我这样的学生，而是拜托附近的邻人介绍在公家机关任职的人，就是那种薪俸不丰厚又不得不寄住家庭旅馆的人，夫人早就存在着这样的意识了。

夫人拿我与她想象中的房客比较着，赞扬我比较从容大方。的确，比起那些过着克勤克俭生活的人，也许我在金钱方面大方了许多。不过那不是性情的问题，与我的私生活几乎无涉。夫人极力地应用着相同的语言，将女性独特的观点对应在我身上。

十三

夫人的态度自然影响了我的情绪。一段时间后，我的眼睛不再紧张地四处张望。觉得自己的心能够安稳地在自己坐的地方。总之，这个以夫人为首的家，根本就不理会我乖僻的眼神和疑心重重的模样，她的态度给了我莫大的幸福。我的神经在对方毫无反应的情况下渐趋平静。

我想夫人是见过世面的人，所以故意用那种方式对待我；也可能真如她所观察的结果，我其实是个器宇非凡的人也说不定。也许我的小心眼儿只是脑中的感觉，并未显露于外，或者是夫人存心隐瞒不提。

随着心灵日趋平静，我也慢慢地亲近屋里的人，偶尔也会和夫人、小姐说笑。白天她们泡了茶邀我过去对面的房间饮用，晚上我也会买些点心回来请她们共享。

我突然觉得交际的范围扩大了，虽然为此牺牲了重要的读书时间。奇怪的是，我一点儿也不认为这样的交际是一种麻烦。夫人原本就是一个闲人，小姐上学之外，还去学一些花道琴艺，看起来好像很忙，后来发现她似乎随时都有时间。就这样，三个人只要一见面就聚在一起，闲话家常地嬉游作乐。

每次叫我的通常是小姐。有时小姐会绕过走廊的弯角站在我房前，有时穿过饭厅，让我从隔壁房间的纸门后望见她的身影。小姐来时总停了一会儿，接着再喊我的名问：“你在看书吗？”

大部分时候我都专注凝视着桌上摊开的艰涩书籍，旁人都误以为我很用功吧！事实上我并不像外表看起来那样热切研究书本。眼睛虽然盯着书本，心里却等着小姐来叫我。若久等仍未到，只好起身，自行往对面她的房间问：“你在用功啊？”

小姐的房间紧邻饭厅，有六叠榻榻米大。夫人有时在饭厅，有时在小姐房内。换言之，这两间房间虽有隔间却像没有一样，母女两人来来往往，随时都有人占据其间。

“请进！”如果我在屋外出声叫唤的话，回答的一定是夫人。

小姐的人虽在里面却很少搭腔。偶尔有事，小姐会独自到我房里，顺便坐下闲聊。

那时我的心底就会涌上一股不安。我不认为和年轻女子面对面坐着就会不安，只是没来由地坐立难安。 种不自然的态度像被自己背叛似的困扰着我，反倒是对方显得自然大方，让人怀疑她是那位将琴拿走就连歌声都发不出的女子。甚至有时候待久了，听见饭厅传来母亲的呼唤，只应了一声“来了”，却还不肯立刻离去。即便如此，小姐绝非孩子，我双眼看得很清楚，清楚到举手投足间的痕迹都了若指掌。

十四

小姐离去后，我才能松一口气，同时却又觉得不满足而惴惴不安。以你们现代年轻人的眼光来看，也许我像女人一般忸忸怩怩的吧！然而当时的我们多半都是如此。

夫人很少外出。就算偶尔不在，也不会发生只留我与小姐单独在家就出门的事。那是偶然，还是故意？我不知道。从我口中说出也许有点儿奇怪，不过仔细观察夫人的态度，似乎希望自己的女儿与我接近。可是，有时候又认为她仿佛暗中提防着自己的女儿与我接近。第一次面对这种状况的我，常常因此心情不好。

我想确定夫人的态度究竟是哪一种？从我的思考模式看来，显然很矛盾。但被叔父欺骗的记忆犹新，逼得我不得不进一步提出质疑。我推测着夫人这样的态度何者是真，何者为假？结果难以判断。

不仅难以判断，连那奇妙的态度，我都无法领会其中含意。想分析情由却分析不出的我，只好固执地嫁祸给“女人”这个名词。毕竟女人都是如此，反正女人都是愚蠢的。我的思路陷入僵局时，常常会做出这一种结论。

如此轻视女人的我，却完全无法轻视小姐。我的理论在她面前像是作废了般，动弹不得。我对她怀着近乎信仰的爱。看见我以宗教上的语言应用在年轻女子的身上，也许你感到奇怪，但至今我仍坚信着——坚信着真正的爱与宗教心一样。

每当瞧见小姐的容颜，就觉得自己也变美了。只要想起小姐，就觉得那股高尚的气质转移到了自己身上。如果“爱”这一种不可思议的东西有两端，高的一端是圣洁的感动，低的一端是蠢动的性欲，我的爱确实达到了那高处的巅峰。身为人的我，也有着无法离开肉体的身躯。然而我看着小姐的眼和思念着小姐的心，却丝毫不带半点儿肉体的邪念。

我对其母怀着反感的同时，又对其女爱恋倍增，因此三人的关系比我分租之初，变得更加复杂。不过这样的变化几乎不曾显露过。不久，在一个偶然的机会下，发现自己恐怕误会了夫人，再次认为夫人对我的态度并无半点儿虚假；而且互异的态度并未支配夫人的心，两者随时都存在夫人心中。

换言之，夫人一方面尽量让小姐接近我，另一方面又对我提防的行为，虽然看似矛盾，其实她在加以提防之际并未忘记另一面的态度，也未翻脸严斥，依旧让我们两人接近。这一种态度可以解释成，只是顾忌我们两人的亲密关系是否超过她所认为的正当程度。

无意与小姐肉体接触的我，当时觉得没有担心的必要。不过厌恶夫人的感觉从此销声匿迹。

十五

综合着夫人的各种态度，我确定我在这个家受到充分的信任，甚至发现从初次见面时她们就信任我的证据。不断怀疑人性的我，可以听见这个新发现在内心激起了不同的回响。女性的直觉比男性敏锐吧！同时也认为女性会被男性欺骗恐怕也是基于这个缘故吧！如此观察夫人的我，对小姐也运用了同样强烈的直觉。如今一想，实在奇怪。因为我在心中曾发誓不再信任任何人，却又绝对相信小姐，而且觉得相信我的夫人很特别。

关于故乡的事我很少提。尤其关于叔父的事更是绝口不谈。连那些回忆浮现在脑海时都感到非常不快。我尽可能只当夫人的听众，不过她并不谅解，动不动就想探问我故乡的事。最后我终于坦诚了一切。我坦白地说自己不会再回乡，就算回去也一无所有，有的只是父母的坟冢。听我这么说，夫人似乎十分感动的样子，小姐也哭了。我想说出来是对的。我很高兴。

夫人听了我过去的一切，一副“果然不出所料”的表情。此后对我就像对待自家亲戚的年轻后辈。我一点儿也不生气，甚至很欢喜。但不久后我的猜疑心又起。

开始疑心夫人，是从很小的事情酝酿而成。在反复发生那些小事当中，疑惑渐渐生根。不知怎的，突然开始觉得夫人和叔父一样，努力要让小姐亲近我。于是以前看似亲切的人，忽然又以狡猾的阴谋者面目呈现在我眼中。我痛苦地咬着下唇。

夫人一开始就表明因家中人少过于冷清，才希望借着招租彼此有个照应。我也不认为那是谎言。就算熟稔后，听她说了内心话，也觉得那是毋庸置疑的。不过她们的经济称不上十分富裕。若从利害的角度切入，与我建立特殊关系对她们绝无损失。

我更加戒备了。

不过，始终对其女抱持着强烈之爱的我，也只能对其母加深了几分提防吧！我自我解嘲，有时骂自己傻瓜。若只是这一种矛盾，无论多傻我都不觉得痛苦。我的忧愁是来自于怀疑小姐是否与夫人一样，也是有阴谋的。一想到两人可能在我背后算计而且操控着一切，就痛苦得不得了。不是不愉快，而是那一种走投无路的心情。

即使如此，我仍旧深信小姐。因此我夹在信念与迷惑中无法动弹。

我觉得每一边都是想象，也都可能是真实的。

十六

我依旧到学校上学，不过讲台上的授课声听起来就像远方的人在说话；依旧看书，映入眼中的铅字在尚未深烙内心前，便像炊烟似的消散了。我变得更寡言了。这样的情形遭到两三位友人的误解，以为我沉迷于冥想而转述给其他的友人听。我不想解释这样的误会，反而高兴别人借给我一张方便的面具。可是我也经常感到过意不去，曾像疯了似的欢闹雀跃，吓他们一跳。

我的租处少有人出入，亲戚似乎也不多。小姐的同学们有时会来玩儿，不过音量都很小，常常分不清有没有人在似的就回去了。

那是因为对我有所顾忌，不愿让我发现吧！虽然来我住处拜访的都不是粗鲁的人，可是没有一个男生会顾忌屋里的人。从这一种情况看来，分租的我就像主人，小姐反倒成了房客的身份。

这不过都是适巧想起，顺道写下的，其实无关紧要。

但是那时发生了一件令我不太舒服的事情。地点是饭厅吧！不然就是小姐的房间，我突然听见男人的声音。那声音不同于我的访客，很低沉。完全不知道他在说些什么。我愈听不清楚，愈觉得神经被注入了一种亢奋剂。坐立难安地焦躁起来。我首先试想那人是亲戚吗，还是只是个熟人？又思索着是年轻男子，还是老男人？光是坐着思考，不可能知道答案，但也不可能走过去，拉开纸门一探究竟。与其说我的神经在颤抖，不如说已经被大浪冲击得教我难受。客人回去后，我不忘探听那人的名字。但小姐与夫人的回答非常简单。我在她们两人面前显露出不满的神情，却没有追根究底的勇气。大概没这个权利吧！

我那重视自己品格教养的自尊心与违背自尊的欲望神情，同时呈现在她们面前。她们笑了，没有嘲笑的意味。是出自善意，还是看似善意？我无法立即找出解释的余地而焦躁了起来。事情过后，我一直在心里反复想着，我被愚弄了吗？被愚弄了，是吗？

我是自由之身。哪怕中途休学，到哪里似乎都能过日子，或与某处的某某结婚，我不必与任何人商量。在那以前有多少次我曾断然下定决心，想告诉夫人请她将小姐许配给我，但每一回都犹疑着，始终未说出口。不是因为害怕遭拒。假使遭拒，虽不知命运会有怎样的变化，但我一定是站在不同于过往的角度，也有展望新世界的收获，所以只要拿出那种勇气，我就会说出口。

然而我不喜欢被诱而中计的感觉，上当比什么都令我愤怒。被叔父欺骗的我，发誓今后无论发生什么事情，都不愿再受他人欺骗。

十七

夫人见我只知道买书，劝我也要做些和服穿。事实上我只有乡下织的棉衫。当时的学生并不穿混丝的和服。我的一位朋友是横滨商人子弟，家中的生活极为奢华。那时曾派人送来一件丝绸背心，结果大家见了那件背心就笑。那个朋友难为情地解释着，竟将专程送来的背心扔回行李箱底不肯穿。

后来当众人再起哄要他穿上，适巧那件背心已爬满了虱子。那位朋友反而觉得很幸运，他将饱受争议的背心卷起来，趁着外出散步时丢进根津的大水沟里。当时同行的我，站在桥上笑着看友人的举动，一点儿也不觉得可惜。

从那时看来，我已经是十足的成年人了，可是还没有自己定做外出服的念头。我有一个怪异的想法，认为只要毕业后留胡子的时代尚未来临之前，就不必担心服装的问题。所以我告诉夫人我需要的是书，不是衣服。夫人知道我买书的分量。她问说：“你买的每一本书都会看吗？”我买的书当中也有辞典哪，当然不可能全部看过，多少有些是连封页都没翻过的，我词穷了；发现到若是买了不需要的东西，无论书本或衣服其意皆同。我以承蒙照顾为借口，委托了夫人，买些小姐喜欢的衣带或成套的绸缎之类的礼物送给小姐。

夫人没说要自己去买，反而命令我也一道去，又说小姐也得去。在不同于现代的我们，并不习惯以学生的身份和年轻的女子一起散步。比起现在，当时的我还是习惯的奴隶，踌躇了片刻，才决定一同外出。

小姐很用心地打扮。皮肤白皙的她，抹了粉后更加引人注目。街上的人都盯着她瞧。然后看着小姐的人一定会将视线移向我的脸，真怪！

我们一行三人去日本桥，买了些想买的东西。买的过程中却三心二意的，所以比想象多花了一点儿时间。夫人故意唤我的名字，与我商量如何如何。偶尔将和服料子摊开，从小姐的肩上往胸前比试着，要我退后两三步打量着。总之，每一回我就说着“那个不行”“那个很合适”等，提供各种意见。

这种事很花时间，回家时已经是晚餐时刻了。夫人说为了答谢请我吃饭，于是带我走进有一间名为木原亭的说书场的小巷内。小巷很窄，请我吃饭的餐馆也小。没有地理概念的我，对夫人的所知感到惊讶。

入夜后我们回到家。因为隔天是星期日，我终日待在房内。星期一去上学时，大清早就突然被一位同班同学调侃。故意探问我什么时候娶的老婆，然后又夸奖我的妻子是个大美人，等等。看来我们三人联袂去日本桥的情景，已在某处被那位同学撞见了。

十八

回家后，我向夫人与小姐提起此事。夫人笑了，然后看着我说：“想必你很困扰吧！”当时我心想，女人都是这样试探男人吗？夫人的眼神带着让我如此认为的理由。如果当时我把自己的想法直截了当地说出来也许较好，这一种怀疑的疙瘩，牢牢地黏着我。我想坦白却欲言又止，故意岔开了话题。

我将自己从问题中撤离，然后针对小姐的婚事试探夫人的心意。夫人明白地告诉我，曾经有几位前来说媒，但她的答复是小姐刚进学校年纪尚轻，女方并不是那么急。夫人虽然没说出口，但心里似乎很自信小姐的姿容。甚至透露，若想决定，随时都能决定之类的话。因为她除了小姐没有别的孩子，不想那么轻易放手也是原因之一。有时候也不晓得该让她嫁人还是招赘，为此彷徨不已。

言谈间，我从夫人那里掌握了许多讯息。也因为如此，让我又陷入流失机会的相同结果。始终没有提及自己，我在适当的时候结束了话题，准备回到自己房间。

刚才在一旁笑说着“好过分呦”的小姐，不知何时已经走到对面角落，背对着这边。我在起身回头时看见她的背影，单单一个背影是不可能读出她的心意。小姐对此有何看法？我无从猜测。小姐坐在柜子前面，不晓得从仅一尺宽的柜子抽屉里拿出了什么，放在膝上端详着。我一眼就看出，抽屉一端摆着前天买的和服料子。我的和服与小姐的和服叠在同一个柜子的一隅。

我一言不发地站起来，夫人连忙换了语气，问我是怎么想的。那话出其不意到教人不得不反问她“什么怎么想”。当我了解了她的意思是指早点儿安排小姐的亲事是否妥当，我故意回答：“最好慢慢来比较好。”夫人听了也说：“我也是这么觉得。”

夫人、小姐与我的关系发展到这一个地步，似乎演变成还需要再有一个男人。而那个男人将成为这家庭一员的结果，势必会为我的命运带来极大的转变。倘若那个男人不曾横越我的生命旅程，恐怕我也就没有必要写下这么长的信了吧！

如同我毫无准备地站在魔鬼之路前，不曾发现那瞬间的阴影已经为我的一生蒙上了黑雾。老实说，是我将那个男人带进家里来的，当然也需要夫人的首肯，所以一开始就毫无隐瞒地坦诚相告。不过当时夫人劝我最好打消这个念头，可是我有不带他来就愧疚不已的苦衷，只觉得劝我打消念头的夫人毫无道理。

我一意孤行，做认为对的事。

十九

在这里，我称呼那位友人为K。

我与K自小感情就很好。说到自小，不用说你应该明白吧！因为两人是同乡的缘故。K是真宗[1]的和尚之子，但非长子，而是次子，之后过继给某医师做养子。我的家乡是本愿寺派势力最强大的领域，在物质方面，真宗的和尚似乎比其他宗派都来得优渥。举个例子，如果和尚有女儿，当女儿年届适婚时，就会有施主主动上门提亲，安排她嫁到某个适合的人家。一切费用不必和尚从荷包里掏。因为真宗寺非常富有。

K的本家也过着相当舒适的生活。但是不晓得是否有余力支应次子赴东京进修，或者是为了让K能够进修而谈过继的权宜之计，我也不太清楚。总之，当我们还是中学生的时候，K成为了医师家的养子。至今仍记得老师在教室点名时，我曾为K突然改姓一事感到惊讶。

K的养家也是很有钱的企业家。K从养家拿了学资来到东京。虽然不是一起来的，但抵达东京后却住在同一个宿舍。

当时一间房间常有两三人的书桌并连，共同生活。K和我也住在同一间宿舍，我们就像山上被活捉的动物，在兽笼里互相拥抱地瞪视着外界。两人都惧怕东京和东京的人。不过在六叠大的榻榻米房间里，仍朗声畅谈着睥睨天下的言论。

我们是认真的。事实上我们都希望变得很了不起。尤其是K，特别坚定。出生于寺院的他，经常使用“专心致志”这个词。在我看来，他的行为举止似乎都能以“专心致志”一词来形容。我在心中常对K感到敬畏。

K在中学时所提的宗教或哲学等艰深问题，一直困扰着我。我不知道这是因为其父的感化，还是受到本家，也就是寺院的一种特别的建筑氛围所影响。怎么看他都远比一般和尚更具备和尚应有的性格。

K的养家希望他当医生才让他前往东京的，可是固执的他却是抱着不当医生的决心来东京的。我责怪他此举无疑是欺骗养父母，大胆的他竟不可讳言的确如此。为了“道”，就算这么做也是没办法的事。当时他用了“道”这个名词。恐怕连他自己都不甚明白吧！当然我不会说我懂。不过年轻的我们认为这一种语意含糊的字眼是无比珍贵、响亮的。即便不明白也被自以为崇高的意识所支配，不可能察觉其中暗含企图打击对方士气的可鄙之处。我赞成K的说法，但不清楚我这样的同感对K发挥了多少助力。我了解专心一意的他，就算我再怎么反对，他依然故我地贯彻自己的想法。不过万一发生什

① 日本佛教的派别之一，信奉的僧徒可以吃荤、结婚。

么事，赞成且声援他的我，多少要负起部分的责任，尽管我很年轻，却十分明白这个道理。尽管当时没有那一种觉悟，若有必要以成人的眼光回顾过去的时候，该负的责任我会尽力去完成——我是以这样的语气表示附和K的。

二十

K与我进了相同的科系。K若无其事地花用养家送来的钱，迈向自己喜爱的道路。他那一种养家不会知情的放心，以及知情了也无所谓的胆量，我只能眼睁睁看着两种态度并存在K心中。因为K比我还不在意。

第一个暑假时，K没有返乡。说要借住驹込某间寺院读书。我自家乡回来时是在九月上旬，他果然闭居在大观音旁一间破旧的光源寺中。他住在紧邻本堂边一间狭窄房间。似乎很享受在那里随心所欲读书的日子。

当时感觉他的生活实在愈来愈像和尚，手腕上挂着念珠，问他那有什么作用，他就会做出用拇指拨数着一颗、两颗的动作给我看。他每天都这样数着好几遍这串念珠。不过我不明白那个意思。数着一颗一颗结成一串的东西，一直数下去也没完没了。什么时候、什么心情会让K停下拨数的手呢？无聊的时候，我常在想。

我在他房里看见《圣经》。

记得以前经常从他口中听闻佛经的书名，至于基督教没听他提起过，所以我有点儿吃惊，忍不住问他理由。K说没有理由；又说这么受人珍视的书，想要阅读也是理所当然的；还说若有机会也想读读看《古兰经》，似乎对“穆罕默德”与“剑”这两个词怀有高度的兴趣。

第二年夏天，由于故乡的催促，K总算回去了。看来就算他回去，也不会提及自己所学科系的事。家里还未发现。你也是受过学校教育的人，大概十分了解这样的讯息吧！世人对学生生活及学校规范等都是无知得令人惊讶的。我们认为不值一提的事，完全不会传到外面去。因为我们只知呼吸内部的空气，自以为校内的大小事应该众人皆知。在这方面K比我更明了世事，因此他又若无其事地回来。我们一起离乡时，我上了火车立刻问K事情如何，K答道：“没事。”

第三个夏天，正是我下决心永别父母坟冢的那年。当时我劝K回乡，但K没回应。还说像我那样每年回家做什么，他似乎又打算留在东京读书。我无奈地独自离开东京。在故里度过那掀起我命运惊人波澜的两个月，先前提过就不再提了。

九月时，我怀着满腔不平、忧郁、孤独、寂寞，再次与K相见。结果发现他的命运也和我一样变调了。他在我不知情的情况下写信给养家，坦诚自己的欺蒙。仿佛一开始就有那一种觉悟,以为对方会说“事到如今也没办法了，只好让你做喜欢的事了”。总之，他似乎不愿进了大学后还要瞒骗养父母。也许看透了纸包不住火吧！

二十一

养父看了K的信勃然大怒。立即寄来措辞严厉的信，表示无法资助学资给那一种欺骗父母的可恶家伙。K给我看了信，在那封信前后又给我看了寄自本家的书信。这封信也不逊于前者那般责难的言辞。信上虽然多了愧对养家人的情义理，不过也写明本家完全不会介入。至于K会因此事件复籍，还是商量其他妥协方法仍留在养家，这些都是以后的问题，当务之急是每个月需要的学资与生活费。

针对这一点我问K有何看法。K答道打算去当夜校老师。当时的社会比现在更活络，副业的工作没有想象中那么少。我认为K可以这样努力下去，然而我也有责任。K违背养家的期望，选择自己想走的路，我曾表示赞成。我总不能说句“是吗”就袖手旁观。我提出物质上资助的建议，K立即拒绝。以他的个性来说，自力更生远比受友人保护来得痛快。他还说上大学后，仍不能独立奋斗就不算男人之类的话。我不忍心为了克尽自己的责任，而伤害K的感情，所以放手任由他去。

K不久就找到自己想从事的工作。对珍惜时间的他来说，这份工作有多么辛苦不难想象。他在课业上和往昔一样没半点儿松懈，并且负起新的责任勇往直前。我叮咛他要注意健康，刚强的他只是笑，没把我的叮咛放在心上。

他与养家的关系日趋难解。没有空闲的他，失去了像以往一样与我聊天的机会，所以我一直无法详问他事情的始末，只晓得事情愈来愈难解决了。我也知道有人试着介入协调，那人写信催促K返乡，K却说了句“无论如何都不行”，也没回信。他执意于这一点——在学期间不能回去，不过对方只会觉得他刚愎自用吧！与对方的情势似乎日渐险恶。

他伤害养家的感情，同时也招来本家的怨怒。我很担心，我为了调解双方而写信，却已经无效了，我的信仿佛石沉大海，没任何回音。我也生气了。过去在事情发展上同情K的我，从此将置是非于度外，决定站在K这一边。

最后，K决定复籍恢复本姓，从养家拿走的学资由本家赔偿。然而本家这边也不愿照顾他，只丢下一句“自己看着办”。套句以前的话，就是断绝父子关系吧！也许没有那么强烈，但当事人硬是如此解释。K是个失怙的男子，他某方面的个性似乎是因为在继母教养下的结果。假使他的生母在世，我想他与本家的关系说不定不会疏离到这一种地步。

他的父亲是一名僧侣，不过在坚持情义这一点上，令人怀疑他具备武士般的特质。

二十二

后来K的事件告一段落，我收到他姐夫寄来的长信。收养K的医生是他姐夫那边的亲戚，所以居中斡旋、复籍时都重视姐夫的意见，K是这样告诉我的。

信上写着希望我告知后来K的情况，因为K姐姐很担心，请我尽快回复。K喜欢这位已出嫁的姐姐胜于继承寺院的大哥。他们都是亲姐弟，不过这位姐姐与K年龄相差悬殊。在K眼里，这位姐姐反而比继母更像真正的母亲。

我把信拿给K看，K一言不发，却透露出姐姐也曾写了两三封信给他。K说他每次都回答不必担心。运气不好的是他姐姐嫁的人家生活并不宽裕，即便很同情K，在物质上也不可能帮助弟弟。

我以相同的内容回信给他姐夫。信中还用了坚定的语气表示“万一有事，我必倾力相助，请放心”。这完全出于本意，当然包含了让担心K的姐姐放心的善意，不过也有出于回报他本家及养家对我轻蔑的好强。

K复籍是在大学一年级的时候。自此到大学二年级为止，约有一年半的时间K独撑自己的生活。但因过度劳累，看得出已经渐渐影响到他的健康与精神。当然，离不离得开养家的繁杂问题更加深了他的压力吧！他变得感伤起来。有时他会说，只有自己独自背负着世间的不幸。若是否定他，他立刻情绪激动；接着又想到他自己未来的光明已逐渐远离了他的视线而焦虑不已。刚开始做学问的时候，每个人都是怀着伟大的抱负踏上新的旅程，此乃人之常情。可是一年飞逝，两年过去了，毕业迫在眉睫之际，才猛然醒觉自己的脚步缓慢，半数以上的人会因此感到失望也是理所当然；虽然K的情形也一样，不过他的焦躁远比一般人严重。我只好认真思考如何安抚他的情绪。

我劝他别再做无谓的工作，劝他为了伟大的将来，最好暂时先让身体休息一下比较好。因为K的固执，我早已料到他不会轻易接受我的建议，然而真的说出口，说服的过程却远比我所预想的还费力。K只是主张学问不是他最终目的，培养意志力成为坚强之人才是他的想法。最后的结论是必须尽量让自己处在艰困的环境中。以一般人的眼光来看，这简直是异想天开。何况处在艰困环境中的他一点儿也不坚强，反而得了神经衰弱症还差不多。无可奈何之下，我只好装出一副颇有同感的样子。我也言明自己打算朝那个目标进取人生，不过这并不完全是虚应的话。听了K的说法后，我慢慢地接受那样的想法，进而被吸引，因为它很有说服力。

最后我提议和K一起住，并肩迈向提升自己的道路上。为了软化他的固执，我甚至刻意跪在他面前。经过一番折腾，总算把他带来我的住处。

二十三

我的房间附有四叠榻榻米大的会客室。走上玄关，想到达我的房间必须穿过这四叠榻榻米大的地方，若从实用面观之，是个很不方便的房间。我让K住在这里。原本的想法是同在八叠榻榻米大的房内置两张桌子并共用房间，可是K说宁愿窄一点儿也要一个人住，所以选了那间小房间。

诚如先前提过的，夫人对我的安排起先不赞成。分租的房子虽然两个人比一个人方便，三个人比两个人有利，但她不是在做生意，表示能免就免。

我说他绝对不是个会给大家添麻烦的人，夫人却说即使不添麻烦还是不欢迎一位不了解性情的人。我诘问道："现在麻烦您照顾的我不也是一样？"夫人连忙解释，她一开始就很清楚我的个性。我苦笑着。于是夫人将话锋转到别处，改口说将那一种人带来，对我不利，作罢比较好。我问为何对我不利？这次换成她苦笑。

老实说，我没有必要勉强和K同住。可是每个月的费用以金钱的形态摆在K面前，我想K在收取时，一定会犹豫再三吧！他是自尊心如此强烈的男子，将他安置在我住处，偷偷地将两人份的伙食费交给夫人，不让他知道。关于K的经济问题我丝毫没打算向夫人吐露。

我只是提到K的健康状况。说放他一个人会愈变愈孤僻。顺口提了K与养家的关系恶劣，和本家决裂等许多事情给她听。表示自己像是一个抱着快要溺毙的人，希望能将自己的热气传给对方，企图极力挽救。所以期盼大家能温情相待，我如此拜托夫人与小姐。说到这儿，总算说服了夫人。可是K完全不知事情的始末。我反而为此感到满足，若无其事地迎接慢吞吞搬来的K。

夫人和小姐亲切地为他整理行李。我将这一切解释成她们是看着我的面子帮忙，内心暗喜。尽管K依旧是那一副僵硬的表情。

当我向K问起迁入新居的感觉如何，他只答了句"不差"。依我看那绝非只是个不差的住所。他以前住的地方朝北，是阴郁潮湿、臭味扑鼻的肮脏房间。食物与房间同样粗糙。搬来我住处的他，就像"出自幽谷，迁于乔木"[①]一样。之所以看不出他对此感受的表情，其一是因他的固执，其二可能出自他的信念。

在佛教教义下成长的他，似乎认为讲究奢侈的衣食住行是不道德的。曾读过古时高僧或圣徒传记的他，有那种动辄就想分离精神与肉体的决心，也许有时认为鞭笞肉体才能增添灵魂光辉。

我尽量采取不忤逆他的方式。深信向着阳光的冰块也有融化的一天。我想只要融化成温水，就是他发现自己的时机。

① 出自《诗经·小雅》。

二十四

因为在夫人的照料下，我日渐快活。自觉到这一点，也希望能以相同的方式应用在K身上。K和我个性方面差异极大，长久相处以来我深知这一点，不过就像进入这个家庭后，我的神经尖锐处多少磨掉些，若K的心寄放这里，总有沉静下来的一天吧！

K是个决心比我强烈的男子。用功的程度胜我数倍，且与生俱来的脑力远比我优秀。后来因所学不同无法比较，但中学或高中时我们同班，K的名次常常排在我前面。我有一种无论做什么都不及K的自觉。

话说回来，勉强把K带进家里的时候，我相信自己比他明白事理。我想他不了解忍受与忍耐的差别。这是特别为你补充的，请仔细听。

不管肉体或精神方面所有本身的能力，有的会因外来的刺激发达，有的却会因此被破坏了，无论如何都必须增强抵抗刺激的能力，这是理所当然的；如果不曾深思，恐怕自己正往险恶的方向前进却毫无警觉。

根据医师的解释，没有什么比人类的胃更怠惰的了。听说要是一直吃粥的话，不知不觉间，胃就会失去磨碎比粥更坚硬的食物的力量了。所以要养成什么食物都吃的习惯，这是医师的说法。但是我想这不只是习惯问题。意思是说营养机能的抵抗力会随着逐渐增强的刺激而提高。假使这样反而使胃的状况急速衰弱，结果会变成如何？稍微一想立刻就能明白。虽然K是一个比我厉害的人，却完全没有注意到这一点。似乎一心认定，只要习惯艰困的生活，最后那样的艰困就会消失了；只要尝尽艰辛，就有遍尝艰辛的功德，深信总有一天不会再牵挂那一种折磨。

我说服K之际，一心想揭露这一点。可是说了他一定会反驳，引经据典地证实他的看法。如此一来，我就必须明白阐述那些人与K的不同之处。

倘若K同意我的见解就好，然而以他的个性来说，不到辩论的地步誓不罢休。只会一直辩论下去，然后用行为去实践他先前说的话。于是他成了可畏的男子，也是了不起的。一步步自我摧毁而改造。从结果观之，他不过是在打碎自我的成就上显得伟大，尽管如此也不平凡。深知他脾气的我，始终默不作声。我也认为他像先前提过的那样，似乎罹患了神经衰弱症。在我说服他时，他情绪总是激动。我不是害怕与他争执，只是回顾难耐孤独之苦的过往经历，着实不忍将挚友置于相同孤独的境地之中。再说，把他推进比那更孤独的深渊只会教我深恶痛绝。

把他带进家里后，我暂时未对他加以批评之类的挞伐。只是静静地观察环境对他的影响。

二十五

我私下拜托夫人与小姐尽量和K说说话。我想他以前那种寡言的生活一定会随他带过来吧！只晓得他的心就像不用的铁已经腐锈了。

夫人笑言，他是一个不易打交道的人。小姐还故意举了例子解释给我听。

她问："火盆还有火吗？"

K答："没有。"

她说："那我拿过来吧！"

他拒绝地说："不需要。"

她问："不冷吗？"

他竟回答："冷，但不需要。"

我听了这些只是苦笑。觉得过意不去，必须说点儿什么圆场。尽管那时是春天，没有勉强他烤火的必要，可是他不好相处也是事实。

所以我尽量以自己为中心，希望成为两位女人与K之间的沟通桥梁。有时候K与我闲聊时，我会把她们叫来，或者她们与我共处一室时把K找来，两种都是应场合设计的方法，盼望他们更接近。当然K不怎么喜欢。有时会突然起身，走出屋外，有时怎么唤他就是不出来。K说："讲那些废话哪里有趣了？"我只是笑。心中非常明白K为此而看轻我。

从某种意味来看，也许我活该被他轻视。他的眼界比我看得更高更远吧！

我不否认这一点。不过若是只有眼界高，其他却未平衡发展也是无用。无论如何，当时的我一心一意地想让他像个凡人。我发现就算他的脑海被伟人的影像占据着，如果他本身不能变得更伟大也是徒劳无功。让他像个凡人的第一个方法就是要他坐在异性身旁。于是我尝试着让他暴露在那一种从异性身上释放出来的吸引力之中，让他生锈的血液焕然一新。

这个尝试慢慢生效了。起初很难融合在一块儿，后来渐渐地融合成一体了。他仿佛一点一滴地领悟到自己世界以外的东西。

某日他对我说，不能小看女人之类的话。

K 本来就要求女人要具备和我们相同的知识与学问。要是没发现女人的优点，他会一直怀着轻蔑之意。以前的他不知道要依性别改变立场，只懂得以相同的眼光平等观察男女。我对他说，如果只有我们两人永远以男性的立场彼此讨论，那么两人只能这样如平行线地谈下去吧！

“的确！”他说。

我当时对小姐多少有点儿着迷，自然就用了这样的形容词。至于背后的讯息完全未对他透露。

看到以前犹如被筑墙的书本困住的 K 心门渐渐开启，这番改变对我而言比什么都快活。眼见最初的目的达成，我也不能不去感受到随着成就感而来的喜悦。

我没有告诉 K，却将自己所想一五一十告诉夫人和小姐。她们都很满意的样子。

二十六

虽然 K 与我同科系，但主修的课程不同，出门与回家的时间也有迟缓之别。通常，我若早归只需穿过他的空房，若晚归就简单地招呼一声，再进自己的房间。K 总是把视线从书本上移开，看了一眼打开纸门的我，然后说声：“你回来啦。”

有时我一言不发地点头示意，有时只是“嗯”一声走过去。

一天，我有事去了神田，回家的时间比平常晚了许多。我快步走到门前，嘎啦地拉开门棂，同时我听见了小姐的声音。

声音确实从K的房内传出的。家中的隔间是这样的，从玄关直直走去，接连着的两间分别是饭厅、小姐的卧室，左转后则是K的房间、我的房间，久居此处的我，对哪里传出谁的声音都了若指掌。我一关上门，小姐的声音马上停歇。脱鞋的时候——我穿着当时流行但穿脱麻烦的长靴——当我弯腰解开鞋带的时候，K的房间没有任何人的声音。我感到奇怪，以为自己听错了。

不过正当我一如以往，穿过K的房间之际，开门却看见两人确实坐在那里。K像以前一样的说："你回来啦。"

"回来了呀。"小姐也坐着和我打招呼。

不知是不是我太敏感，那句简单的招呼听起来有点儿僵硬，仿佛以别扭的节拍在我耳膜响着。"夫人呢？"我问小姐，问话没有别的意思。只是觉得家中似乎比平常安静。

夫人果然不在家，女佣也和夫人一起出门了，家中只留K与小姐。

我微偏着头。因为长久受照顾以来，夫人不曾有过将我和小姐单独留下就离家的记录。我反问小姐是不是有什么急事。小姐只是笑了笑。我讨厌在这一种时候还笑的女人。也许这是年轻女性的共同点，可是小姐确实是一位常为无聊事情发笑的女人。小姐察觉我的神色不对，立刻恢复原来的表情。"没有急事，"她正经地答道，"只是有事出去一下。"分租的我也没有深入追究的权利。我闷声不响。

在我换了衣服将坐下之时，夫人和女佣回来了。不久，就到了晚餐碰面的时刻。刚分租的时候夫人确实服务周到，每到用餐时间就叫女佣送饭来，可是不知何时变成习惯在吃饭时间被她们叫去共餐。K刚搬来的时候，我就主张应该待他同我一样。相对的，我也赞助一张以薄板制成桌脚可折叠的豪华餐桌给夫人。虽然现在家家都有，但当时能围在那样的桌旁吃饭的家庭，是很罕见的。我特地到御茶之水的家具店，想办法照自己所想的定做了那张。

在餐桌上我听见夫人解释着，因为那天应该在固定时间经过的鱼贩没来，才不得不到街上买给我们吃。诚然，除了安置房客外，供餐也是必需的，当我如此思索之际，小姐又笑出声来。不过这次被夫人一骂，立即收起笑声。

二十七

约莫一周，我再度穿过K的房间，小姐正坐在那里闲聊。当时小姐一见到我就灿烂一笑。如果我立刻问她有什么好笑的话就好了，但我竟然一言不发地回去自己房间。所以K也无法跟以前一样开口说声“你回来啦”。后来小姐似乎也立刻打开纸门去了饭厅。

晚餐的时候，小姐说我是个怪人。我也没问她哪里怪。只是注意到夫人瞪着小姐。

饭后我与K相偕去散步。两人从传通院后面绕过植物园的小径，再朝富士坡下走去。以散步来说路程并不短，但是一路上聊得非常少。

就个性方面，K比我寡言，但我也不是多话的人。不过我边走边尽量找话题和他聊。话题主要围绕在两人的寄宿家庭上。想知道他如何看待夫人与小姐。可惜他的回答尽教人摸不清头绪，而且简单到抓不到重点。看来他对专攻学科的注意力比放在两个女人身上还多。然而那是因为第二学年的考试迫在眉睫，一般人会认为，他这样反倒才像学生。加上他对斯威登堡[①]也能侃侃而谈，更教无知的我吃惊。

当我们完满结束考试之际，夫人很为我们高兴地说：“你们俩再一年就毕业了。”夫人唯一引以为傲的小姐，不久也将顺利毕业。K对我说女人都是没学什么就毕业了。似乎完全不将小姐学习学问以外的缝纫、琴艺、插花等技艺放在眼里。我讥讽他粗鲁。在他面前重提以前争论过的女人的价值不是建立在学问上的话题。他没有特别反驳。相对的，也看不出同意的样子。我对他的反应感到愉快，因为他冷蔑似的口吻听起来仍旧瞧不起女人的样子。因

① 斯威登堡（1688—1772），瑞典哲学家、科学家、神秘主义者、神学家。日本禅学家铃木大拙对其多有赞誉。

为他对也是女人的小姐，一副毫不在乎的样子。如今回想起来，当时我对K的嫉妒已经萌芽了。

我跟K讨论夏天要去哪里。K的语气似乎不太想去。当然，他不是个去任何地方都很坚持自己意见的人，而是个只要我劝诱就能到任何地方也无所谓的人。我试着问他为什么不想去，他说没有什么理由，又说在家看书比较自在。我的主张是到避暑地，在凉快的地方念书对身体比较好，他却说我自己去就好了。不过我不想独自去，留K一人在这里。看见近来K与她们愈来愈亲密的样子，心里就不舒坦。甚至扪心自问，事情发展都是照我原先期望的，为何反而心情恶劣呢？我真是个傻瓜。

夫人看不过我们俩始终各持己见的争论，介入协调。终于决定一起前往房州[①]。

二十八

K是不大出门旅行的男子，我也是第一次到房州。

两人就这样懵懂地从船最先靠岸的地方登陆，那里大概叫作保田吧！虽然不晓得现在变成怎样，但在当时是很糟糕的渔村。到处都有鱼腥味，再则下海戏水被大浪冲倒的话，手脚就会立刻破皮。因为拳头大的石头被滚滚涌来的海浪冲得遍地都是。

我很快地就厌倦了。不过K不置可否，至少神情是沉着冷静。但是他每次下海戏水都弄得无处不是伤。好不容易我才说服他，相偕转往富浦，再从富浦移去那古。当时那一带主要是学生聚集的所在，所以到处都有适合我们的海水浴场。

K和我常坐在海岸的岩石上，眺望远处的海景与近处的水底。从岩石上往下看，海水显得特别美丽。市场上很少见到的红的、蓝的、各色小鱼，在透明澄净的海浪中悠游来去，清晰可辨。

我总是坐在那里摊开书本，而K大多时候什么也没做地沉默不语，是陷

① 日本古国安房国的别称，今为千叶县。

入沉思、欣赏景色，还是描绘心目中的憧憬？我完全不知道。我不时抬头问K在做什么，K只是回答什么也没有。我常想，如果坐在身边的人是小姐，而不是K，一定很快活吧！只是这样还好，有时忍不住怀疑K是否也抱着与我相同的憧憬坐在岩石上。

突然间，我对坐在那里静静看书感到厌恶。我猛然站起，然后毫无顾忌地大吼大叫。因为我无法饶有兴致地像吟咏缠绵悱恻的诗歌般地温言婉语，只能像个野蛮人似的吵嚷吼叫。

有时，我会忽然从后面紧紧抓住他的后颈，大声问K："如果我就这样把你推下海怎么办？"

K动也不动，背对着我说："正好，动手吧！"我听了，立刻松开制住他颈子的手。

当时K的神经衰弱似乎已经痊愈了，而我却相反地日益敏感。望着比我镇静自若的K，我深感羡慕，却又觉得憎恨。因为他怎么样都没有理会我的样子，让我仿佛看见了一种自信。不过，就算承认他有那份自信我也无法满足。我的疑心更深了，企图追究他那股自信的本质。对学业、对事业，他有心再次挽回原该属于自己的光明前途吗？倘若单纯如此，K与我之间就不会发生利害冲突，反而觉得宽慰，对他的照顾也算有了成效。万一他的泰然自若是因为小姐的关系，我绝对不会原谅他！不可思议的是，他似乎完全没有发现我暗恋着小姐，当然也是因为我故意不让K看见。

在这方面，K本来就是迟钝的人。原先也是因为K的这一点令我放心，才执意将他带进家里来的。

二十九

我决定向K表明我的心意，但不是从那时候才开始。尚未出发旅行前就有那样的打算，可惜自己对掌握表明的时机以及制造那种机会，欠缺手腕。如今想来，当时周围的每个人都很奇怪，没有一个愿意深入讨论关于女人的事；可能认为没有话题可聊吧！即便有，通常也都闷声不响。若以现今呼吸着自由空气的你们来看，一定感到奇怪吧！是导因于儒家的习气，还是出自一种腼腆？这些判断的事情就交给你们来探讨。

K 与我是无话不谈的朋友。偶尔也会聊到情爱之类的问题，不过都是在抽象的理论上打转，也很少变成话题。我们大致上谈的都是关于书本、学问、未来的事业、抱负与修养的事。无论彼此多么熟稔，这种刻板的日子也不至于在顷刻间崩溃瓦解，两人只是刻板式的熟稔。自从我想向 K 表明自己对小姐的心意以来，这一种刺痒不快的感觉不知懊恼过多少遍。我想突破 K 的脑袋某处，让那里吹进和煦的空气。

你们看来荒唐可笑的事情，对当时的我而言其实是很大的困难。我出门在外与在家的时候同样怯懦。自始至终我都把握机会观察着 K，却对他清高的态度无可奈何。要我说的话，我会认为他的心脏周围像被厚重的黑漆涂满粘住了。我想注入的热血一滴也滴不进那颗心，悉数都被反弹回来了。

有时候，我会因为 K 的态度刚毅高贵而感到放心；在为自己的猜忌心后悔不已的同时，又打从心底向 K 道歉。一面道歉一面又觉得自己像个下流卑鄙的人，突然间情绪就恶劣起来。不过顷刻之后，先前的疑心再度逆势而上，强烈地冲击过来。这一切都来自于怀疑，怀疑一切都对我不利。论外表，似乎 K 较讨女人喜欢。论个性，我想 K 也不像我这样器量狭窄，很受异性喜爱吧。他有些地方显得粗心大意，有些地方具备男子气概，这些特色都很占优势。论起学业，虽然两人专攻的领域不同，但我有自知之明，不是 K 的对手。当对方所有的优点在眼前一一呈现，才有点儿放心的我，立刻又回到原先的不安。

K 看我坐立难安的样子，便说："你不喜欢的话，就一个人先回东京吧。"经他这么一说，我突然不想回去了。或许我根本不愿意 K 回东京也不一定。

两人绕过房州之最尖端前往对岸。我们曝晒在烈阳下费力思索着，俗话说"上总就在那里，那里竟有一里"①，被骗那里只剩一里之遥却闷不作声地走着。我半开玩笑地对 K 说，我完全不明白那样的步行有何意义。而 K 却答，因为有脚才能步行。然后说，热的话就下海去。我们不管那里是什么地方，就痛快地泡进海里。之后受到强烈阳光照射，也累到精疲力竭。

① 上总是日本古国名，相当于如今的千叶县中部。这是一句谚语，意思是，在上总问路，路人说就在那里，而走起来却有一里（日本的一里约为四千米）那么远。这句谚语用来说明乡下人的距离感与城里人完全不同。

三十

如此不停地走路的结果,炎热与疲劳自然使身体情况走调。不过那不是病,是一种自己的灵魂突然寄宿到别人体内的感觉。我像平常一样与K说话,却感觉心中某个部分仿佛脱离了平时的思绪,对他的亲密与憎恨似乎带着旅途中才有的特质。换句话说,两人为了暑热、为了潮水,又为了步行,而进入了一种与原先迥异的新关系吧!当时我们如同经商的旅伴。就算说了多少话也与平时不同,不会深入触及智慧的问题。

在这样的情况下,我们终于走到铫子,但途中出现一则至今仍无法忘怀的插曲。

经过是这样的,尚未离开房州之前,两人曾到一个叫小凑的地方参观鲷鱼的海湾。事情已过了这么多年,加上自己不怎么感兴趣,记得不是很清楚。总之,有个说法,那里是日莲[①]出生的村子。传说日莲出生那天,有二尾鲷鱼被冲上岸。从那之后,村里的渔夫都忌讳捕鲷鱼,因此海湾有许多鲷鱼。于是我们租了小舟专程去看鲷鱼。

那时我只是专心地望着海水。在海中游动的鲷鱼带着淡紫的体色,相当有趣,我好奇地凝神眺望。可是K看起来不像我那么有兴致。仿佛脑中想着的是日莲而非鲷鱼。恰巧那里又有一间名为诞生寺的庙宇。因为是日莲出生的村子,才命名为诞生寺吧!那真是一座雄伟的寺院。K说想去那座寺院拜会住持。

老实说,我们身上穿着奇怪的衣服。尤其K的帽子被风吹进了海里,后来买了一顶菅草编的斗笠戴在头上。两人的和服比原来的样子多了污垢与汗臭。我说别去见和尚什么的,K却坚持己见不为所动。他说:“介意的话,你

① 日本佛教日莲宗的创始人,俗姓贯名,幼名善日,生于安房国(今千叶县)小凑。

就在外面等吧。”没办法，只好跟他一起走上玄关，心想一定会被拒绝的。不过那个和尚却意外地恭谨客气，领着我们穿过宽阔的大堂，立刻引见住持。当时的我和K的想法有很大的不同，我没有兴趣聆听K与和尚的交谈，但K好像频频请教一些日莲的事。

当和尚说起日莲被喻为草日莲是因其草书写得极好的时候，我还记得写字难看的K一脸无趣的样子。比起书法那种事，K想了解更深一层的日莲吧！关于那方面，和尚是否能让K感到满意或是怎样，我也不清楚，不过他一走出寺院就对我谈起日莲的事。我又热又累，实在不是谈这个话题的时候，只是口头上敷衍着，敷衍到最后觉得很烦，便沉默不语了。

记得那天的隔晚，两人抵达旅舍后吃了饭，就在快要上床就寝之前，忽然互相讨论起艰涩的问题。关于昨天K说过的日莲之事，K对我没有回应一事感到不快。说我没有进取之心，总觉得他将我贬低成轻浮之辈。即使我心中搁着小姐，但对他几近侮蔑的言辞实在无法笑着接受，于是我开始为自己辩解。

三十一

当时我常使用“人性”这个字眼。K说我这个“人性”字义中藏着所有的弱点。事后回想，确如K所言。为了让K明白失去人性的意义而援用那个词的我，出发点已经是反驳了，也就没有类似反省的余地。我更坚持自己的说法。于是K问我可掌握了他哪个地方是所谓失去人性。我告诉他：“你很人性，或者太人性了也不一定，不过，你口头上说着不像人说的话，做着不像人做的举止动作。”

我这样说的时候，他只是回答：“也许自己修养不够，才会让别人以为如此吧！”他完全没有试图反驳我。与其觉得泄气，不如说我感到惋惜。于是讨论在此告一段落，他的情绪也慢慢变得沉稳。他怅然地说，倘若我了解他所知悉的古人就不会那样攻击他。K口中所谓的古人当然不是英雄也不是豪杰，是指那些为了灵魂摧残肉体，为求道鞭笞身体的苦行者。K无比遗憾地对我明言，他不晓得那样做会受到怎样的痛苦。

K和我就这样入睡了。隔天开始又回到平常的商旅行径，沉默不语地流着汗踽踽而行。不过一路上偶尔想起那晚的事。我燃起了悔恨的念头，再没有比那晚更好的时机了，为何假装不知道就放过了呢?

若懂得用“人性”这样抽象的名词，则用更直截了当的言语向K吐露一切就好了。老实说，创造那种名词是基于对小姐的感情，与其蒸馏事实，将创造理论之类的东西灌输到K的耳朵里，不如以原形样貌的姿态展现在他眼前，对我比较有利。在这里我要坦白，之所以无法做到，是因为两人的亲密是以学问交流为基调所构筑而成的，自然而然也产生了一种惰性，我缺乏的只是不顾一切、创新突破的勇气。说我过于作态或虚荣心作祟都行，但我所谓的作态、虚荣跟一般的意思不同，这一点只要你能了解我就心满意足了。

我们晒得黑黝黝地回到东京。回去时我的心情又变了。人性或没有人性之类的小争论几乎已不在脑海里残留，K也见不到一丝宗教家的样子。恐怕他心中的某个部分，也没有当时所谓的灵魂如何、肉体如何的问题吧！两人就像外地人似的，在看似忙碌的东京里东张西望。接着来到了两国[①]，因为热，去吃军鸡[②]。K说，就以这样的气势走回小石川吧！论体力我比K强，我欣然同意。

到家时，夫人见了我俩的模样着实吓了一跳。不但晒得黑亮，在过度行走中也瘦了许多。尽管如此，夫人却夸奖我们好像变结实了。小姐说，夫人矛盾的说法真奇怪，说着就笑了。旅行前常常生气的我，只有那时心情最愉快。毕竟时候不一样，因为我已经很久没听见小姐的声音了。

三十二

不仅如此，我发觉小姐的态度和先前不同了。旅行过一段时间，我们恢复像往常一样的平静之前，凡事都需要女人的巧手，姑且不论照顾我们的夫人，看得出小姐总以我为优先，将K搁在后头。那样露骨的表现，也许教我感到

---

① 东京地区的地名，是江户时期少有的闹市区，烟火大会、相扑馆、各色老店铺等非常著名。

② 鸡的一种，可做斗鸡，也可食用。

困扰，有些时候反而会产生不快的念头，可是小姐在这方面的表现深具要领，我很高兴。换言之，小姐像是让我明白似的，天生的亲切分给我多一些。K则一副若无其事，没有特别不悦。我在心中悄悄对他奏起凯歌。

不久夏天过去，九月中旬我们又必须上学了。K与我各有不同的课，出入家的时间也各有早晚。一星期有三次左右我会比K晚归，无论何时回来都没看到小姐的身影再出现在K的房里。K一如往常说着："你回来啦！"规律而重复着。我就像机器般简单而乏味地点点头。

我想应该是在十月中旬左右。我因为睡过头，穿着家居服匆匆忙忙跑去学校。连绑鞋带的时间都省了，穿着草鞋飞似的冲出去。若以当日的课程表来说，应该是我比K早回家。回来时也是抱着这样的预期，嘎啦地拉开玄关的门棂。可是我却突然听见意料之外K的声音。同时，小姐的笑声也在我耳畔响起。因为我不像往常穿着麻烦的靴子，很快就走上玄关，打开隔间的门。看见K一如以往地坐在桌前，但小姐已不在那里。只见一抹背影从K的房间溜走似的逃去。我问K为何如此早归。K说因为心情不好所以请假。我回到自己房间，就那样坐着。不久，小姐为我端茶过来。小姐是第一次对我寒暄："你回来了。"我不是那一种可以笑着问她刚才为何逃走的世故男子，而是会将事情搁在心里一直介意着的人。

小姐立刻离座，朝檐廊对面走去，又停留在K的房前，三言两语地与K交谈着。似乎接续刚才的话题，没听见前面的我，完全摸不着头绪。

不久，小姐的态度渐趋不在乎了。就算K与我一起回家，也常常到K房外的檐廊，呼唤K的名，然后走进去慢慢闲聊。当然有时是带来邮件，有时是放置洗濯的衣物，在同处一个屋檐下的两人关系上，那样的来往应该是理所当然的吧！可是我对小姐怀着强烈的占有欲，怎么看都不顺眼。有时甚至认为小姐故意回避，不来我房间只想去K那里。也许你会问，为何不让K搬出去？但那样做的话，勉强K来的用意就不存在了。我不能这么做。

三十三

时值十一月，一个寒雨纷飞的日子。我同往常一样穿过蒟蒻阎魔堂[①]，走上小径回家，外套已被雨打湿了。K 的房间空荡荡的，火盆里却燃着温暖的火。我想赶快将冰冷的手放在红红的炭火上烤，于是连忙打开自己房间的隔门，没想到我的火盆里只留下冷却的白灰，连火种也没有。霎时我心里不舒服极了，当时夫人听见我的脚步声，走了出来。夫人一语不发地望着站在房间正中央的我，过意不去地帮我脱下外套，为我穿上家居服。听见我喊冷，立刻从隔壁房间把K 的火盆拿过来。

我问K 是否回来了？夫人答道，回来又出去了。照理说那日 K 有课，应该比我晚归，不晓得什么原因早退了。夫人说大概有事要办吧！

我坐在那里看了半晌的书。家中静寂无声，在听不见任何人说话的时候，感觉初冬的寒冷与孤寂仿佛侵蚀了我的身躯。我立刻合上书本站起来，临时起意想去热闹的地方。雨好不容易停歇了，可是天空看起来像冰冷的铅块沉甸甸的，为慎重起见，我拿起一把蛇眼伞[②]，沿着炮兵工厂后面的泥墙向东走下坡道。

当时的道路还没更新，坡道的斜度比现在陡峭；路的宽度也窄，不是那么笔直。走下山谷，由于南边有高大建筑物挡着造成排水不良，因此路面泥泞不堪。尤其在渡过狭窄石桥、前往柳町街上的那一段特别难行。就算穿着木屐或长靴也无法行走自如。每个人都必须小心翼翼地走过路中间，那自然被分成细长两排的泥泞。路宽仅一两尺，即便踩着街上那条路跨到对面也一样。行经的人一个个排成一列鱼贯而行，我在这条小路上竟然遇见K。专心注意

---

① 位于东京都的源觉寺内，因供奉蒟蒻以侍阎王而得名。

② 以蓝或红为底，中间是白圈，撑开时状似蛇眼的油纸伞。

脚下的我，甚至和他打了照面也没发现。只是突然觉得前方有东西挡着，抬了头才认出站在那里的K。

我问K去哪里，K说到附近走走而已。他的语气和平常没两样。K和我在小路上错身而过，接着看见紧跟在K身后的年轻女子。近视眼的我起先看不清楚，等K走过去后，我才看清那名女子的脸，没想到竟然是小姐，我有点儿吃惊。小姐脸泛红地跟我打招呼。

当时女人的发型和现在不同，前发没有向前蓬起，只是像蛇一样团团盘在头顶中间。我呆若木鸡地看着小姐的发型，瞬间才想到必须让出一条路给小姐。我毅然一脚踩进泥浆里，让出一条比较容易通行的路给小姐通过。

后来到了柳町街上的我，连自己该去哪里都不知道，去哪里都觉得乏味。我不在乎脚下溅起的飞泥，自顾自地在泥泞中一步步走着，一路走回家。

三十四

我问K是不是和小姐一起出去，K答不是。他解释，是在真砂町偶遇才一起回来。我不得不控制自己不要再深入追究下去。不过，吃饭时我又问了小姐相同的问题。小姐以那一种我厌恶的方式笑着。最后才说："猜猜我去了哪里？"

当时我还是脾气暴躁的个性，被轻浮的年轻女子如此对待，只觉满腔怒火。可是同桌吃饭的人之中，留意到这一点的只有夫人。K很镇定。至于小姐的态度是知情却故意，还是不知情而天真无邪，之间的区别并不明显。以年轻女性来说，小姐虽富于思想，但也不是没有我所厌恶的年轻女性的共同点。至于厌恶的部分，是K来到这个家后才第一次看出来。这件事应该归咎于我对K的嫉妒，还是当作小姐玩弄我的手段而责怪她呢？我有点儿难以分辨。至今也无意否认当时的嫉妒心。因为在我不断反复反省的时候，才能明显地意识到爱情背后的情绪作祟。旁人认为不值一提的琐事，却足以迫使这份感情抬头。不过这样的嫉妒也是爱情的另一面不是吗？婚后，我感觉到这份感情已日益淡薄。也就是说爱情已不可能像原先那样炽烈了。

我开始思考，是否将我踌躇的心情毅然地告知对方。所谓的对方不是指小姐，而是夫人。是不是该与夫人展开明确的谈判，请她把小姐嫁给我。虽然我已经下定决心，却一天天地拖延实行的日期。

如此看来，我似乎是个优柔寡断的人，但即便被人误会也无所谓，事实上我犹豫不前不是因为意志力不足。K 没来之前，克制着我的是那种厌恶遭人设计的固执，方能不动声色；K 来了之后，控制着我的却是小姐可能喜欢上 K 的疑虑。如果小姐真的倾心 K 胜过我，我愿意承认这份恋情已失去了开口的价值，不过这与所谓失去面子的痛苦有些许的不同。无论我对她如何，倘若她心中对别人怀着爱意，我也不愿意和那样的女子厮守一生。

这个世上有些人，只要娶到自己心爱的女子便开心不已，也不管对方答不答应，当时的我认为，那种人不是比我们一般人狡猾，就是无法领会爱情真谛的鲁钝男子。我内心激动得无法接受所谓到手后就一切没事的哲理。换句话说，我是很讲求高贵之爱的理论家，同时更是不切实际之爱的实践家。

长久以来的相处，一直有机会对那位珍贵的人儿——小姐表明心迹，我却刻意回避。因为日本习俗上无法容许这种事的自知之明，强烈影响了当时的我。不过，并非只有我被这个社会压力束缚着。我相信日本人，尤其是日本年轻女性，面对男子的告白时，就算不喜欢对方也缺乏大胆地说出自己想法的勇气。

三十五

由于那缘故，使我无法朝任何方向前进，只能原地踏步。有时身体不舒服，稍微午睡或休息什么的，常常都只能睁着眼睛清楚视物，手脚却动弹不得，饱受那种不为人知的苦涩呀！

不久岁暮春至。有一天大家想玩儿纸牌[①]，夫人问 K 要不要带朋友来。K 很快地答道，他没有朋友，夫人很惊讶。原来 K 的意思是他没有称得上“朋友”的友人。虽然有的在街上偶遇会打招呼，但他跟那些人绝对没有一起玩儿纸牌的交情。夫人又说找我认识的人好了，不过我没有玩儿那种活泼游戏的心情，

---

① 指后文提到的由《百人一首》演变而来的歌留多纸牌。

只是含糊其词地虚应着搁在心里。可是到了晚上，K 与我还是被小姐拉去玩儿。没有别的客人来，只有屋里几个人玩儿着纸牌，所以很安静。而且不会玩儿这种游戏的 K 简直像旁人一样。

我问 K 到底知不知道《百人一首》[①] 的诗歌。K 说他完全不知。小姐听见我的问话，大概觉得我轻视他吧，摆明了为 K 助阵。最后的场面演变成两人几乎联合对抗我。那一种情况下，我很可能与对方发生争执。幸而 K 的态度一如最初，丝毫没有改变，看不出他有得意的神色，我的情绪也因此平静下来，得以全身而退。

在那之后过了两三日吧！夫人说一早要去市谷的亲戚那里，便与小姐一起出门了。K 和我正值学校尚未开课的阶段，所以留下来看家。我不想看书也不想出去散步，只是漠然地将臂肘搁在火盆边，凝神托腮思索着。隔壁房间的 K 也没有发出一点儿声音，静得无法察觉对方是否存在。若以我们之间的交情来说，这一种情形并非特别罕见，所以我也没特别留意。

十点左右，K 突然打开隔间的纸门与我面对。他就那样站在门槛上，问我在想什么。我本来就什么也没想，如果有的话，也许就像往常一样思索着小姐的事情。小姐当然黏着夫人，可是最近变得离不开 K 似的，这些事情在我脑中不断地打着转，愈来愈复杂。我与 K 面对面的时候，朦胧间觉得他仿佛是个障碍，却无法坦白说出来。我只是默默不语地望着他。K 不由分说地进到我房间，坐在我烤火的火盆前。我立刻将两肘从火盆边挪开，将火盆稍往 K 那边推。

K 开始谈起不同以往的话语。

他问，夫人和小姐去市谷的什么地方。我说大概是伯母那里吧。K 问是哪个伯母。我告诉他应该也是军人的妻子那位。K 又问，女人家上门拜年大多是过了元月十五之后，为什么她们提早出门了。我除了回答不知道外，也无话可说。

---

① 原是日本最广为流传的和歌集。镰仓时代的歌人藤原定家从《古今集》《新古今》集等敕撰和歌集中，依年代先后挑选出一百位介于天智天皇到顺德天皇间的杰出歌人及其一首作品，集结成《百人一首》，又称《小仓百人一首》。江户时代，其被做成一种叫歌留多的纸牌，每到年节都会成为最受欢迎的游戏之一。

三十六

K谈论的话题总是离不开夫人与小姐。

最后甚至问到连我也无法回答的深入之事。我感到怪异甚于觉得烦琐。想起一向都以自己为话题的我们，他的态度确实改变了。我终于问他，为什么今天尽聊这些事，他忽然沉默下来。但我注意到他紧闭的嘴角正在颤抖。他本是寡言的男子，平时想说什么的时候，常常习惯在开口之前嘴角嘟囔几句。他的唇仿佛故意违背他的意识般，不肯轻易张开却也盈满了载不动的话语吧！可是一旦脱口而出，那声音的力量往往比普通人更具震撼。

我见他的嘴角，立刻就晓得他想说什么了，对这一点我完全没有准备，也没有预感，所以我很震惊。请试着想象，当我听到从他沉重的口中坦然说出他对小姐的苦恋时，我就像被他的魔棒一点，成了化石，连嘴巴嗫嚅的动作也消失了。

形容当时的我像一具骇人的化石也好，痛苦的化石也罢，总之就是化石。顷刻间从头到脚趾全身僵硬，仿佛石头或铁块，僵硬得连呼吸也停止了。幸好那样的状态没有持续很久，转眼我又恢复了人的感觉。我第一个念头就是：完了，要被他抢先了。

他比我抢先一步了，我该如何是好？我已经失去判断的能力，恐怕也没有判断的余力了。即使腋下流出的难闻汗水湿透了衬衫，我也一声不响地忍耐着，动也不动。

在那时间，K一如以往张开沉重的嘴，断断续续地表明自己的心迹。我痛苦得不得了。那痛苦就像巨大的广告字幕清楚映在我的脸上啊！无论如何K都不可能发现，因为他全神贯注在自己的事情上，无暇留意我表情的变化吧！他的告白从头到尾都以同样语气一贯到底，给我的感觉沉重、缓慢却不能轻易撼摇般坚决。我一半的心思听着他的告白，一半却混乱地想着怎么办——

我该怎么办？关于他所说的细节部分，我几乎听不进去，但他口中说出的语气仍强烈撞击着我的胸口。我不但怀着先前说的痛苦，还感受到一股恐慌。换言之，对方比我强势——这个可怕的念头开始在心中萌芽。

当K的话大致结束后，我一句话也说不出来。我应该在他面前坦诚我也暗恋小姐的事实吗？还是不要坦诚比较好呢？不过，我不是因为顾忌利害关系而选择沉默不语，而是我根本说不出任何话，也不想说话。

午餐时K与我面对面坐着。女佣服侍我们，我吃完一顿不同于平时的难吃菜肴。进食中两人几乎不曾开口，也不晓得夫人和小姐何时回来。

三十七

两人各自回房没再见面，K像宁静的清晨一般。我也聚精凝神兀自沉思。

照理我应该将自己的心意向K表明，可是最佳时机已过。我怨自己，刚才为何不打断K的话勇敢反击？我竟在那时忽略了这一点。至少我也该接在K之后，将自己心里所想的全部说出来，如果那么做就好了。不过，在K的告白之后，我才提出相同的事情，怎么做都觉得怪。我不知道如何消除这种别扭的方法，脑中晃来晃去全是悔恨。

心想如果K再打开隔间纸门走进来就好了。我觉得刚才就像遭遇出其不意的攻击，我没有任何对应K的准备。我抱着破釜沉舟的决心，要将早上失去的在下一次挽救回来。我不时地抬头盯着纸门，但纸门一直没打开，K始终如此安静。

此时我的心情却因他的安静而渐渐烦躁。K在纸门的另一头究竟在思考什么？一想到这个，我就非常地在意。我们向来都隔着一扇纸门，彼此静默无声，K愈安静就愈容易教我忘了他的存在，但当时的我焦躁不安，却还是没有主动拉开纸门。一旦错失了坦诚的机会，除了静候对方出招别无他法。

我实在无法这样静静等下去了。如果继续勉强自己镇定的话，我会忍不住冲进K的房间。我无奈地站起来，走出檐廊。从那里漫无目的地走向饭厅，将铁壶的水倒进茶碗喝了一杯。然后走出玄关，我刻意回避K的房间，自己置身在街道中央。当然，我漫无目的，只是不想静静待在房里。我漫步在正月时节的街上，随意地走着，不管走了多久，脑海里尽是浮现K的事。我不是为了甩掉K的身影才四处闲逛，而是想深入咀嚼他的态度，独自徘徊街头。

我第一次发现到他是个难以理解的男子。为什么他会突然对我表明那种事？为什么他的恋情深切到不得不表明的地步？平日的他到哪儿去了？一切对我而言都是难解的问题。我知道他很强势，也明白他的认真，在决定应该采取态度之前，我必须再多问点儿关于他的事情。同时，我一想到今后要以他为对手就觉得不舒服。我茫然地走在街上，而K静静坐在房内的容颜始终挥不去，无论走了多远，仿佛都会听见某处有个声音在说："你永远也无法动他一根寒毛。"

大概我已经将他视为一种魔鬼吧？甚至觉得自己永远无法摆脱他呀！我拖着疲倦的身子回家时，K的房间仍旧静谧，仿佛没有一丝人气。

三十八

回家后没多久，听见一阵车声。当时不像现在有橡胶轮的人力车，所以在相当距离时，耳畔可听见嘎啦嘎啦的声响。顷刻，车子在门前停下。

三十分钟左右被叫去吃晚饭，夫人和小姐换下盛装，将隔壁房间点缀得零乱缤纷。她们俩大概觉得对我们过意不去，匆匆赶回来准备饭菜。不过夫人的亲切，对K与我而言几乎毫无作用。

我坐在餐桌旁像个惜言如金的人，对她们只是冷淡的寒暄。而K比我更沉默。难得母女一同外出，两人的心情一定比平常开怀愉悦，因此我们的态度显得格外突兀。夫人问我怎么了，我说心情不太好。事实上我真的心情不好。接着小姐又问K同样的问题。K不像我答心情不好，只说他不想说话。小姐追问为什么不想说话。我猛然抬起厚重的眼皮望住K，好奇K会如何回答那种问题。K的唇照例微微颤抖着，若教陌生人观之，只会以为他不知如何回答而不知所措吧。小姐笑着说："又在想什么复杂的事呀？" K脸红了起来。

当晚我比平常都早上床。夫人注意到我吃饭时说过自己心情不好，便在十点多端来一碗荞麦面汤。但我房间已熄灯，夫人嚷着"哎呀哎呀"，将隔间纸门拉开一点儿细缝，煤油灯的光线从K的书桌那头斜斜照进我房间，看来

K还醒着。夫人坐在我枕边，说我可能感冒了，最好让身体暖和些，接着将那碗面汤递到跟前，我不得不在夫人面前喝下那碗浓稠的荞麦面汤。

黑暗中我思索到深夜。当然只是反复在同一个问题上打转，并没有其他结论。突然一想，K现在在隔壁房间做什么呢？我下意识喊了一声“喂”，然后对方也答了“噢”。K还清醒着。我隔着纸门问他怎么还没睡呀？他只回了句“已经要睡了”。我又问：“你在做什么？”K没有反应。约五六分钟，听见他嘎啦打开壁橱，在榻榻米上铺床的声音。我再问：“现在几点了？”K答：“一点二十分。”不久听到他“呼”地吹熄烛火的声音，房间完全暗下来，显得寂静无声。

不过我的眼睛在那黑暗中益发有神，下意识又对K喊了声“喂”，而K也同刚才的语气答了“噢”。我终于主动开口问他，想针对他早上说的话问得更详细一点儿，不知他方不方便。我当然不愿意隔着纸门交换那样的谈话，只想立刻得到K的回答。但这次K的语气不像刚才喊他两次答得那般率直了。只是低沉迟缓的喃喃说“那个呀……”，我不由得讶然。

三十九

到了隔天或第三天，K暧昧不明的回答充分表现在他的态度上。他的神色完全看不出想主动触及那个话题的样子。而且我们也没机会。只要夫人与小姐没有一起出门，两人就不可能慢慢静下心来讨论那件事。我非常明白，却又不由得焦躁不安。我伺机准备，决定一有机会就开口说清楚，同时也默默观察着家里人的反应。夫人的态度或小姐的举止都没有不同于平时的怪异处。在K告白前与告白后，倘若她们的行为态度没有出现差异，便可确定他的告白仅只于我而已，还没有对关键的本人、也没对其监护人也就是夫人提起。当我如此推论之后觉得有点儿放心，与其勉强制造机会故意插入话题，还不如抓紧自然降临的机会来得好，至于那件事，决定暂时按兵不动，悄悄搁下了。

听我叙述好像很简单，其实内心犹疑的过程仿佛潮汐涨退般，千变万化地起伏着。见K沉稳的模样，我又妄自揣测各式各样的意义。我观察着夫人与小姐的言语举止，想知道她们的心是否真如外在所表现的。又心想人们内心是否装置了复杂的机械，像时钟的指针般，能够明确而不虚伪地指出盘上的数字呢？总之，请你了解，我再三思索同一件事的经过，好不容易才平静。说得复杂点儿，所谓平静这个字眼绝对不是这时应该用的。

不久，学校又开学了。我们在相同课程的时候一起出门，有时也一起回来。外人见K与我亲密如昔，其实我们内心各自思索着。

某日，我突然在途中逼问K。首先我将重点放在他这一段告白是只对我说，还是已经告诉夫人或小姐了。因为我采取的态度是必须取决于他对这个问题的答案。他明言尚未告诉其他人。事情一如自己推断，我暗自窃喜。我非常明白K比自己狡诈，也有胆量不如他的自知之明，不过却莫名其妙相信他。为学资一事欺瞒养家三年的他，其信用之于我并未受到一点儿损害，反而更相信他。因此，无论我有多么怀疑，也不愿在心底否定他的答案。

我问他打算如何处理他的感情问题，问他这是否只是单纯的告白而已，还是有意达到实际效果。问到这里，他却没有回答。只是沉默地低头走着。我要他别对我隐瞒，想到什么就全部说出来。他明白地表示丝毫没有隐瞒我的必要。可是我想知道的这一点却没有回复。我们走在大街上，我不能执拗地停留原地追根究底地询问。只好不了了之。

四十

一天，我走进许久没去的学校图书馆。

我坐在大桌子角落，自窗外洒落的阳光映照在我的上半身，在那里随意翻阅着新到的外国杂志。指导教授指派我要在下周前查到专攻科目的某些资料，不过我怎么找就是找不到，必须一再地借阅杂志。

后来好不容易找到自己所需的论文，于是专心阅读起来了。突然间，有人从宽敞的大桌子对面小声喊我的名字。我猛然抬头，看见站在面前的K。K趴在桌上脸凑向我。诚如你所知，在图书馆里不能大声说话，K这一种做法稀松平常，那时我却有一种奇怪的感觉。K低声问我："你在读书吗？"我说有些资料要查。尽管如此，K还是看着我。他同样低声问："要不要一起散步？"我说："再等一下好吗？"他说："我等你。"然后马上在我前面的空位坐下。这下换我心不在焉，变得看不下杂志了。

总觉得K居心叵测，让人不由自主地认为他是来谈判的。我不得不合上杂志站了起来，K不慌不忙地问看完了吗，我说无所谓了，归还杂志后，便与K走出图书馆。

因为没有别的地方可去，所以两人就从龙冈町走到池端，然后走进上野公园。他突然开口提那件事。综合前后的态度来看，似乎是为了这个缘故才特地拉我出来散步的。但是他的表现一点儿也不深入，只是漠然地问我："你觉得怎么样？"这是指我是如何看待陷入爱情深渊的他。

简言之，仿佛想寻求我对目前的他有何批判。从这一点看来，我可以清楚发现他的不寻常之处。我曾一再说过，他的天性并不会因顾虑别人的想法而懦弱。而是一旦确定了，就独自积极前进、具备胆识与勇气的男子。他的养家事件充分展现了那种特质，在我心底留下很深的印象，所以留意到眼前的他确实有点儿不寻常的结论。

我问K为何需要我的批判，他以反常而悄然的语气说，他对自己的懦弱感到可耻，正因处于迷惑之中而变得看不清自己了，除了寻求我做公平评判外别无他法。我佯装不知地问，他的迷惑是什么意思。他解释，因为自己不晓得该进或退，所以很迷惘。我又进一步追问："那么如果想退就能全身而退吗？"问到这里，他突然词穷。只说他很痛苦。事实上，我可以从他的表情清楚看见他痛苦的模样。假使对象不是小姐，我不知道自己会给他多好的答案，也许会愿意洒下宛若慈雨般的甘霖在他那干涸的脸上。我深信自己是那一种天生具备美好同情心的人，但当时的我却不是。

四十一

我就像要与其他门派比武的人一样注视着K。我的眼、我的心、我的身躯及一切冠上我名的身体部分，连五分的破绽都不留，蓄势待发地迎战K。如果说无辜的K全身都是破绽，不如说他毫无防备地罩门全开比较贴切。我就像要从他手里拿到他所保管的要塞地图，还能在他面前慢慢细看一般。

发现K在理想与现实间彷徨的我，眼中只见他不堪一击的弱点，我立即乘虚而入。我突然对他摆出一副严肃的态度。当然这是策略，但我也因此相对地紧张，却已没有时间去感觉自己的可笑与羞耻。

“没有进取心的人是傻瓜。”我劈头就斩钉截铁地说。

这是我们在房州旅行时K对我说过的话。我将他说过的话，用他当时的语气再丢回去给他。但这不是报复，坦白说，我是抱持着比报复更残忍的心思。我想用那句话阻断在K面前展开的爱情之路。

K是生于真宗寺的男子。但打从中学时代起，他的态度就没有近似本家宗旨之处。我不太清楚教义上的区别，知道自己缺乏议论的资格，我只认同男女关系上的这一点。从以前K就喜欢“专心致意”这句话。我认为那句话里含有禁欲的意味吧！后来实际询问，才愕然发现那句话其实含有更严肃的意思。他的第一信条是可以为了求道牺牲一切，自然包括禁欲在内，就连这一种无欲的爱情也会妨碍求道。当K过着自食其力的生活时，我经常听闻他这类的主张。后来我爱上了小姐，觉得无论如何都必须竭力反驳他。看到我大表异议，他总露出遗憾的神情，明显地感觉轻蔑多过遗憾。

历历在目的往事在两人间穿梭，“没有进取心的人就是傻瓜”这句话对K无疑是痛苦的打击。一如先前提过的，我并没有打算用这句话毁掉他好不容易才建立的信念。只是诚心希望他一如以往地继续累积下去。如果他真是如此，将来会得道还是升天，我都不在乎。我只想快点儿转移K的注意力，因为恐惧他会与我发生利害冲突。总之，我的话单纯的只是出于私心。

“没有进取心的人就是傻瓜。”我又重复了一次。观察着那句话对K有什么影响。

“傻瓜！”不久K答道，“我是傻瓜！”

K突然停下脚步，动也不动地站在原地。他低头凝视着，我不由得吓了一跳，刹那间觉得K变成一个翻脸不认人的强盗。尽管如此，仍可发现他的声音如此欲振无力。我想观察他的眼神，但他始终没看我，接着慢慢走去。

四十二

我与K并肩走着，并暗中等待他即将说出下一句话，也许说我埋伏着更恰当吧！当时甚至觉得即便暗算K也在所不惜。不过我还是受过相当程度的教育良知的，如果当时有谁走到我身边，简单丢下一句："你卑鄙！"或许顷刻间我就能够恢复原来的我。

倘若K就是那个指责的人，在他面前我恐怕会羞愧不已吧！只是K过于正直没有责备我。他很单纯，人格又过于善良，鬼迷心窍的我，忘了对他这些优点抱以敬意，反而趁隙而入，想利用这些优点击倒他。

片刻，K叫我的名字，看着我。这回换我停下脚步，K也驻足了。那一刻，我总算有机会正视K的眼睛。K比我高，我必须仰头，才能好好看着他。

我的态度就像一匹狼面对一头无辜羔羊。

"别谈那些了。"他的眼中、话里都带着极度悲痛。我一时答不上话。

接着K又央求似的说："求你别再说了。"而我却在下一秒丢给他一个残酷的答案。仿佛狼趁羊不备咬住了它的咽喉。

"什么求我别再说了？那不是我要说的，本来就是你提起的，不是吗？假使你想到此为止，不说也可以，只是口头上不说是无济于事，如果你没有觉悟就不可能办到。你说到底要如何处理你平生的主张？"

当我这样说的时候，身材高大的K在我面前像是泄了气的皮球，萎靡不振。虽然诚如我所说他是十分固执的男子，却也比一般人正直，因此在遭人严厉指责自己的矛盾之处时，个性上绝不可能若无其事。看他这般模样，我总算放心了。

"觉悟？"他突然问道。

在我还来不及回应之时，他又加了句："觉悟……世界上没有不能觉悟的事。"他的语气仿佛在自言自语又像在说梦话。

我们两人不再说话，默默地朝小石川的租处方向走去。那是个无风的温暖日子，然而毕竟是冬天，公园里非常萧瑟。尤其是回望那片披着霜雪失去绿意的茶色杉树林，罗列的树梢耸入微暗的天空中，特别感到一股萧瑟感紧紧咬住了背脊。我们快步穿过黄昏中的本乡台，再爬上对面山冈，走下小石川谷。直到那时，才感觉到外套里的身躯散出的暖意。

也许是赶路的关系吧！回家的路上我们几乎不曾开口。回家后坐在餐桌前，夫人问为什么这么晚回来，我说K约我去上野。夫人说天气这么冷还去，一副很吃惊的样子。小姐询问去上野有什么事，我回答没事，散步而已。平常就沉默寡言的K比往常更沉默。无论夫人对他说话或小姐笑他，都不肯含糊回应。他像吞饭似的扒着饭，在我尚未离座之际，就已经先回自己房间。

四十三

当时还没有出现“觉醒”或“新生活”之类的名词。可是K依然无法毅然抛开旧包袱，专心往新的方向前进。并非表示他欠缺现代人的思维，而是因为他拥有无法抛开的珍贵过去，甚至可以说他是为了那样的缘故才活到现在。

尽管K无法一条直线地朝爱情目标猛进，也不能证明那份爱是含糊不清的。不管心中燃烧着多么炽烈的感情，他也不会轻举妄动。只要没有那种足以冲动到教人忘记瞻前顾后时，K在做事之前，怎么样都会稍微停留，回顾自己的过去，然后一如以往，走在与过去原则保持一贯的路上，他具有现代人望尘莫及的固执与耐力。关于这两方面，我看透了他的心。

从上野回来那晚，对我而言是比较安静的一夜。K回房后我紧跟其后，坐在他的书桌旁，故意跟他随意闲聊着。他好像很困扰的样子。我的眼底多少闪耀着胜利的色彩吧？语调里确实含着得意的气焰。我和K凑在一个火盆旁，烤了片刻，就回自己房间了。至于凡事都不及他的我，只有在当时觉得他不足为惧。

没多久我便陷入安稳的睡眠中，可是突然间有人叫我的声音惊醒了我。

一看，隔间的纸门拉开了二尺，那里伫立着K的身影。他的房间还亮着灯，面对突如其来的改变，我有好一阵子说不出话，瞠目结舌地凝视着那样的光景。

K问："已经睡了吗？"K向来都是晚睡的人。

K化成一道黑影似的，我反问："有什么事？"K答："没什么大不了的事，只是不晓得你已经睡了还是醒着，上完厕所后顺便问问。"由于煤油灯从K的身后照来，我完全看不到他的脸与眼神，然而他的声音比平时更镇定。

半晌K突然关上纸门，我的房间再度恢复原来的黑暗。与其凝视那样的黑暗，不如安静做个梦，我又闭上眼睛，沉沉地睡去。

翌晨，想起昨晚的事觉得诡异。也许一切是梦吧？吃饭时我问K。K说他确实曾经拉开纸门叫我的名字。问他为什么，他却没清楚地回答。在我无意追问的时候，他却反过来问我最近睡得好不好。我觉得有点儿奇怪。

那日我们刚好同时有课，相偕出门。一早我就记挂着昨夜的事，一路上追问着K。

不过K还是不肯给我一个满意的答案。我提醒他，是否打算跟我谈那件事。K以强烈的语气断然地说："不是。"听来仿佛在提醒我，昨天他在上野已经说过"别谈那些了"的话，不是吗？

在这方面，K倒是个自尊心强烈的男子。突然明白这点的我，不由得联想起他说过"觉悟"一词。于是以前完全没留意的那两个字，开始以奇妙的力量抑制着我的思路。

四十四

我很了解K极富果断的性格，也很能体会他只对此事优柔寡断的原因。换句话说，除了清楚他平常的反应外，我也自豪自己能够掌控例外的状况。

可是当我在脑海里不断地咀嚼他说的"觉悟"一词时，我的骄傲渐渐失色，最后竟犹豫不决了。我想这个状况或许对他而言并非例外，也开始怀疑那种能够一次解决所有的疑惑、烦闷、苦恼的最后手段，可能潜藏在他的内心深处了。因为那样灵光乍现而回顾"觉悟"二字的我大惊失色。如果当时带着这份惊愕，再一次公平审视他说过的“觉悟”之意，或许结局会比较好也不一定。可悲的是，我蒙蔽了双眼，将那个名词解释成他对小姐会有更进一步的行动。

我一心认定，他所谓的觉悟就是要将果断的性格发挥在爱情方面。

我听见内心有个声音，叫我该做最后的了断了。我也立刻回应那个声音，并且鼓起了勇气。我决定要比K早一步，而且在他不知道的情况下进行。

我默默伺机而动。然而经过两三天了，还是找不到适当的时机。我想等待K不在家、小姐也出门的时候，与夫人谈判。可是连续几天下来，总是其中一位不在而另一位在旁碍事，“最佳时机”始终未到。我焦虑极了。

又过了一星期，我再也忍不住，决定装病。不管夫人、小姐、K本人来催我起床，我都含糊应声，盖着被褥躺到十点左右。然后算准了K与小姐都不在，家中静悄悄的时候才起床。夫人瞧见我，马上问我哪里不舒服，她说她会将食物送到枕边，劝我再多躺一会儿无妨。身体没有异状的我，真的不想再躺下去。我洗完脸后，跟往常一样在饭厅用餐。

当时夫人坐在长火盆的另一头为我张罗。我手里端着的碗分不清是早饭还是午饭，脑海中净是思索着如何向夫人切入正题，所以外表看来就像精神不济的病人吧！

吃饱饭后，我开始抽烟。因为我还没起身，夫人也不便离开。为了配合我，夫人唤来女佣，要她将饭菜撤下，然后自己把水倒进铁壶，擦拭着火钵的边缘。

我问夫人，可有特别的事情要办，夫人回答没有，还反问我，为何这样问，我说事实上有点儿事想同她谈。夫人问我什么事，然后盯着我。夫人的语气那么不经意，好像不在乎我的感受，因此接下去的话我竟有点儿吞吞吐吐。

无奈只好在言语上随意敷衍几句，最后才试问夫人最近K是否对她说了什么。

夫人一脸意外地反问我：“什么事吗？”又在我回答前问：“他对你说了什么吗？”

四十五

我无意将 K 的告白传达给夫人，但当我回答“没有”后，立刻对自己的谎言感到不安。没办法，我不记得受 K 的请托，只好改口说那事与 K 无关。

“是吗？”夫人应了一声，然后等我讲下去。

事到如今，我只好把事情说出来了。

“夫人，请将小姐嫁给我。”我突然说。

一如所料，夫人似乎并不意外，但也片刻没有一句回答，只是一言不发地盯着我。既然我话已出口，就算被她如何看待也不会介意。

“拜托您，无论如何。请让她做我的妻子。”我说。

夫人毕竟年长，所以始终比我镇定。

“嫁给你无妨，不过何必这么急呢？”她问。

我立刻回答：“我急着想娶她。”说完就笑了出来。

“你考虑清楚了吗？”夫人再次叮咛我。

我以强烈的语气解释：“虽然语出突然，但是想法酝酿已久。”

之后她又问了两三个问题，如今我也忘了。

夫人与普通的女人不同，她像男人一样豪放豁达，是一位在这种情况下还能侃侃而谈的人。

“好，就嫁给你吧！”她说，后来又拜托地说，“怎么能说嫁给你呢？我们可没有值得骄傲的家世呀！应该说，请你娶她吧！一如你晓得的，她是没有父亲的可怜孩子。”我们的对话简单明了，在此告一段落。

从最初到结束大概只花了十五分钟吧！夫人没有提出任何的条件。我问她有无与亲戚商量的必要，她却回答那样就够了。也言明甚至不必确认小姐本人的意思。关于这一点，饱读诗书的我反倒拘泥了起来，我提醒她，亲戚可以暂时不管，但顺序上理应先征求当事人的同意。

夫人却说："这个你放心，我不会把那孩子嫁给不喜欢的人。"

回到自己房间的我，觉得事情进行得太顺利了，反而有点儿惴惴不安。当真没问题吗？这样的疑惑不知从何处钻进了我的脑海里。不过，未来的命运将因此事而确定的观念，让我的想法焕然一新。

在中午时我又前往饭厅，请教夫人何时会将早上的事告知小姐。夫人表示只要她同意，何时告诉她都无所谓吧！经她这么一说，倒觉得夫人比我更具男子气概，于是我将要告退之时，夫人挽留我说，假使希望快一点儿，今天她上完才艺课回来时就马上对她说。我说这样会比较恰当，说完又回到自己房间。

当我安静地坐在自己书桌前，想起等一下自己坐在远处听两人窃窃私语的景象，就没来由地坐立难安。最后终于忍不住戴上帽子出门去，结果却在坡下遇见小姐。一无所知的小姐看见我好像很吃惊。

我摘下帽子问她，"刚回来呀？"

对方却好奇地问："你病已经好了呀？"

我说："嗯，好多了，好多了。"然后迅速地朝水道桥那边走去。

四十六

我从猿乐町走到神保町的街上，然后转向小川町方向。之所以步行在那一带，是因为我以前常去逛旧书摊，可是那天怎么样都没有兴致去翻看那些沾满手渍的书物。

我边走边想着家中的事。夫人适才的模样，记忆犹新，而小姐回家后的情景又在脑海里面想象盘旋。我像是被这两种意象催着走似的，动不动就浑然忘我地驻足在街道之中，有时又想夫人应该已经把那件事情告诉她了。

最后过了万世桥，走上明神坡来到本乡台，接着又走下菊坡到小石川山谷。我的步行横跨这三个区，范围就像画了个歪斜的圆一样，但我在这段漫步中几乎不曾想起K。如今回顾起来，问自己当时为何不曾想起K，我也不明白，只是觉得不可思议。虽然我的心紧张得忘了K的存在，良心上却不可能容许这一种事情发生。

我良心发现是在打开家中门棂从玄关穿过榻榻米房间那一刻，也就是一如以往正想穿过K房间的瞬间。他像往常一样面对着书桌看书，也像往常一样将视线从书本上移开望向我，不过他并未像往常一样说“你回来了”。

而是问我：“病好了吗？要不要看医生？”

刹那间，我很想在他面前叩头道歉。当时我受到的冲击确实不小，如果只有K跟我两个人站在旷野之中，我一定会听从良心的命令当场向他谢罪吧！可是家里有旁人在，我下意识地克制了这一股冲动，于是，悲剧永远都无法挽回了。

晚餐时我又与K面对面坐着。不知情的K仍旧一派沉稳，未对我投以猜忌的目光。不知情的夫人似乎比平日更欢喜，只有我知道所有的一切。我吃的饭有如铅块食不知味。

那天小姐不像往常那样与大家同桌吃饭，夫人催促着她，也只在隔壁房间答说马上就来。K听了觉得奇怪，问夫人怎么回事，夫人说大概觉得不好意思吧！然后看了我一眼。K似乎觉得更奇怪了，追问为什么不好意思，夫人微笑瞧着我看。

一坐到餐桌上，我便透过夫人的神色大致推测事情的发展。不过，我受不了夫人可能当着我的面向K一五一十地全盘托出。夫人是对那一种事也能满不在乎的女子，所以我忧心忡忡。所幸K又恢复原来的沉默，而情绪上比平时多少显得愉快的夫人，终究没有说到我心怀忧惧的地方。

我松了一口气，回房后却不得不详加思索，今后对K应该采取怎样的态度？我试着在心里为自己所做的一切辩护，然而怎样的辩护都不足以面对K，胆怯的我最后终于放弃亲自向K解释自己的行为。

四十七

就这样过了两三天。不用说，在那两三天里，对K源源不绝的不安使得我的胸口沉甸如铅。我平常就觉得不做点儿什么便对他不起，再加上夫人和小姐的态度始终撩拨似的刺激我，让我更加痛苦。再说，颇具男儿风范的夫人未必不会在餐桌上向K揭露我的事；但也不能断言小姐之后对我的明显举止，不会成为使K心灵忧伤的怀疑种子。

无论如何，我都站在必须让K明了我与这个家族已经建立新关系的立场。但是，对因道德上的缺失而无法承认自己的我而言，觉得那是极困难的事。

无可奈何的我，只有拜托夫人另行转告K，当然是我不在的时候。然而诚实告诉他，只有直接与间接的区别，却不能改变他有失颜面的事实。

但如果请她帮我转告，夫人一定会追问理由。假使向夫人坦白一切，我势必会在自己的爱人及其母亲面前暴露出自己的弱点。认真的我只晓得这件事将关乎我未来的信用。结婚前失去恋人的信任，即便一分一毫都是难以承受的不幸。

总之，我是那种想走在诚实的大路上却滑了一跤的傻瓜，而且还是个狡猾的男人。注意到这一点的，如今只剩老天跟我而已。当我想重新站起再向前跨步的时候，却又陷入事情真相必须让周围的人知晓的窘境。我想隐瞒到底，可是怎么样都无法向前跨越。我夹在中间进退维谷。

过了五六天，夫人突然问我："告诉K那件事了吗？" 我回答还没有。夫人责怪我为何没说。听到这里我僵住了。当时夫人说出了令我震惊的话，至今仍然无法忘记。

"怪不得我说的时候他神情怪异呀！你也不对不是吗？平常感情那么好，却闷声不响，佯装不知。"

我问夫人，K当时有没有说什么，夫人说没有特别的表示。但我不得不进一步追问详细的经过，而夫人本来就没有必要隐瞒；她一面解释K没有说什么重要的话，一面讲述着K当时所有的反应。

综合夫人描述的一切来看，K似乎以最镇定的惊愕方式迎接这最后的打击。

对小姐与我之间的新关系，听说只有开头那句"是吗"一句话而已。"你也会为他高兴的。"当夫人如此表示的时候，K才正视夫人的脸孔，面带微笑地说："恭喜。"说完，便离开了座位，然后在拉开饭厅的纸门前又回望夫人问道："何时结婚？" 接着又说，"我想送些贺礼，可惜没钱，无法相赠。"站在夫人面前的我听到那句话，觉得胸口郁闷似的痛苦不已。

四十八

算了算，夫人对K说起那件事已有两天了。那段时间看不出K对我的态度有所改变，因此我完全没有留意。就算他的超然态度只是表面，我也深感敬佩。

我暗自拿自己跟他比较，他似乎比我高尚多了。“策略上虽胜一筹，为人方面却输给他”这番体会，在我的胸臆之间掀起了阵阵涟漪。

那时K一定很瞧不起我吧！我感到十分惭愧。可是事到如今再到K的面前承认自己可耻，对我的自尊心又是更大的煎熬。

向他道歉？还是就这样算了？当我决定留待隔天再解决时，已经是星期六晚上的事。

不过，那晚K便自杀死了。

即使现在回想当时的光景，依然觉得毛骨悚然。平常枕头放东边的我，在那个晚上将枕头放在床的西边，或许有什么因缘吧。我被枕边吹来的寒风惊醒。

一看，K与我房间之间一向关着的隔间拉门和上次那晚一样是开着的，不过K的身影并未像上次那样站在那里。我仿佛收到暗示似的，一面在床上以臂膀撑起上半身窥视着K的房间。里面的油灯暗了，床也铺好着，然而盖被却像被踢回似的叠在床尾，K朝着另一边伏卧着。

我“喂”地叫他一声，可是他没有回应。

我又叫：“K，你怎么啦？”K的身体依旧一动也不动。我立刻起身走到门槛边，就着暗淡的煤油灯光环顾他房间。

当时第一个感觉和我突然听见K的暗恋告白时几乎相同。乍见他房间，我的眼睛就像玻璃制的假眼睛般失去了转动的能力。

我呆若木鸡地站在原地。

仿佛一阵疾风吹过后，才想到“哎呀！糟了”，那道已经无法挽回的微弱光线贯穿了我的未来，瞬间惨烈地照耀在我眼前的一生。接着我颤巍巍地抖了起来。

尽管这样，我还是无法忘记关心自己，很快地我就看到放在桌上的信。不出所料，上面写着我的名字。我急切地打开信封，不过内容并未提及我认为他可能会写的事，本来以为他也许会写下成排对我非常不堪的字句，害怕万一夫人或小姐看了将会瞧不起我。我约略浏览一下，暗呼幸好！（虽只是我表面上得救，不过遇到这种状况，那些表面的问题对我而言是非常严重的事。）

信的内容很简单，也可以说很抽象。

他只写着因为意志薄弱，终究前途无望，只好选择自杀。接着就是对我以往的照顾之情简单言谢，也请我为他料理后事。并为此举给夫人添麻烦感到过意不去，要我为他致歉。又拜托我知会他家乡的人。他把重要的事情一一列出，却独独不见小姐的名字。读到最后才明白，K 是故意回避的。

可是令我感到最沉痛的是最后那句：本早该死，为何苟活至今？

我颤抖地将信折起收好，放进信封里，再次摆在原来的桌上让大家看见。当我回过头时，才发现纸门上溅满血污。

四十九

我突然抱住 K 的头，双手轻轻将他捧起。

我想看一眼 K 死去的容颜，但是当我想从底下窥视他伏卧的容颜时，却又立刻松开手。不仅感到毛骨悚然，也觉得他的头非常重。我从上面凝视着自己刚才触摸到的冰凉耳朵及与平常无异的浓密五分头，却一点儿也没有想哭的感觉，只是觉得恐怖。那种恐怖，不是因为眼前的光景刺激官能所引起的单纯恐怖，而是深切体认到这位忽然变得僵冷的朋友，正暗示着我可怕的命运。

我六神无主地回到自己的房间，在八叠榻榻米大的房间内来回踱步。我的脑袋命令着我，就算毫无意义也要让自己保持活动，无论如何都必须做点儿什么。却又觉得做什么都没用了。我不由自主地在房内来回踱步，模样仿佛被关进牢笼的熊一样。

我忍不住想去里面唤醒夫人，可是让女人目睹这一种恐怖景象的不愉快，使我随即断了这个念头。夫人也就算了，但绝不能让小姐受到惊吓的意识强烈地克制着我。于是我又开始踱步。

在那段时间里，我点亮了自己房内的煤油灯，又不时地眺望时钟。没有什么比当时的时钟更缓慢的了，仿佛永无止境一般。虽然我不确定起床的时间，却清楚没多久就黎明了。我来回踱步并殷切地盼望黎明的到来，懊恼着这漫漫长夜的恒久漫长。

我习惯在七点前起床。因为学校大多在八点上课，若不在七点前起床会赶不及上课，所以女佣因此会在六点起床。

不过那天我去叫女佣起床时，还不到六点，夫人被我的脚步声吵醒了，她提醒我今天是星期日。既然夫人已醒，我便请她到我的房间来。夫人在睡袍上披了一件外出短外褂就随我过来。一进房间，我立刻将先前开着的隔间纸门关上，接着小声告诉夫人发生了一件严重的事。

夫人问什么事，我以下颌指着隔壁房间说："您别惊慌。"夫人铁青着脸。

我接着说："夫人，K 自杀了。"夫人当场瑟缩似的望着我，一言不发。

我突然伏地叩首在夫人面前道歉："对不起，是我不好。我对不起您跟小姐。"本来我无意对夫人说出这种话，可是面对夫人时，我情不自禁地那样说了。

请你务必了解，这是因为我无法向 K 认错，所以必须向夫人与小姐道歉。换言之，内在的我胜过了表面的我，才会颤抖地说出忏悔的话。夫人不明白我话中隐藏的深意，这对我而言是值得庆幸的。

她铁青着脸，安慰我说："事出意外也没办法，不是吗？"但那张脸庞揪着僵硬的肌肉，仿佛雕刻着惊骇与恐惧。

五十

虽然对夫人过意不去，但我还是打开刚才关上的隔门。

那时K的煤灯似乎已经油尽，房内几乎全暗了。我折返回去将自己的油灯拿来，站在入口看着夫人。夫人躲在我身后，窥伺着四叠大的榻榻米房间，不过她不愿入内，人就站在那里，对我说把雨窗打开。

夫人不愧是军人的遗孀，接下来的处理方式很高明，我去了医生那里，又找来警察，这些都是夫人要我去做的。夫人还交代，在那些手续完成之前一律不准任何人进到K的房间。

K是用小刀割断颈动脉瞬间死去的。没有其他外伤。在如梦似幻的微暗灯光下看着纸门上的血污，就知道那是从他颈动脉瞬间喷出的痕迹。我在阳光下再度凝望那片血迹，惊讶于人类的血液竟能喷得如此猛烈。

夫人与我用尽所有的方法打扫K的房间。所幸他的血大部分都被被褥吸收了，榻榻米几乎没有弄脏，所以事后清理很容易。两人将他的尸体搬进我的房间,让他的身体像平常睡觉一样横躺着。接着我出门去打电报给他的本家。

我回来的时候，K的枕边已插着线香了。一进房内就烟熏扑鼻，在那袅袅烟雾中看见那里坐着两名女子。昨晚以来，这是我第一次看见小姐。小姐哭泣着，夫人也红了眼眶。事情发生到现在都忘了流泪的我，此时也被哀戚的气氛感染了。或许我的心因为这股悲伤多少舒畅了些。当时滋润我那颗被痛苦与恐惧紧紧揪住的心的，正是那股悲伤。

我不发一语地坐在两人身边。夫人对我说，你来上个香吧！我拿着线香依旧沉默坐着。小姐什么话也没对我说，只是偶尔跟夫人交换一两句话，不过也仅限于眼前的事情。我还没有机会与小姐说起K生前的事，心里却想还好没让她目睹昨晚的恐怖景象。若让年轻美丽的女子目睹了那样恐怖的画面，我害怕那不可多得的美丽会因此被破坏，就连恐惧爬到我发梢之际，也无法将这个想法置之度外。无辜的花朵遭到无故的鞭打，这一种不快的情绪很快地充满了我的心。

K 的父兄从家乡抵达时，我提出 K 的遗骨应该葬在哪里的意见。

我说，我和生前的他经常在杂司谷附近散步，K 很喜欢那里，记得我们曾半开玩笑地约定，假如死后就葬在那里好了。我想，能够按照约定将 K 葬在杂司谷不晓得是多大的功德呀！现在的我却认为，只要活着一天就想每个月到 K 的坟前忏悔。可能是因为我一直照料着以前不被关心的 K 的情分吧！K 的父亲与大哥决定听从我的主张。

五十一

在 K 的丧礼归途上，一名友人问我 K 为何自杀。事情发生以来，我不晓得为这个问题苦恼过多少次。夫人、小姐、从家乡来的 K 的父兄、接获通知的朋友，甚至与他素无瓜葛的新闻记者，无不问我相同的问题。每问一次，我的良心就像被针扎似的抽痛一次。然后听见这个问题的背后有个声音在说：快点儿承认是你杀了他！

我对每个人的回答都是相同的。只是重复他署名给我的遗书，没有多说一句。

在丧礼归途上，K 的友人问了相同问题也得到相同答案，他听了便从怀里拿出一张报纸给我看。我边走边阅读着那位友人指出的地方。报载 K 是因为父兄与其断绝关系导致厌世而自杀的。

我沉默不语地将报纸折好放回友人手上。友人说，也有报纸指出 K 是发疯自杀的。我忙得几乎无暇看报，完全欠缺那方面的讯息，但内心始终记挂着。我最惧怕的是出现令家里人困扰的报道。就算只是名字，我也无法忍受媒体无端扯上小姐。我问那位友人，是否还有其他的报道，友人说他看到的只有那两种说法。

我搬到目前的住处是在那之后不久的事。

一方面夫人和小姐都不愿再住在先前那个地方，另一方面我每晚不断受到那一夜记忆折磨，因此三人商议后决定迁居。

迁居后两个月左右，我顺利地从大学毕业。

毕业不到半年便与小姐结成连理。表面上看来一切似乎都如预期中顺遂，可喜可贺。夫人和小姐看起来多么幸福，而我也觉得幸福，但我的幸福带着一抹阴影。我想这份幸福最后是否会牵引我走向悲惨的命运呢？

婚后小姐她——已经不能称呼小姐了，应该说吾妻才对。

吾妻不知何故对我说，我们去祭拜K吧！我心一惊，问她为何突然想起那种事，吾妻说如果我们一起去祭拜，想必K会很高兴吧！我一直凝望着毫不知情的吾妻面容，直到吾妻问我为何表情怪异时，才回过神来。

如吾妻所愿，我们联袂前往杂司谷。我为K的新坟浇水清洗，吾妻在坟前上香献花，两人俯首合掌。想必吾妻正欢喜地对K讲述着与我结为连理的始末吧！而我只在内心反复地向他忏悔一切都是我不好。

当时吾妻抚摸着K的墓碑，直说好看。虽然墓碑不大，但那是我亲自去石材店挑选的，吾妻故意这么说的。想着那座新坟、我新婚妻子以及沉眠地下的K那簇新的白骨，我深切地感受到命运对我的嘲讽。

我下定决心，以后决不再带妻子到K的坟前祭拜。

五十二

我对亡友的这番感受一直持续着，事实上一开始我便恐惧最后会变成这样。

就连实现多年的愿望得以和小姐结婚，也是在不安之中完成仪式的。不过我毕竟是个无法看见自己未来的平凡人，以为结婚能够转换我的心情，成为新人生的开端。然而，历尽千辛万苦才能以丈夫的身份与吾妻朝夕相处，可是这个短暂的希望却被残酷的现实轻易地打碎了。

每当和吾妻面对面时，就会突然感到K的威胁。也就是说K夹在我们之间，无论走到哪里，K都借着妻子与我紧紧相随。对吾妻没有任何不满的我，唯独因为这一个原因使我想疏远她。很快的，我的态度被她看在眼底，虽然看在眼底却不知理由何在。我常被妻子逼问："为什么这样？一定有哪里让你不高兴吧？"如果她一笑置之也就算了，有时候吾妻也会动起气来。

"你讨厌我，对吧？""一定有事瞒着我吧？"到后来，我往往不得不听她如此抱怨，而每一次的抱怨都令我深感痛苦。

曾经好几次想向吾妻坦诚一切，可是一到紧要关头就被突然降临的力量压抑了下来。既然你是了解我的，我想也不必多做解释，不过应该讲的还是要讲。

那时的我对吾妻完全没有掩饰自己的意思。如果我愿意用那份像对亡友一样的良心，在吾妻面前说出忏悔的话，吾妻无疑会流下欢喜的眼泪，赦免我的罪过。至于不敢那样做的我，不是基于利害关系的打算。只是不忍心在吾妻的记忆中留下黑暗的污点，才没有坦白。这也可以解释成在纯白的事物上留下一滴无法原谅的墨液一般，对我而言是极大的痛苦。

经过一年，我依然无法忘怀K，内心时常忐忑不安。为了驱逐这份不安，我忘情地沉溺在书中世界。我以激烈的奋进姿态开始用功，期待苦读的成果有朝一日能够显扬于世。

可是勉强自己定下目标，勉强自己去期待有朝一日将功成名就，是一种欺骗的行为，我感觉不舒服。怎么样都无法把心灵寄情于书牍之中，于是我开始抱着胳膊，袖手旁观世间的一切。

妻似乎观察到我这样并不会使生活窘迫，而感到放心。妻家坐拥可供母女两人舒服度日的财产，我也具备不必求职也可过活的身家，所以她那样想是理所当然的。我也多少被宠坏了吧！不过我不工作的主要原因完全不是这个缘故。

当时被叔父欺瞒的我，确实深切体认到人是不可信任的，但也因体认到人的坏，才觉得自己的可靠。无论世间如何险恶，我总是坚信自己是高尚的人。那样的坚信却因为K而被破坏殆尽，当我意识到自己与叔父是同样的人时，我霎时感到蹒跚无力。

嫌恶世人的我，也开始嫌恶自己，变得无法工作。

五十三

无法将自己活埋在书堆里的我，有段时期将灵魂寄托在酒中，企图忘掉自己。

我谈不上爱喝酒，却拥有很能喝的体质，我只想借着大量的酒精麻醉自己的心。这一种浅薄的权宜之计，在不久后让我变得更加厌世。有时我会在烂醉的巅峰突然发现自己，察觉自己是故意以这一类行为伪装自己的蠢物，抖起一阵战栗的同时，眼睛与心灵也跟着清醒了。

有时无论喝了多少，却都无法进入这一种伪装状态，迷乱耽溺下去。存心买醉的结果，势必会有抑郁的倾向。我不得不让挚爱的吾妻以及岳母随时亲睹，而且任由她们站在她们的立场上，解释我的行为。

岳母好像不时会告诉吾妻这些令她不快的事，吾妻都对我隐瞒不说。可是吾妻是吾妻，似乎不单独责备我就于心难安。她虽然责备我，其实言辞并不严峻。而我不愿妻子抱怨，所以也没有过分的行为。

吾妻屡屡请求我，有什么不满，可以不必忌讳直言。又劝我说，为了将来着想最好戒酒。有时则哭泣地说：“你最近变了个人似的。”如果只是这样还好，有时甚至会说：“若K在世，你就不会变成这样吧？”我回答也许吧，可是我回答的意思跟妻子以为的意思完全不同，所以我深感悲哀，却无意对吾妻解释什么。

我常常向吾妻认错。大多在醉酒晚归后的隔天早上。有时吾妻笑一笑，有时沉默不语，偶尔潸然泪下。无论哪一种反应都令我难过得不得了。

向吾妻认错无疑也是在向自己认错。最后我戒了酒。与其说是因吾妻的忠告，不如说是因为厌倦了才戒酒！

虽然戒了酒，我却无意工作。没办法只好看书。可是书一看完就扔在一旁。吾妻每每问我读书是为了什么之类的问题，我只能苦笑。连这世上我最信任最挚爱的唯一一人都不能了解我，不由得悲从中来。一想到我有让她了解的方法却没有勇气让她了解，就更觉得悲哀。我很寂寞，经常有一种离群索居，孤单一人住在世上的感觉。

同时,我也反复不断地推敲K的死因。当时他的脑海中也许只受一个“情”字支配吧！我的观察可以说是过于单纯而直接。我曾断定K是因为失恋而死。但当我慢慢地用沉静的心情，试着面对相同的情景时，却发现事情没有如此简单。自杀的原因应该是现实与理想发生了冲突，尽管还不够完整。我怀疑自己最后会不会也像K一样，一个人无奈地面对孤独而突然决定结束生命。想来不寒而栗。因为那一种仿佛走在K走过的道路似的预感，像风一样拂过我胸口。

五十四

不久，岳母病了。医师的诊断是患了不治之症。

我尽己所能诚心地照顾她。这是为了病人本身，也为了挚爱的吾妻，可是更大的意义是为了人。以前很想做点儿什么却什么也做不成,只能游手好闲。与社会脱节的我，第一次想伸手做点儿好事的自觉，也是在这时萌芽的。我受到那一种名为赎罪的心情的支配。

岳母过世了，只留我与妻两人。吾妻对我说，以后世上能依靠的只有我一人了。连自己都无法信赖的我，看着吾妻容颜不禁泪水盈眶。觉得吾妻是不幸的女人。心里想着竟脱口而出说她是不幸的女人。吾妻问为什么。她不明白我的意思。我也无法对她解释。吾妻哭了。因为平常就以那样扭曲的想法看待她，结果说出那种话来，实在教我懊恨。

岳母亡故后，我竭尽所能温柔地对待妻。不仅是因为深爱她的缘故，我的温柔似乎抛开了个人而具有更宽阔的背景，和照顾岳母的意思相同，我的心似乎动了。妻看起来很满足。然而那一种满足之中，好像包含了无法了解我而产生的模糊地带。话说回来，即便吾妻能够了解我，也不会在意这份满足是否增加或减少。因为女人并不排斥来自人道立场的爱情，就算多少不合情理也愿意为那份关注自己的温柔而欢欣，这一种倾向似乎比男性强得多。

有时吾妻会说，男人心与女人心无论如何都无法合而为一吧。我只是含糊地答道，年轻时大概可以吧！妻像在追忆过往般地，轻轻叹了一口气。

从那时候开始，我的胸口常常闪现可怖的阴影。

起初那道阴影突然从外袭来，吓了我一跳，让我感到毛骨悚然。不过顷刻我的心已可以应付那可怕的阴影了。最后即便没有由外降临，也认为那道阴影就像出生时即潜藏心底的东西。每当我怀着那一种感触，就会怀疑自己的脑袋是不是有问题。可是我无意让医师或任何人诊断。

只是深切地感到罪恶这一回事。那种感觉促使我每个月去凭吊K，也是那种感觉促使我照顾吾妻的母亲，然后命令我要温柔地对待吾妻。有时那种感觉甚至让我想被陌生的路人鞭笞。渐渐地，过了这个阶段之后，感觉自己应该自我挞伐胜过被人鞭笞，而自杀胜过自我挞伐。无可奈何的我，决定以求死的精神活下去。

自从下定那样的决心，至今已经过数年了吧！我和吾妻就像原来那样，感情甚笃地生活着。

我与吾妻间绝对没有不幸，而是幸福的。然而我所坚持的这点，对我容易的这点，在吾妻看来似乎经常是晦暗不明的。想到这里，就觉得对吾妻过意不去。

五十五

我的心决定以求死的精神活下去，时时因为外界的刺激而高亢昂奋。

当我有心做大事的时候，一股恐怖的力量就会从暗地里钻出，紧紧地揪着我的心使我动弹不得。我听见那股力量打压我似的说：你是个没资格做大事的男人！听见这句话的我，立刻变得沮丧无力。

不久又想重新站起的时候，又会遭到抑制。我咬牙切齿地大声叱责，为何阻挠我？但那股不可思议的力量冷冷地笑着，它说你自己最清楚。我整个人萎靡不振。

请你记得，虽然我持续过着没有波澜也毫无曲折的单调生活，我的内心却时常上演这一种两相交战的痛苦。

在吾妻所见而觉得心焦烦躁前，我自身不晓得已饱尝了多少倍心焦与烦躁。在这个牢笼中，无论如何都无法平稳安坐的时候，无论如何都无法突破那个牢笼的时候，我发现，要以最轻松的方式来达到目的，除了自杀别无他法。

也许你会瞪大眼睛问，为什么？我必须说，虽然那股可怖的力量紧揪着我，在所有方面围堵我的活动，却只有死亡之路愿意放我自由。倘若我不动就无所谓，只要稍微想活动的话，其他的路窒碍难行，只能朝那条死亡之路前进。

时至今日，我已有两三次渴望随命运引导走往最轻松的方向，可是总是心系娇妻。我当然没有带吾妻一起走的勇气。无法向吾妻坦诚一切的我，一想到要做出那种夺去吾妻的生命，当作自己命运牺牲品的粗暴行为，就觉得害怕。

我有我的命，吾妻也有她的造化。那种将两人绑在一起焚烧的粗暴行为，我是痛心不已的。

我也试着想象自己往生后，吾妻将多么可怜。岳母死时，吾妻对我说过今后世上能依靠的除了我没有别人，她的感怀仿佛渗入了我的肺腑般教我记忆深刻。我总是踌躇不定。有时候看着吾妻的容颜，不由得想作罢地退缩不前。吾妻常以那一种不满的眼神凝视着我。

请你记得。我是这样活着的。

第一次在镰仓遇见你的时候也是，与你一起到郊外散步的时候也是，我的心情没有多大的改变。身后总有一道黑影随形。我就像为了妻才苟活世间的动物，当你毕业归乡的时候也一样。不过，想在九月见你却不是谎言。我很想见你。秋去冬来，直到那个冬日将尽，也一直打算见你。

盛夏之际，明治天皇驾崩了。当时我有一种感觉，明治精神是始于天皇终于天皇的。

深受明治影响的我们，有往后再苟活人世终究过时了的感触，同时激烈地冲击着吾心。我直率地告诉吾妻那样的感受。吾妻笑着不与我争辩，却又突然开玩笑地调侃我说：“那你殉死好了！”

五十六

我几乎忘了“殉死”这个字眼了。那是日常少用的字眼，像是可以埋在记忆深处，任由腐烂下去的东西似的。听到吾妻的玩笑话才蓦然想起，我说如果我殉死，就是为明治精神而殉死。我的回答当然只是玩笑，不过那时只想让这个老掉牙的名词赋予新的意义。

过了一个月之后。大葬之夜，我如往常坐在书斋里，听见礼炮响彻云霄。在我听来仿佛是在宣告明治时代已经永远过去了。事后再想，其实那也是乃木大将去世的通告。当我手拿着号外，忍不住对吾妻说：“他是殉死的！是殉死！”

我读着报纸上乃木大将死前的遗书。

“自西南战争[①]战败以来，便想一死谢罪，却苟活至今……”看到这样的一段话，我忍不住掐指估算，乃木大将怀着求死之心苟活在世上的岁月，到底历经了多久？西南战争是明治十年，到明治四十五年为止已有三十五年岁月了。乃木大将在这三十五年间苟活地等待死亡的机会。对他而言，究竟是活着的三十五年比较痛苦，还是刀刃刺进腹部的瞬间比较痛苦？我想两者都苦吧！

再过了两三天，我终于决定自杀了。就像我不甚明白乃木大将殉死的理由，或许你无法清楚理解我自杀的原因也说不定，如果真是如此，也只能归咎于时代的改变造成人们思想的差异，除此之外别无选择。或者每个人与生俱来的个性原本就不同。我尽己所能运用目前为止的阐述，设法让你了解我这个难以理解的人。

---

① 1877年以西乡隆盛为代表的封建势力发动了一场反对明治维新的叛乱，最终以失败告终，史称西南战争。西乡隆盛本是明治维新的功臣。

我留下妻子走了。幸好即使我不在了，吾妻也无须担忧生计。我不愿让吾妻目睹残酷惊骇的画面，打算死时不让吾妻看到血光淋漓的我。想在吾妻不知道的时候悄悄离开人世。希望吾妻认为我是猝死。即便是让她以为我发疯了，也无所谓。

我一心求死的念头已超过十天了。请你谨记，大部分时间都用在写给你的这封长篇自述上。

当初是想见到你再当面述说，不过下笔后，才发现这样笔述反而更能清楚地勾勒出自己，而感到欢喜。我并不是乘着醉兴随意缮写。因为这是造就我的过去，仅为我所明了得知的经验，当然我会努力将那些事情毫不掩饰地写下，并且站在理解人类的立场上，对你或对其他人而言，我想都不算枉然了。

前些日子听闻渡边华山[①]为了画出《邯郸图》[②]而延后一周自杀的事。旁人可能认为他矫态做作，然而当事者有其心愿，也是情非得已呀！我的苟延残喘不仅是为了实现对你的承诺，一半也是出自对自己的要求。

现在我已经实现这个愿望，毫无羁绊了。当这封信送到你手中之时，我大概已经不在人世。早就死了吧！

吾妻于十天前去了市谷的伯母家。因为伯母病了，她家人手不够，于是我劝她过去帮忙。趁着吾妻不在家期间，我大部分都在写这封长信。吾妻偶尔回家时，我就立刻将信藏了起来。

我打算将我过去这段是非善恶留给人们警惕。不过，请你务必要答应我——唯独吾妻例外。我不愿意让吾妻知道所有的事。就让吾妻对我的记忆永保洁白无瑕吧，这是我唯一所愿。

我死后，只要吾妻还在人世，都请你务必要将这个只向你透露的秘密，深深埋藏在内心。

---

① 渡边华山（1793—1841），原名渡边定静，日本学者、政治家、画家，幕末藩士，最后自杀。

② 渡边华山以邯郸一梦（也称黄粱一梦）的故事作画，并留下五封遗书后自杀。此画映照了作者临死前的心境。

夏目漱石生平年谱

一八六七（庆应三年）

一月五日（新历二月九日），出生于牛烯马场下横町（现东京都新宿区喜久井町）。为町方名主夏目小兵卫直克（五十四岁）与其妻千枝（四十一岁）所生下的五男（共五男三女）。取名为夏目金之助。由于当时夏目家逐渐没落，金之助出生后便被送到位于四谷的旧家具店寄养，但不久又回到老家。

一八六八（庆应四年·明治元年） 一岁

过继给新宿名主盐原昌之助做养子，改姓盐原。

一八七〇（明治三年） 三岁

因种痘而引发疱疮。

一八七二（明治五年） 五岁

养父为金之助申报户籍，并以金之助为盐原家户长。

一八七三（明治六年） 六岁

因养父被任命为浅草镇长，于是举家搬至浅草诹访町。

一八七四（明治七年） 七岁

因养父母感情不和，金之助暂时返回夏目家居住。养父母离婚。同年秋天，进入浅草寿町户田小学就读。

一八七六（明治九年） 九岁

夏天与养母同时被夏目家收留，但户籍仍设在盐原家。转学至牛烯市谷山伏町市谷小学。

一八七七（明治十年） 十岁

一月，养父迁居至下谷西町。五月，自市谷小学毕业。

一八七八（明治十一年） 十一岁

二月，在和友人岛崎柳坞等所创办的传阅杂志上发表《正成论》一文。十月，自神田猿乐町锦华小学毕业。进入神田一桥东京府立第一中学就读。

一八八一（明治十四年） 十四岁

一月，生母千枝去世（五十四岁）。转学至曲町二松学舍学习汉学。

一八八二（明治十五年） 十五岁

欲以文学为志业，但遭长兄大助劝阻。

一八八三（明治十六年） 十六岁

秋天，为了考大学预备科，进入骏河台的成立学舍学习英语。

一八八四（明治十七年） 十七岁

与桥本左五郎在小石川极乐水旁的新福寺二楼赁居。七月，养父擅自将金之助名下的房屋变卖，后因未交出该屋，而被告知必须撤离。九月，考进大学预备科。同年级的友人有中村是公、芳贺矢一、福原镣二郎、桥本左五郎。入学后不久罹患盲肠炎。

一八八五（明治十八年） 十八岁

与中村是公等十人赁居于猿乐町末富屋，过着书生般的生活。

一八八六（明治十九年） 十九岁

七月，因腹膜炎无法考试，成绩落后而被留级。因此次留级的教训，从此发愤用功，直至毕业都保持名列前茅。为了自力更生，与中村是公在本所江东义塾任教，并迁居至义塾宿舍。后因罹患急性砂眼，而开始从自家通学。大学预备科改名为第一高等中学。

一八八七（明治二十年） 二十岁

长兄大助、次兄荣之助先后于三月、六月去世。

一八八八（明治二十一年） 二十一岁

一月，复籍改回本姓夏目。七月，自第一高等中学预科毕业。九月，进入英文科就读。

一八八九（明治二十二年） 二十二岁

一月，与正冈子规结交。当时的同学有山田美妙，学长有川上眉山、尾崎红叶、石桥思案等人。五月，寄予子规的信中，首次附了一首俳句。于子规《七草集》的评论文中，初次以“漱石”为笔名。八月，与同学至房总旅行。九月，执笔以汉诗记录此行的游记，写成《木屑录》一书，并邀请松山的子规写书评。

一八九〇（明治二十三年） 二十三岁

七月，自第一高等中学本科第一部毕业。九月，进东京帝国大学文科就读，专攻英国文学。获教育部助学贷款。

一八九一（明治二十四年） 二十四岁

夏天，与中村是公、山川信次郎一起攀登富士山。七月，获选为奖学生。从这一年起，认真于写作俳句。他所敬爱的嫂嫂（和三郎之妻）去世。十二月，受I.M.狄克生教授之托，将《方丈记》（镰仓时代的随笔文学）译成英文。

一八九二（明治二十五年） 二十五岁

四月，分家。主要是因为征兵的缘故，将户籍迁至北海道后志国岩内郡吹上町十七番地。五月六日，成为东京专校的讲师。六月，撰写《老子的哲学》（东洋哲学之论文）。七八月间，至京都、氦市旅行，于冈山遭遇大水灾。之后前往子规家乡松山，并结识高滨虚子。十月，于《哲学杂志》发表评论《关于文坛平等主义代表——华特·怀德曼（Walt Whitman）之诗作》。十二月，完成《中学改良策略》论文。

一八九三（明治二十六年） 二十六岁

三月至六月，于《哲学杂志》上连载《英国诗人对天地山川的观念》论文。七月，自东京帝国大学英文系毕业。继而进入研究所就读。同月，和菊池谦二郎、米山保三郎共同至日光地区旅游。十月，在帝大文学院长外山正一推荐下，进入东京高等师范当英文教师，年薪四百五十元。

一八九四（明治二十七年） 二十七岁

春天，因疑罹患肺病，专心疗养身体。八月至松岛旅行，访瑞严寺。十月，迁居至小石川表町七三法藏院。十二月，至镰仓圆觉寺释宗演门下参禅。为神经衰弱所苦，有厌世主义的倾向。

一八九五（明治二十八年） 二十八岁

四月，辞掉高等师范教职，远赴爱媛县松山中学任教。辗转搬了一两次家后，迁居至二番町上野老夫妇家。十二月，返回东京。与当时担任贵族院书记官长的中根重一之长女镜子相亲。从此时开始专事俳句创作，逐渐在俳句文坛崭露头角。

一八九六（明治二十九年） 二十九岁

四月，辞掉松山中学的教职，转赴九州熊本任第五高等学校的讲师。后于室内光琳寺町赁屋而居，六月与中根镜子结婚。七月，升任教授。十月，于五高校友会志《龙南会杂志》上发表《人生》一文。

一八九七（明治三十年） 三十岁

三月，于《江湖杂志》发表《圆桌武士》。六月，生父直克去世（八十四岁）。七月，和镜子一同返回东京。镜子于虎门贵族院书记官长官宿舍停留期间流产，为疗养之由，短暂停留镰仓。这期间曾经多次去探望病中的子规。九月，独自返回熊本，迁居至大江村四〇一。十月，镜子回到熊本。

一八九八（明治三十一年） 三十一岁

开始写作汉诗。四月起，妻子的癔症趋于严重，更一度企图投水自尽。十一月，于《杜鹃》发表《不言之书》。学生寺田寅彦经常来访。妻子苦于严重的孕吐，而漱石本身则恼于神经衰弱的毛病。

一八九九（明治三十二年） 三十二岁

一月，赴宇佐八幡、耶马溪、丰后日田地区旅行。四月，于《杜鹃》上发表《英国文人与新闻杂志》一文。五月，长女笔子诞生。八月，于《杜鹃》发表《评小说〈李尔王〉》一文。九月上旬，与山川信次郎攀登阿苏山。

一九〇〇（明治三十三年） 三十三岁

三月，迁居至市内的北千反除町。六月，奉命到英国在职留学，进行为期两年的英语研究工作。一年的奖助学金为一千八百元。七月，离开熊本，返回东京。九月，搭乘德国轮船普罗伊森号出航。同行的留学生有芳贺矢一、藤代祯辅等人。十月，于巴黎停留一周，参观当地所举行的万国博览会。月底抵达伦敦，借住在 S.E. 伯瑞特夫人的家。

一九〇一（明治三十四年） 三十四岁

一月，次女恒子诞生。四月，和房东一同迁居至图庭（Tooting）。结识长尾半平。五月，池田菊苗自柏林前来探访。五月、六月，于《杜鹃》杂志发表《伦敦消息》。

一九〇二（明治三十五年） 三十五岁

三月，执笔撰写《文学论》。与老友中村是公会面。九月，子规在根岸的自宅过世。因神经衰弱症状严重，而尝试学骑单车以转变心情。十月赴英国的苏格兰旅游。同时日本国内谣传他发疯的消息。十二月，自伦敦返国。

一九〇三（明治三十六年） 三十六岁

一月，抵达神户港，返回东京。三月，迁居至本乡千驮木町五十七号。辞去第五高等学校教职。四月，就任第一高等学校教授，并兼任东京帝国大学文科的大学讲师，讲授“文学形式论”和“沙伊拉斯·玛那”。七月，于《杜鹃》发表《单车日记》。神经衰弱症愈趋严重，与妻子分居约两个月。九月，开始在东京大学讲授“文学论”，此课程维持了大约两年。另外也教授“莎士比亚”文学。十月，三女荣子诞生。开始学习水彩画。十一月，神经衰弱再度复发。

一九〇四（明治三十七年） 三十七岁

一月，在《帝国文学》发表《关于马克白的幽灵》一文。二月，于《英国文学会丛志》发表译作《索鲁玛之歌》《卡利克苏拉的诗》。四月，兼任明治大学讲师。五月，在《帝国文学》发表《从军行》《征露之歌》。十二月，因高滨虚子建议，在子规门下之文章会“山会”朗读创作，而写下《我是猫》作品。

一九〇五（明治三十八年） 三十八岁

一月，于《杜鹃》发表《我是猫》第一部，深受好评。在《帝国文学》发表《伦敦塔》；在《学镫》杂志上发表《卡莱尔博物馆》。二月，《我是猫》第二部发表于《杜鹃》。四月，于《杜鹃》发表《我是猫》第三部及《幻影之盾》。五月，于《七人》之杂志上发表《琴之幻音》；于《新潮》上发表谈话笔记《批评家的立场》。六月，于《杜鹃》发表《我是猫》第四部。七月，发表《我是猫》第五部。结束“文学论”课堂。九月，在东京大学开了一门“十八世纪英国文学”的课。在《中央公论》发表《一夜》。十月，《我是猫》上集由大仓书店出版。十一月，于《中央公论》上发表《薤露行》一文。十二月，四女爱子诞生。寺田寅彦、铃木三重吉、野上丰一郎、小宫丰隆等开始在漱石住处出入。

一九〇六（明治三十九年） 三十九岁

一月，于《杜鹃》发表《我是猫》第七、八部。三月发表第九部，四月发表第十部。并发表《少爷》在《杜鹃》上。五月，出版《漾虚集》。七月，《我是猫》脱稿。八月发表《我是猫》第十一部。九月,于《新小说》发表《草枕》。岳父中根重一去世。十月,于《中央公论》发表《二百一十日》。十一月,出版《我是猫》中集。十二月,《鹑笼》出版。迁居至本乡西片町十番地。

一九〇七(明治四十年) 四十岁

一月,在《杜鹃》发表《野分》。四月,因欣赏《朝日新闻》的主笔池边三山,辞去所有教职,进入《朝日新闻》社。五月三日,于《朝日新闻》发表《入社之辞》。同月,由大仓书店出版《文学论》及《我是猫》下集。六月,长子纯一诞生。六月二十三日起至十月二十九日止,在《朝日新闻》连载《虞美人草》。十月,于读卖新闻上发表《写生文》。约从此年开始,将和文友见面的日子定在每周四,因而称之为"木曜会"。

一九〇八(明治四十一年) 四十一岁

自一月一日至四月六日,在《朝日新闻》上连载《矿工》。《虞美人草》出版。四月,再于《杜鹃》上发表《创作家之态度》。六月,在大阪《朝日新闻》上发表《文鸟》。七月二十五日至八月五日,于《朝日新闻》上连载《梦十夜》。自九月一日至十二月二十九日,于《朝日新闻》连载《三四郎》。由春阳堂出版《草枕》。十月,于《早稻田文学》发表了谈话笔记《文学杂志》。十一月,于《国民新闻》发表《答田山花袋君》。十二月,次男伸六诞生。

一九〇九(明治四十二年) 四十二岁

一月,于《朝日新闻》上发表《元旦》。连载《永日小品》散文二十四篇。三月,由春阳堂出版《文学评论》。五月,出版《三四郎》。六月至十月于《朝日新闻》上连载《之后》。八月罹患胃疾。九月,应当时的中国东北铁路总裁中村是公的招待至中国东北各地旅行。十月,返回东京。十一月,《朝日新闻》设"文艺栏",由漱石主持。

一九一〇(明治四十三年) 四十三岁

二月,于《朝日新闻》发表《客观描写与印象描写》一文。三月,五女比奈子诞生。《朝日新闻》自三月至六月连载小说《门》。五月,由春阳堂出版作品集《四篇》。六月,因胃溃疡住院,七月底出院。八月六日,至修善寺温泉菊屋本店修养。同月的二十四日晚上，大量吐血，病情一度恶化，陷入昏迷状态。十月十一日返回东京，住进长与医院。自一月二十九日至二月二十日，于《朝日新闻》连载《回忆录》。

一九一一（明治四十四年） 四十四岁

一月，出版《门》。二月，获颁文学博士学位，但是他坚辞。二十四日于东京《朝日新闻》发表《博士问题》谈话笔记。二月出院。三月七日，发表谈话录《博士问题之形成》。五月，于《朝日新闻》发表《文艺委员的任务》。六月，发表《坪内博士与哈姆雷特》。七月，《我是猫》的缩刷版出版。八月，在大阪因胃溃疡复发而住进汤川医院。九月出院返回东京。十月，因《朝日新闻》文艺栏被废除，而提出辞呈。后因报社挽留而撤回辞呈。十一月，出版《朝日演讲集》。同月，五女比奈子去世。

一九一二（明治四十五年・大正元年） 四十五岁

自一月一日至四月二十九日，于《朝日新闻》上连载《彼岸过迄》。三月，发表《三山居士》。六月，写下《我与钢笔》一文。七月，明治天皇驾崩，更改年号。受中村是公邀请，至盐原、日光、轻井泽、上林温泉、赤仓等地旅行。九月，《彼岸过迄》出版。在神田佐藤医院接受痔疮手术。此时开始画水彩画并钟情于书法。十二月，于《朝日新闻》连载《行人》。

一九一三（大正二年） 四十六岁

自一月起，连续数月，被神经衰弱之旧疾折磨得相当痛苦。二月，出版《社会与个人》一书。三月，因胃溃疡而缠绵病榻。《行人》的连载中断。九月，《行人》之续稿再度连载，十一月连载完毕，完稿后因醉心水彩画，与画家津田青枫往来频繁。

一九一四（大正三年） 四十七岁

一月七日至十二日，于《朝日新闻》连载《门外汉与专家》之评论文。《行人》一书由大仓书店出版。四月二十日至八月十一日，在《朝日新闻》上连载《心》一文，十月，由岩波书店出版。因胃溃疡复发，在病榻休养了约一个月。

一九一五（大正四年） 四十八岁

一月十三日至二月二十三日，于《朝日新闻》上连载《玻璃门内》。此时，醉心于良宽的书法。三月，于《辅仁会杂志》上发表《我的个人主义》。游京都时，因旧疾复发再度卧床。四月，返回东京。岩波书店出版《玻璃门内》。六月三日至九月十日，于《朝日新闻》连载《道草》，十月由岩波书店出版。十一月，与中村是公至汤河原旅行。经由林原耕三引荐，久米正雄、芥川龙之介等人入漱石门下。

一九一六（大正五年） 四十九岁

自一月一日至二十一日，于《朝日新闻》连载《点头录》。十八日至汤河原疗养，约停留至二月。四月经真锅嘉一郎诊断，得知罹患糖尿病，而接受了为期三个月的治疗。五月二十六日至十二月十四日，于《朝日新闻》上连载《明暗》。十一月二十二日病情恶化，二十八日大量内出血。十二月二日第二次大量内出血后，于九日午后六时四十五分永眠。翌日于医科大学病理学教室，由长与又郎执刀进行解剖。十二日于青山斋场举行葬仪，戒名为文献院古道漱石居士。二十八日葬于杂司谷墓地。

一九一七（大正六年）

由岩波书局出版《明暗》一书。